Esta vez será diferente

CARLEY FORTUNE

Esta vez será diferente

Traducción de Xavier Beltrán

Papel certificado por el Forest Stewardship Council®

Título original: *This Summer Will Be Different*

Primera edición: abril de 2025

© 2024, Carley Fortune
Publicado por acuerdo con la autora, representada por
Baror International Inc., Armonk, Nueva York, EE. UU.
© 2025, Penguin Random House Grupo Editorial, S. A. U.
Travessera de Gràcia, 47-49. 08021 Barcelona
© 2025, Xavier Beltrán, por la traducción

Penguin Random House Grupo Editorial apoya la protección de la propiedad intelectual. La propiedad intelectual estimula la creatividad, defiende la diversidad en el ámbito de las ideas y el conocimiento, promueve la libre expresión y favorece una cultura viva. Gracias por comprar una edición autorizada de este libro y por respetar las leyes de propiedad intelectual al no reproducir ni distribuir ninguna parte de esta obra por ningún medio sin permiso. Al hacerlo está respaldando a los autores y permitiendo que PRHGE continúe publicando libros para todos los lectores. De conformidad con lo dispuesto en el artículo 67.3 del Real Decreto Ley 24/2021, de 2 de noviembre, PRHGE se reserva expresamente los derechos de reproducción y de uso de esta obra y de todos sus elementos mediante medios de lectura mecánica y otros medios adecuados a tal fin. Diríjase a CEDRO (Centro Español de Derechos Reprográficos, http://www.cedro.org) si necesita reproducir algún fragmento de esta obra.
En caso de necesidad, contacte con: seguridadproductos@penguinrandomhouse.com

Printed in Spain – Impreso en España

ISBN: 978-84-666-8080-6
Depósito legal: B-2.556-2025

Compuesto en El Taller del Llibre, S. L.

Impreso en Liberdúplex
Sant Llorenç d'Hortons (Barcelona)

BS80806

*Para Meredith, por supuesto.
Ostras, cuánto te quiero*

PRÓLOGO

Verano, hace cinco años

Me resguardé los ojos de la luz con la mano para poder admirar las vistas: una bahía bañada por el sol, agua que resplandecía como zafiros al otro lado de los acantilados de color rojizo, algas que formaban montones nudosos sobre la extensión de arena de la orilla, un restaurante con revestimiento de madera, pilas de trampas para bogavantes, un hombre con pantalones de vadeo hasta las caderas.

El olor del mar me inundaba la nariz, y el golpeteo de una barca de pescar, los oídos. Una brisa salada hizo ondear la falda de mi vestido contra mis pantorrillas, y sonreí. Así era justamente como me había imaginado que serían mis primeras vacaciones en la isla del Príncipe Eduardo, salvo por un detalle crucial. Quizá era cierto que Bridget había perdido el vuelo, pero yo estaba allí. Y tenía hambre.

Cuando entré en Shack Malpeque, mis ojos tardaron unos instantes en acostumbrarse al cambio de iluminación. Clavé la atención de inmediato en la chica con coletas pelirrojas de mentira y sombrero de paja. Estaba sentada a una mesa junto a la ventana y, mientras su hermano mayor observaba a los criadores de mejillones que estaban en el agua, ella le robó una gruesa patata frita del plato. Me pilló mirándola justo cuando se la metía en la boca, y le hice el gesto de levantar los pulgares.

«Cuando lleguemos a la isla, tus problemas parecerán menos importantes —me había prometido Bridget el día anterior. Estaba tirada sobre la encimera de la cocina de nuestro piso, con la frente apoyada en la superficie de granito. Me frotó la espalda—. No les hagas ni caso a tus padres. Lo tienes controlado, Bee».

Bridget nunca me llamaba por mi nombre real. Yo era Lucy Ashby para casi todas las personas que me rodeaban menos para mi mejor amiga. Para Bridget, yo era Bee.

Me quedé al lado del mostrador de la entrada y de un cartel pintado a mano que rezaba: NO TE DES DE OSTRAS. Se me hacía la boca agua con el olor a vinagre de malta del ambiente. Las mesas de madera del local, todas diferentes, estaban llenas, y no había ningún grupo que pareciese estar a punto de pagar la cuenta. Era esa clase de día.

Cuando estaba a punto de marcharme, se me acercó una camarera con el pelo entrecano y tres platos de rollitos de bogavante balanceándose a lo largo de su brazo.

—Siéntate en la barra, corazón.

Me di la vuelta y reparé en una hilera de taburetes vacíos detrás de mí.

Y lo vi a él.

Estaba al otro lado de la barra, con la cabeza gacha, abriendo ostras. Llevaba una camiseta blanca de manga corta que se tensaba sobre sus brazos y hombros por el esfuerzo. Tenía el pelo, de color chocolate, espeso y ondulado, un poco más oscuro que el mío; lo bastante corto como para que no le cayera sobre los ojos, pero lo bastante largo como para alborotarse y adornarle la frente. Sentí la acuciante necesidad de pasarle los dedos por el cabello.

Observé cómo flexionaba los antebrazos al hundir un pequeño cuchillo con mango de metal en una ostra y cómo movía la muñeca para abrirla. Limpió la hoja en un trapo doblado y luego lo encajó en la apertura de la concha. La parte superior saltó y, con otro movimiento del cuchillo, colocó la ostra en una bandeja con hielo triturado.

Me acerqué mientras volvía a limpiar el cuchillo. En lugar de hundirlo en la siguiente ostra, se detuvo y levantó la vista para mirarme.

Estuve a punto de tropezarme. Sus ojos eran de un color azul intenso, como dos icebergs, y resaltaban contra el tono bronceado de su piel. Tenía un hoyuelo en la barbilla y parecía que no se hubiera afeitado en por lo menos un par de días. Su cara era una sucesión de contrastes: la mandíbula marcada, los labios de un suave color rosado, el inferior más grueso que el superior, los ojos brillantes enmarcados por pestañas negras...

Me sostuvo la mirada durante menos de un segundo. Lo observé, y él a mí, y en ese instante en el tiempo, algo latió entre nosotros.

Una especie de comprensión. De necesidad. De deseo.

«Electricidad».

Se me aceleró el pulso y me retumbó desbocado e insistente en los oídos. El peso de toda la preocupación, el miedo y la vergüenza que había acarreado desde que les dije a mis padres que dejaba el trabajo me resbaló de los hombros como si fuera seda.

Él retomó su labor y no me prestó atención cuando me senté en un taburete. Me quedé observando sus manos a medida que desnudaba una ostra tras otra a una velocidad asombrosa. Se encargó de una docena y dejó la bandeja en el extremo de la barra.

En ese momento volvió a mirarme, y pasamos unos segundos observándonos. En sus ojos detecté cierta cautela, una desconfianza que aguardaba bajo la superficie de ese azul. Vi un fugaz destello de tristeza, pero apenas me dio tiempo a preguntarme de dónde había salido antes de que desapareciera. Ahora que estábamos más cerca, me di cuenta de que tenía un puntito marrón en el iris derecho, debajo de la pupila. Un minúsculo defecto perfecto. De repente, ya no me parecía nada trágico que Bridget hubiera perdido el vuelo. Parecía ser cosa del destino. Porque, definitivamente, aquel era el tío más guapo al que había visto en la vida.

—¿Tienes hambre? —me preguntó.

—Muchísima —respondí, y me pareció ver que casi sonreía.

—¿De dónde vienes? —Tenía la voz grave y tan áspera como la corteza de un abedul, y un acento más marcado que el de Bridget.

—¿Cómo sabes que vengo de algún sitio? A lo mejor soy de aquí.

Me sostuvo la mirada. Una vez más, algo vibró entre nosotros, como la electricidad que atravesando un cable con corriente. Pasó la mirada por mi pelo, de color castaño cobrizo y que llevaba recogido en una trenza alrededor de la cabeza, y hasta mi conjunto. Enarcó una ceja. Cuando planeé mi vestuario para las vacaciones, pensé que ese vestido tenía un aire campestre muy adecuado, con los hombros descubiertos y unos gigantescos cuadros rojiblancos. Era una versión moderna de Ana, la de Tejas Verdes. Pero quizá las mangas abullonadas eran un pelín demasiado.

Encogió un hombro, y el gesto me resultó familiar.

—La mayoría de los isleños no se visten con un mantel —soltó mientras la camarera pasaba por detrás de él y le daba un golpe en el hombro, chasqueando con la lengua.

Alisé la tela con las manos, con el ceño fruncido, y enderecé el escote.

Él cogió otra ostra y, después de abrirla, añadió:

—Pero es un mantel bonito.

—Más me vale. Este mantel ha hecho que a mi tarjeta de crédito le dé un infarto.

—Pasa de él, corazón —terció la camarera al tiempo que cogía dos platos de abadejo rebozado del pase de la cocina—. Es que está falto de práctica. Cree que le basta y le sobra con esos ojos que tiene. Y mira que le tengo dicho que a las mujeres nos gustan los hombres con buenos modales.

Me eché a reír. Al oírme, él me miró a los ojos, y volví a sentir un relámpago que me recorría la columna.

—¿Eso es lo que os gusta a las mujeres? ¿Los buenos modales? —preguntó, con una voz tan grave que sentí que me acariciaba la clavícula y los hombros con ella.

Conocía bien ese tono. Estaba ligando conmigo. Era más sutil de a lo que estaba acostumbrada, y estaba desprovisto de cumplidos descarados y actitud creída, pero lo reconocí como lo que era: una invitación para jugar. La frase que un compañero de escena usaría para darte el pie. No tenía problema en ligar con él. Se me daba bien, de hecho. Un hormigueo me recorrió los labios, y en los suyos asomó una media sonrisa.

—No puedo hablar por todas las mujeres, pero a mí lo que me gustaría es echarle un vistazo al menú. —Me incliné hacia delante—. Si no te importa.

—En absoluto.

Sin embargo, no hizo caso de mi petición. Se limitó a rallar unos cuantos rábanos picantes, cuyo olor me hizo cosquillas en la nariz, y los colocó junto a dos rodajas de limón en el centro de un círculo formado por ostras. Dejó el plato y una botella de salsa picante delante de mí. Seis relucientes ostras de Malpeque.

—Invita la casa.

—¿En serio?

Se alejó de mí al otro lado de la barra. Llevaba unos vaqueros oscuros con el bajo doblado y unas Vans a cuadros blanquinegros. Observé sus bíceps mientras me servía una pinta. Puso la jarra helada delante de mí.

—Aquí tienes... —Dejó la frase a medias.

—Lucy.

—Aquí tienes, Lucy.

—Gracias... —Lo señalé con un gesto.

Él se limpió las manos en un trapo, con los ojos fijos en los míos, como si necesitara tomar una decisión antes de darme la respuesta.

—Felix —dijo al cabo de unos segundos.

—No suelo beber cerveza, Felix.

—Es de arándanos, y la hacemos aquí, en la isla. Pruébala.

Bebí un sorbo. Estaba muy fría y ligeramente ácida.

—Gracias. —Dejé la jarra en la barra—. Y tenías razón antes... No soy de aquí. Vivo en Toronto —añadí mientras cogía una ostra.

—Toronto —repitió. Asintió una sola vez, con solemnidad—. Lo siento por ti.

—No lo sientas. —Le lancé una sonrisa torcida—. A mí me gusta. Bueno, casi siempre. ¿Has estado alguna vez?

—Una —contestó—. Solo pasé una noche allí, pero fue suficiente.

Murmuré un asentimiento. Toronto era una ciudad que te ganaba con el tiempo y, aunque yo llevaba siete años viviendo ahí, no sabía si me había ganado todavía. Añadí un poco de rábano y unas gotas de limón a la ostra y la levanté hacia Felix como saludo antes de metérmela en la boca, con los ojos cerrados. La frescura de la sal marina me inundó la lengua y, con ella, me sobrevino un recuerdo.

Bridget y yo el otoño anterior, en nuestro piso. Acabábamos de mudarnos y nos habíamos pasado el finde entero deshaciendo cajas y haciendo cálculos. ¿Cómo iban a caber todas nuestras cosas? ¿Cómo íbamos a encajar nosotras? El domingo por la tarde habíamos llegado a la conclusión de que teníamos dos abrelatas, ninguna mesita de centro, una cama con una estructura incomodísima y una provisión de velas de IKEA que nos duraría toda la vida.

Estábamos cubiertas de polvo y tumbadas boca arriba en el suelo cuando Bridget se levantó de un salto y corrió hacia la cocina, resbalándose por el suelo debido a sus calcetines. Sacó una caja de ostras de Malpeque del congelador. Bridget era una de las pocas veinteañeras que tenía su propio cuchillo para abrir ostras, y yo no las había probado nunca. Pero en medio del remolino de papeles de periódico, cajas de cartón y plásticos de embalaje, no lo encontró, así que sacó un destornillador de la caja de herramientas y se las apañó para abrir todas las ostras, más roja que un tomate por el esfuerzo.

«Júrame que, si algún día conoces a mi familia —me dijo cuando recogí del suelo un trozo de concha—, no les contarás que se me ha dado como el culo abrir estas».

Hacía un año que éramos amigas y ya se había convertido, si no contábamos a mi tía, en la persona a la que más quería en el mundo, pero esa noche me enamoré un poquito más de Bridget.

Debería estar allí conmigo, para verme disfrutar de mi primera ostra en Malpeque. Aunque la había visto esa misma mañana, de repente la echaba tanto de menos que me dolía la garganta.

Al abrir los ojos, vi que Felix me estaba observando. Juraría que en su expresión vi un ápice de dolor, una especie de melancolía que nadaba bajo la superficie azul. Sin embargo, se evaporó antes de que curvara una de las comisuras de la boca.

—¿Está buena? —me preguntó.

—Mucho.

Me removí en el taburete y crucé las piernas. Notaba que estaba comenzando a ruborizarme. Siempre llevaba mis emociones más intensas pintadas en el pecho con un tono rojo potente. El color empezó a aflorar entre mis pechos y reptó hasta llegarme al cuello. Felix bajó la mirada y la clavó en el trío de lunares debajo de mi clavícula.

—¿Qué te ha traído hasta la isla?

—Un viaje de chicas.

Había sido idea de Bridget. El plan era que por fin iba a contarles a mis padres que había dejado mi trabajo como relaciones públicas y luego ambas nos iríamos de vacaciones a la casa que tenía la familia de Bridget en la isla. Dos semanas de ostras, arena y mar. Dos semanas para desconectar, sin ninguna preocupación. Era como si hubiéramos desbloqueado un nuevo nivel en nuestra amistad. Llevábamos un año viviendo juntas, y habíamos sido amigas durante un año antes de eso, pero nunca conoces a alguien de verdad hasta que te presenta a su familia. Y yo me moría de ganas de conocer a la de Bridget. Era la persona más segura, capaz y bondadosa, y quería ver de dónde venía.

Felix le lanzó una mirada exagerada a los taburetes vacíos que estaban a mi lado.

—¿Has perdido a tu amiga por el camino?

Los padres de Bridget estaban visitando a unos amigos de Nueva Escocia y no volverían hasta la semana siguiente, y su hermano menor no le había contestado los mensajes ni las llamadas sobre mi llegada en solitario. En teoría, debía coger el coche hasta su casa y entrar sin más.

«Rodea la casa hasta llegar al porche trasero —me había indicado Bridget—. Debajo del sapo de cerámica hay una llave».

Odiaba tanto estar sola como estar quieta, y no quería pasarme el resto de la tarde merodeando por la casa de los Clark, porque en el silencio estaba segura de que podría oír la desaprobación de mis padres. Había ido directamente con el coche de alquiler desde el aeropuerto de Charlottetown hasta Shack Malpeque.

—Mi amiga llega mañana —dije aguantándole la mirada.

Felix procesó la información, ladeó la cabeza con los ojos entornados y cogió el cuchillo. Lo observé mientras abría tres docenas de ostras en cuestión de minutos, moviendo las manos con impresionante rapidez. Empezaba a pensar que había malinterpretado las señales cuando clavó los ojos en los míos y habló de nuevo.

—¿Y tienes planes antes de que llegue tu amiga?

Quizá fuera la cerveza o la emoción de estar en un sitio nuevo, pero por lo general no era tan directa ni estaba tan segura de lo que quería.

—No —le respondí—. Estoy abierta a todo.

Abrió mucho los ojos y soltó una maldición. Un hilillo de sangre le caía por el brazo. Cogí un puñado de servilletas de papel del dispensador y rodeé la barra para llegar a su lado.

—¿Estás bien?

Levantó la mano, descubriendo una herida en su muñeca izquierda, y se la cubrí con las servilletas.

—Creo que a lo mejor necesitas puntos.

—Es un corte de nada.

Me acerqué más y le sujeté el brazo con fuerza para hacer presión sobre la herida.

—Por el amor de Dios —dijo la camarera—. Recoge y márchate, anda.

Sin dejar de agarrarle el brazo, seguí a Felix hasta un despacho diminuto, donde sacó un kit de primeros auxilios de un cajón.

—¿Esto pasa a menudo? —le pregunté mientras le envolvía la muñeca con una gasa. Notaba el calor de su aliento sobre la piel.

—No, Lucy. No pasa a menudo que una mujer preciosa me diga que está abierta a todo mientras manejo objetos afilados.

—¿Con objetos romos no afilados sí pasa? —Le sonreí.

—No, tampoco.

—Pues qué pena —dije, aunque no me lo creí del todo.

Su rostro era una mezcla de belleza y masculinidad. Y además tenía ese pelo y esos bíceps... También me había fijado detenidamente en su retaguardia, y era espectacular. Seguro que más de una persona había intentado ligar con Felix con algún comentario gracioso sobre abrir ostras. Desde que había entrado en el restaurante, a mí se me habían ocurrido por lo menos cinco.

Até el vendaje, pero fui incapaz de soltarlo.

—¿Quieres que te lo miren bien? —le pregunté—. Te puedo llevar al hospital.

—Estoy bien. —Felix se agachó para mirarme a los ojos. «Una luz, una llama, una chispa»—. ¿Y si mejor me llevas a casa, Lucy?

Apenas nos dirigimos la palabra durante el trayecto, pero el ambiente que había en el coche estaba cargado de expectación. Noté cómo Felix pasaba la vista atentamente de mi mejilla a mis hombros, y más abajo. Seguro que se daba cuenta de que el pulso me latía en el cuello.

Estaba nerviosa y el estómago me daba vuelcos como si fuera una gaviota elevándose y cayendo en picado en el cielo. Con veinticuatro años, tenía cierta experiencia con el sexo sin ataduras. Había pasado por rollos, tonteos, noches de diversión... Estaba especializada en relaciones casuales. Sin embargo, aquello me parecía diferente. Más arriesgado. No habíamos quedado para comer ni para tomar algo. No había buscado su nombre en Google. No sabía su apellido ni la edad que tenía. ¿Veintipocos? Lo único que sabía de Felix era que estaba muy bueno, que había convertido el abrir ostras en unos preliminares y que quería acostarse conmigo.

Giré para entrar en el camino de tierra que conducía hacia su casa, un sendero rojizo serpenteante en medio de un prado verde. En la cuneta había flores rosas y moradas. Doblé una curva, luego otra, y al final vi la casa. Se alzaba orgullosa a lo lejos, con tejas descoloridas de cedro y un tejado que se combaba en ambos extremos. Las molduras estaban recién pintadas de blanco y la puerta principal era de un alegre tono amarillo. Detrás de la casa, el océano se extendía como una resplandeciente llanura azul.

—¿Vives aquí? —le pregunté nada más aparcar. Los parterres de flores eran preciosos. En Toronto la época de las peonías ya había acabado, pero allí estaban en pleno apogeo. Debía de haber por lo menos una docena. Muchísimas rosas, clemátides magenta que trepaban por una enredadera, bocas de dragón, rudbeckias amarillas. Me volví hacia Felix—. ¿Es tu jardín? —Pero él ya estaba bajando del coche.

Rodeó el capó, me abrió la puerta y me tendió la mano. Una fuerte ráfaga de viento me sacudió la falda alrededor de las piernas y el aire del Atlántico me llenó los pulmones. Me reí mientras intentaba sujetármela, pero Felix tiró de mí. Me olvidé de las peonías. Era un poco más alto que yo, pero nos quedamos alineados a la perfección: nariz contra nariz, pecho contra pecho, cadera contra cadera.

—No me esperaba que el día de hoy fuera así —comenté.

Atisbé el asomo de un hoyuelo en su mejilla izquierda cuando sonrió, sin rastro de la tristeza que había percibido en el restaurante.

—¿No?

Me rozó los labios con los suyos antes de bajármelos al cuello. Eché la cabeza hacia atrás y vi que una garza surcaba el cielo.

—Qué va.

Su barba incipiente me hacía cosquillas en la piel conforme él trazaba con la boca un camino hasta llegar a mi triángulo de lunares. Besó cada uno y luego los saboreó con la lengua. Me estremecí.

—Pues deberías haberte informado bien —dijo poniendo los labios cerca de mi oreja—. Así es como saludamos a las mujeres guapas que vienen de lejos. Es una bienvenida tradicional de la isla.

Su comentario me arrancó una carcajada de la garganta.

—De haberlo sabido, habría venido antes.

—Creo que has llegado en el momento perfecto. —Me puso la mano sobre la nuca.

Nos separaba un hilo de aire, y nos miramos a los ojos durante un segundo eléctrico antes de eliminar la distancia. Yo quería ir rápido, pero el beso empezó suave y lento, vacilante, hasta que la lengua de Felix me separó los labios. Me pegué a él y le enterré los dedos en el pelo. Me lamió el labio inferior, y solté un gemido. Entonces noté que me lo acariciaba con los dientes y lo mordía. Aunque no hizo presión, me sorprendió lo suficiente como para abrir los ojos.

Él se echó atrás con una mirada más intensa que unos segundos antes.

—¿Demasiado?

Me toqué los labios y negué con la cabeza.

—Más.

Felix me metió dentro de la casa y estábamos besándonos de nuevo antes de que tuviera tiempo de admirar la decoración. Le tiré del dobladillo de la camiseta, escuché el susurro metálico de la cremallera de mi vestido y, antes de que me diera cuenta, estábamos desvistiéndonos, tropezando con la ropa y subiendo las escaleras hacia su habitación en una maraña de extremidades y risas.

Caímos juntos sobre la cama, ya desnudos. El cuerpo de Felix estaba formado por líneas definidas y relieves, como si estuviera pensado para ser aerodinámico. Tenía los hombros anchos, los pectorales firmes y salpicados de vello oscuro. Le pasé los dedos por la piel bronceada y me maravillé ante los músculos duros que le cubrían el estómago.

No me fijé en gran cosa de su dormitorio. Mientras él empezaba a trazar un recorrido de besos, descendiendo por mi cuerpo, me llamó la atención el ejemplar raído de *Ancho mar de los Sargazos* que había en la mesita de noche. Me sorprendió un poco porque no me parecía una lectura habitual para un veinteañero, pero en ese momento me rozó la cara interna del muslo con la mandíbula y dejé de fijarme en la decoración.

Cuando quisimos reponer fuerzas, el sol ya se estaba poniendo y había pintado de azules y naranjas el cielo. Felix preparó la cena: gruesas rebanadas de pan crujiente untadas con mantequilla, un plato de rodajas de tomate salpimentado y resplandeciente por el aceite de oliva y otro con frío pollo asado, queso *cheddar* y mazorca de maíz. Hicimos unos sándwiches con el tomate y el queso, y engullimos el plato de pollo en el porche mientras observábamos el golfo, él en calzoncillos y ambos con sendas camisetas blancas que había sacado de un cajón lleno de ellas.

La segunda vez no llegamos al piso de arriba. Ni siquiera entramos en la casa. Felix sabía a los tomates maduros que habíamos comido en la cena, un fresco estallido de sol y de sal.

«Más», dije una y otra vez. «Más».

Por la mañana me desperté con el brazo de Felix por encima del estómago, envolviéndome el cuerpo con el suyo. Debíamos de habernos dormido así, aunque no lo recordaba. Me quedé quieta porque no quería despertarlo ni enfrentarme a la inevitable incomodidad del día siguiente. La noche anterior nos habíamos dejado llevar. No nos conocíamos de nada, pero nos habíamos comportado como dos amantes que se habían reencontrado después de mucho tiempo. Creo que Felix había necesitado desinhibirse tanto como yo. Estaba segura de que, a la luz de un nuevo día, ambos nos moriríamos de la vergüenza. Sin embargo, de pronto noté que me acariciaba el hombro con la mandíbula y me rozaba el cuello con los labios. Y no fue un momento incómodo, sino lento, lánguido y dulce, como el caramelo caliente deslizándose por encima de una bola de helado.

Cuando conseguimos separarnos y le dije que debía marcharme, Felix me respondió que no había ninguna prisa.

—Date una ducha si quieres —me sugirió—. ¿Prefieres café o té?

Así que me quedé. Me duché. Felix bebió té, y yo café.

—¿Cuándo tienes que ir a buscar a tu amiga al aeropuerto? —me preguntó.

Estábamos en el porche, él en la butaca y yo en el extremo del sofá exterior, sobre el que la noche anterior nos habíamos devorado.

—Creo que pronto. El avión aterriza a las doce.

Felix sopló sobre el té, y una columna de vapor ascendió en espiral sobre la taza.

—Anoche me lo pasé muy bien —dijo alzando los ojos hasta los míos—. Sé que solo vas a estar aquí un par de semanas, pero...

—Felix —lo interrumpí—, lo de anoche fue... —Explosivo. Excitante. Probablemente devastador. El mejor sexo que había tenido nunca—. Fue..., en fin, ya sabes. Estabas allí.

Bajó la vista hacia el rubor que se me extendía por el pecho y se detuvo sobre los tres lunares.

—Estuve ahí, sí.

Quería que él supiera que estábamos en la misma onda. Que no hacía falta que mantuviéramos esa conversación.

—Lo que intento decir es que estoy de acuerdo contigo, fue tremendo. Cinco estrellas. Pero sé que no se va a repetir.

—Se repitió cuatro veces. —Su hoyuelo reapareció.

—Es verdad —dije mirándolo a los ojos.

«Una luz, una llama, una chispa».

—¿Por qué zona te quedas? —Se aclaró la garganta—. Si quieres, te puedo recomendar algunos sitios para visitar. Tengo una lista para la gente que pregunta en el restaurante. Anoche me dejé el móvil en la camioneta de mi colega, pero te la mandaré cuando me lo devuelva.

—Pues sería estupendo. —Cogí el teléfono y abrí mi conversación con Bridget—. Mi amiga creció aquí, pero hace años que vive en Toronto. —Leí en voz alta la dirección de la casa de Summer Wind que Bridget me había dado y miré a Felix. Él me observaba sin parpadear, pálido de repente—. ¿Qué pasa?

Tardó unos cuantos segundos en responder.

—¿Estás segura?

—Creo que sí. —Releí la dirección—. ¿Por qué? ¿Te suena?

Me recorrió el rostro con la mirada.

—Eres la amiga de Bridget —dijo—. Creía que llegabais la semana que viene.

Abrí la boca para contestar, pero en ese momento vi el sapo de cerámica verde junto a la puerta corredera. Me dio un vuelco el estómago, como si acabara de tirarme por un acantilado.

—Dios mío.

Bridget me había dado solo tres reglas para el viaje.

«Número 1: Cómete el equivalente a tu propio peso en ostras».

—Eres Bee —dijo Felix.

Yo estaba negando con la cabeza, aunque él estuviera en lo cierto. Sí que era Bee.

«Número 2: Deja atrás la ciudad».

Aparté la vista del sapo, debajo del cual sabía que había unas llaves.

—Y tú eres Lobo —murmuré—. Eres el… el… —Las náuseas me golpearon con tanta fuerza que me mareé y no pude terminar la frase. Me tapé los labios con una mano temblorosa.

«Número 3: No te enamores de mi hermano».

—Sí —dijo Felix—. Soy el hermano de Bridget.

PRIMERA PARTE

«¿No es bonito pensar que mañana es un nuevo día, todavía sin errores?».

Ana, la de Tejas Verdes,
Lucy Maud Montgomery

1

En la actualidad
Nueve días antes de la boda de Bridget

Con el ceño fruncido, examino la ilustración que está en la mesa, delante de mí. Es más detallada que mis bocetos típicos. A veces, solo para alardear, improviso un croquis sencillo ante algún cliente. Pero hace más de cinco años que trabajo con flores, así que ya no necesito hacer un modelo a escala de los arcos ni de los doseles nupciales. Esta vez, sin embargo, he representado con sumo detalle cada hoja y pétalo, sombreándolos con tonos grises, azules y blancos, aunque sigo sin verlo bien. Los arcos de flores son mi especialidad y este debe ser espectacular, impresionante, perfecto, porque es el arco bajo el cual se situará Bridget cuando Miles y ella prometan amarse y cuidarse durante toda la vida delante de sus amigos y familiares. Es donde se darán el primer beso como marido y mujer. El padre de Bridget la llevará hasta el altar, pero a mí también me da la impresión de que soy yo la que la entrega a otra persona. Mi mejor amiga está a punto de casarse.

—Creo que le falta algo. Necesita destacar más —le digo a Farah. Es mi mano derecha en In Bloom y lleva casi tanto tiempo como yo trabajando en la floristería. Es una poeta con muy buen ojo y un alma creativa que llamó la atención de mi tía. Farah dice que los arreglos florales la ayudan con su arte. Le gusta la sombra de ojos oscura y la ropa colorida. Hoy tocan pantalones cortos de ciclista naranja neón.

Me giro en el taburete para mirarla a los ojos.

—¿Qué te parece?

Farah murmura algo y remueve los papeles para alinear todos mis bocetos de las flores de Bridget (los centros de mesa, los ramos, las flores de los ojales, las guirnaldas y otros arreglos...).

—Aquí has puesto muchísimas plantas, a lo mejor no hay espacio para los invitados.

La actitud de Farah oscila entre la indiferencia y el desdén. Hicieron falta meses trabajando juntas para que la viera sonreír de oreja a oreja, así como el diastema que le separa las paletas, y tardé otros tantos en darme cuenta de que lo suyo no era más que fachada. Farah se trae al trabajo a su labrador negro, que se llama Sylvia, y es una mami perruna muy cariñosa. Ahora mismo, Sylvia está durmiendo debajo de la mesa, con el hocico sobre mi pie.

—¿Crees que es demasiado? —le pregunto.

—No sueles pensar tanto los diseños de este tipo. —Entorna sus oscuros ojos.

Es verdad. Mi tía Stacy me enseñó a arreglar las flores como era debido, tanto en el jardín como en un jarrón, y le encantó compartir sus truquillos conmigo, pero mi sentido del equilibrio, del color y de la forma es algo innato. Y, cuando empiezo a fluir, mis manos cogen las riendas de mi cerebro de un modo mágico. El rápido chasquido de unas tijeras de podar al cortar un tallo es mi sonido preferido.

—Tienes buen ojo, cariño —me decía mi tía a menudo—. Un don que no se puede enseñar. —Stacy fue actriz antes de ser florista. Se hizo famosa gracias a un papel fijo como la prima italiana entrometida de la serie juvenil canadiense *Tiempos inolvidables* y a haber participado durante tres temporadas en el festival de teatro de Stratford. Siempre se le ocurrían muchas proclamas, que distribuía a diestro y siniestro con grandeza.

—Ya lo sé —le digo a Farah—. Pero... —No termino la frase.

—Es Bridget —la acaba ella por mí.

—Sí, es Bridget.

Mi mejor amiga tiene la lengua de un marinero, el corazón de una leona madre y una pasión desmedida por las listas, las máquinas de hacer etiquetas y las hojas de cálculo. Fiel a sí misma, ha supervisado la organización de la boda con una precisión quirúrgica. Ha creado un archivador con código de colores y un calendario de Google compartido para las innumerables citas; tanto Miles, su prometido, como yo tenemos acceso a las dos cosas, así como a sus carpetas con los datos de contacto de vendedores y miembros del cortejo nupcial, el horario del día y la selección de música para la ceremonia.

Las flores son el único elemento cuyo control ha delegado. Nos ha dado a Farah y a mí carta blanca, y nos hemos pasado horas intentando convertir el Gardiner Museum en el invernadero más magnífico del mundo: peonías y rosas, lirios y ranúnculos, hiedras, helechos y hojas de magnolia.

A Bridget le encantará lo que le prepare. Es mi defensora más férrea, mi animadora más estridente. De hecho, mi única animadora, ahora que mi tía ya no está. Es la única persona de mi vida cuyo amor y apoyo son libres e incondicionales. Cree en mí más de lo que yo creo en mí misma. Las flores del día de su boda son una manera de darle las gracias, de devolverle todo lo que ha hecho por mí. Superarán cualquier cosa que haya elaborado antes. Son mi regalo para ella y quiero que la haga llorar.

Me doy un suave golpe de frustración en la frente contra la mesa y despierto a Sylvia. Le rasco detrás de la oreja y la perra se tumba de nuevo.

Al oír la campanita de la puerta tintinear, me incorporo enseguida, dedicándole una sonrisa al joven que acaba de entrar. Está bien vestido y parece nervioso; una primera cita, supongo, quizá una importante. ¿Una petición de mano? Tengo olfato para esas cosas, y Farah y yo competimos en silencio para ver quién lo adivina. Quizá quiera pedirle a su pareja que se vaya a vivir con él.

—Hola —le digo—. ¿Te podemos ayudar en algo?

—Sí, quería unas flores.

Sé que Farah se está reprimiendo para no poner los ojos en blanco.

—Pues has venido al lugar adecuado. ¿Es una ocasión especial? ¿Para quién son las flores?

—Son para la madre de mi novio. No sé qué le gusta.

—¿Vas a conocer a los suegros? —le pregunta Farah.

—Sí.

Mi compañera me dirige una mirada chulesca. Me he acercado bastante.

—Hemos reservado a las seis en un restaurante de esta calle —nos explica el chico—. He visto vuestro cartel y he pensado que igual debería llevarle algo.

Consulto el reloj: son las cinco y cuarenta. Qué raro, Bridget ya debería estar aquí. En teoría, hemos quedado dentro de cinco minutos, pero suele llegar temprano. Esta tarde es la prueba final del vestido de novia, en una *boutique* que está a una manzana. Vamos a ir hasta allí juntas, nos llevaremos el vestido y luego iremos a cenar.

—Deja que te eche una mano —exclama Farah poniéndose en pie. Se dirige a los clientes con un tono que consigue denotar tanto resignación como sabiduría. Yo jamás lograría hablar como ella. Soy muy dicharachera y sonrío enseñando muchos dientes.

Farah lo lleva hasta nuestros ramos de flores. Solo nos quedan tres, pero ha tenido suerte de poder escoger uno, pues, por lo general, a última hora ya no hay.

Mientras lo ayuda a elegir, yo retomo el boceto. Entorno un ojo y me imagino a Bridget con un color marfil y a Miles con su traje. El vestido de mi amiga es elegante y sencillo, una de las razones por las cuales creo que el arco debería destacar más. Si su vestido fuera extravagante, me aseguraría de que las flores no lo eclipsaran. Es un vestido precioso, pero no lleva ni una sola floritura, ni siquiera tiene cola.

¡Eso es!

Cojo el lápiz y empiezo a dibujar un arco que forma una cascada y se extiende por el suelo. Será un río de flora, una cola de flores.

No me doy cuenta de que Farah lo está mirando por encima de mi hombro hasta que la oigo decir:

—Qué elaborado.

—Es perfecto.

—Es perfecto —conviene.

El siguiente paso es averiguar qué necesito pedir, pero tengo tiempo. La subasta de flores, donde todas las semanas hago la compra al por mayor, será el martes a primera hora de la mañana, así que todavía dispongo de cinco días para decidirme. Y, ahora que ya he elaborado el diseño del arco, puedo pasar a concentrarme en el día de mañana. Me muerdo el labio.

—¿Hay algo que quieras repasar antes de la reunión? —me pregunta Farah, como si me hubiera leído la mente.

He quedado para desayunar con Lillian, la organizadora de eventos de Cena, uno de los grupos hoteleros más pijos de Toronto. Vio la tienda en el periódico y nos ha pedido a In Bloom que nos encarguemos de los arreglos florales de todos sus restaurantes. En total son ocho y uno se encuentra en el estiloso hotel en el que hemos quedado. Mi viernes empezará con una tortilla de treinta dólares y con un contrato que podría cambiarme la vida.

—Creo que no hace falta —le digo a Farah.

Estoy convencida de que mañana voy a firmar ese contrato, pero no puedo negar que me genera inquietud. No sé si me lo estoy repensando porque los pedidos corporativos no me llenan (docenas de jarrones uniformes, aburridos e impersonales) o si me preocupa que no vaya a poder gestionar el incremento de volumen de negocio. Ahora mismo tengo a Farah y a dos personas a media jornada, pero, si sale lo de Cena, voy a necesitar a dos o tres a jornada completa. Y, aunque me encante hacer arreglos de flores, no me entusiasma ser la jefa. Las conversaciones difíciles me resultan difíciles. Pero, si la inseguridad y el miedo me frenan, razón de más para lanzarme de cabeza. Además, firmar el contrato significa que podré darle a Farah el gigantesco aumento que merece.

—Estoy emocionada —le digo a Farah—, y también cansada: hace semanas que no duermo bien. —Cuando debería dormir, me pongo a darle vueltas a todo.

—Si te cogieras un día libre...

—Sabes que no puedo. —Ya estamos retrasadas yendo a toda máquina.

—Pues no te quedes despierta hasta tarde —gruñe—. Cuando no descansas lo suficiente, eres un cero a la izquierda.

Farah se dirige a la puerta de la tienda y corre el pestillo. Miro el reloj, sorprendida de que ya sean las seis. Bridget llega diez minutos tarde. Ella nunca llega tarde, es la persona más de fiar que conozco.

Llevamos siete años siendo mejores amigas y en todo ese tiempo tan solo se ha retrasado una vez. En aquel primer viaje que hicimos, cuando más importante era.

—Qué raro —comento, tratando de no revelar mi miedo. Bridget está bien, seguro que lo está.

—A lo mejor ha pillado un atasco por ser hora punta —dice Farah, pero advierto la inseguridad de su tono.

—A lo mejor sí.

Bridget trabaja como vicepresidenta de publicidad del hospital Sunnybrook y tenía pensado salir a las cinco para disponer de tiempo de sobra por si el tráfico era horrible, como suele ser.

Le mando un mensaje, pero no me contesta.

A las seis y diez, el pánico se apodera de mí. Abro la puerta delantera y salgo a la húmeda tarde de agosto. Miro a derecha y a izquierda por Queen Street East en busca de una cabeza con tirabuzones rubio platino. Me enamoré del pelo de Bridget antes siquiera de hablar con ella, nada más verle la nuca en una reunión de empresa. Se lo ha teñido de platino para la boda, pero a mí me gusta su color natural, un poco más oscuro; me recuerda a la paja de finales de verano.

Como el resto de Toronto, el barrio de Leslieville exhibe todo su encanto en las noches calurosas. Veo tres tranvías rojos dirigiéndose hacia el oeste formando una fila, un anciano perro *basset hound* en un carrito y un niño pequeño con un cucurucho de helado medio derretido, con la cara y las manos cubiertas del brillante color de la menta, pero no veo a Bridget.

Cuando vuelvo al local, Farah está contando los arreglos para el envío de mañana, así que cojo la escoba de la trastienda y empiezo a barrer las hojas, las flores y los trozos de cinta.

Farah señala en mi dirección con su largo dedo, cuya uña está atravesada por una raya amarillo limón.

—Para. No necesito que me ayudes.

—Ya lo sé, pero ya que estoy aquí... —Y necesito distraerme.

—Siéntate y relájate durante treinta segundos. Tu estrés me estresa a mí.

Consulto de nuevo el reloj: las seis y dieciocho. El corazón se me va a salir del pecho. Bridget no se saltaría algo tan importante como la última prueba del vestido.

—Se suponía que a las seis íbamos a estar ya en la tienda.

Llamo a la *boutique*. Quizá ha habido algún malentendido y había quedado con Bridget directamente allí. Pero no, la indignada empleada que coge el teléfono me dice que no está allí. De hecho, llega veinte minutos tarde, cierran a las siete y es una época del año de mucho ajetreo, ¿no lo sé o qué? Le pido disculpas y le aseguro que enseguida estaremos allí.

Cuando termino de barrer, cojo un taburete y, con los dedos temblorosos, le mando otro mensaje a Bridget. Luego entro en la web de las noticias para ver si ha habido algún accidente en su ruta.

—Lucy... —me reprende Farah. Tampoco me gusta la suavidad de su tono.

Ya he perdido a mi tía. No puedo perder también a Bridget.

Ha ocurrido algo malo.

Me levanto de nuevo y comienzo a dar vueltas por la tienda. Sylvia se me queda mirando unos instantes y sale de debajo de la mesa para caminar a mi lado.

Tras los cinco minutos más largos de mi vida, me vibra el móvil en la mano. Al ver el nombre de Bridget en la pantalla, me sale un ruido gutural, una mezcla entre sollozo y resoplido de alivio.

—Bridget, ¿dónde estás? —le digo—. ¿Estás bien?

Su voz se entrecorta por culpa del viento que azota el micrófono.

—No te oigo. ¿Me oyes tú?

—¿Bee?

Hay interferencias en la línea. Oigo el chirrido de una puerta corredera y, acto seguido, el viento desaparece.

—¿Bee? —Ahora oigo a mi mejor amiga con más claridad, pero pasa algo. Habla con un hilo de voz.

—¿Qué ocurre? ¿Dónde estás? En teoría, hace media hora que deberíamos estar en la *boutique*.

—Estoy en casa —me responde—. En Summer Wind.

Tardo unos segundos en asimilar el significado de sus palabras.

—¿Estás...? ¿Dónde...? —El pulso me taladra los oídos—. ¿Está bien tu familia? ¿Tus padres? ¿Está...? —Me detengo antes de usar el nombre incorrecto—. ¿Está bien Lobo?

La oigo sorber por la nariz y contengo la respiración.

—Sí, están bien, pero pensaba que estarían aquí. No me lo habían dicho.

—No te entiendo, Bridge. ¿El qué no te habían dicho?

—Que han decidido ir en coche hasta Toronto para la boda. Están aprovechando la ocasión para tomarse unas vacaciones —repone con voz un poco más aguda—. Ya sabes cómo son.

Sí que sé cómo son. Los padres de Bridget son espontáneos, lo contrario a su hija. La ponen histérica. Y por eso no solo es rarísimo que Bridget se haya ido a la isla, sino también sumamente preocupante.

—Vale, pero ¿por qué has ido a la isla, Bridget? Te casas en menos de dos semanas.

Esta tarde-noche tenemos la prueba del vestido y mañana, teóricamente, tengo que ir a su piso, ya que Miles va a organizar una cena elegante mientras ayudo a Bridget a resolver el problema de las sillas y a decidir una lista de poses para el fotógrafo. Además, este fin de semana le organizo la despedida de soltera.

—Ya lo sé. Ya lo sé. Ya lo sé. Pero es que necesitaba alejarme, Bee. Necesitaba volver a casa. —Habla entrecortadamente y tan deprisa que casi no capto lo que dice—. Y necesito que estés aquí conmigo.

—¿Me necesitas allí? ¿En la isla del Príncipe Eduardo?

Farah enarca tanto la ceja que casi se le sale de la frente.

—Sí, te necesito aquí de verdad. Por favor, ven —me pide. Sorbe de nuevo—. Hay un vuelo para mañana que todavía tiene asientos libres. Estoy en la web ahora mismo.

—¿Quieres que vaya a la isla mañana? —Me quedo mirando a Farah boquiabierta. Sylvia se sienta a su lado y ladea la cabeza.

—Por favor, Bee. Por favor, ven. Te necesito.

La lista de excusas que tengo para quedarme es larga: está la reunión con Cena de mañana y la subasta de flores del martes;

no sé si nuestros trabajadores a media jornada podrán hacer turnos extras… Por no mencionar todos los preparativos para la boda de Bridget.

Sin embargo, mi amiga nunca me pide ayuda, nunca ha tenido que hacerlo. Me quiere con locura, aunque no me necesita como yo la necesito a ella. Hasta ahora. Si me pide ayuda, iré donde haga falta. Negarme no es una opción.

Miro a Farah.

—Vete —me susurra.

—Vale —le digo a Bridget negando con la cabeza. No me puedo creer que vaya a hacerlo.

—¿Vienes a la isla?

—Sí. —Trago saliva—. Voy.

Aunque haya una buenísima razón por la que jamás debería volver a poner un pie en la isla del Príncipe Eduardo.

2

En la actualidad
Ocho días antes de la boda de Bridget

Me quedo mirando la pista por la ventanilla ovalada y veo cómo lanzan mi maleta rosa sobre la cinta transportadora. Recorre la rampa hasta la barriga del avión a la vez que siento un aleteo de preocupación en la mía.

—Despegaremos rumbo a Charlottetown, en la isla del Príncipe Eduardo, en unos minutos —anuncia el capitán. Me retuerzo los dedos; no sabía si volvería a oír esas palabras.

Cuando el avión se eleva, respiro hondo. Inhalo y exhalo. Y luego otra vez. No debería estar nerviosa. Me voy porque mi amiga está en crisis, no tiene nada que ver con él. Es probable que no lo vea, seguro que esté en un coche con sus padres dirección Toronto. No he tenido el valor de preguntárselo a Bridget, pero da igual: no debería estar pensando en él. Bridget es mi única preocupación.

Por teléfono estaba muy nerviosa y no quiso decirme por qué había ido a la isla. Lo único que sé es que llegó ayer y que quiere que esté a su lado.

—Bridget es el verdadero cuento de hadas de tu vida —me dijo un día mi tía Stacy, y estuve de acuerdo.

Pensé que había encontrado unas amistades increíbles al mudarme de St. Catharines a Toronto para estudiar la carrera. Dicen que en la universidad es donde conoces a la gente importante, pero yo me pasé los cuatro años de mi carrera de Comunicación Profesional sin encontrar a nadie que encajara conmigo.

Después de que nos hiciéramos íntimas, Bridget me dijo que a veces se encontraba sola en una estancia llena de gente, y yo pensé: «Sí, es justo lo que me pasa a mí». Salí con unos cuantos chicos y tuve algunas amistades, pero no había nadie que me comprendiera de verdad, sin contar a mi tía. Y fue entonces cuando conocí a Bridget.

Nuestro «érase una vez» empezó un sábado por la noche. Yo tenía veintidós y una ejecutiva de la empresa de relaciones públicas en la que trabajaba había organizado una fiesta en su casa, en el barrio de The Annex. Era una vieja mansión de ladrillos con una torrecilla y una escalera majestuosa. Habían instalado una carpa blanca en el patio trasero, guirnaldas de papel y una piscina de esas infinitas. Me puse un vestido con volantes y una corona hecha con flores del jardín de mi tía. La noche parecía mágica.

En realidad, no difería demasiado de la fiesta universitaria a la que había asistido durante mi primer año, a dos calles de la residencia. Se consumieron ingentes cantidades de alcohol. Nadie llevaba bañador, pero uno de los tíos de Economía saltó vestido a la piscina, y otros lo imitaron. Cuando un socio sénior se me quedó mirando los pechos, di un gigantesco paso atrás y me torcí el tobillo. Terminé despatarrada en el suelo con un zapato roto. Había llegado el momento de marcharme.

Iba con un pie descalzo por la avenida Brunswick cuando oí el timbre de una bicicleta seguido de una voz:

—Hola, Cenicienta.

Al darme la vuelta, vi a Bridget, montada en una bicicleta roja, con un mono vaquero, un casco blanco y ni una pizca de maquillaje: estaba despampanante.

No habíamos llegado a hablar nunca, aunque la conocía del trabajo. Era asistente, como yo, pero en las reuniones tomaba la palabra con la autoridad de una persona con el doble de experiencia.

—Te llamas Bridget, ¿no?

—Sí. Y tú eres Lucy Ashby, la chica que dibuja margaritas durante las reuniones.

—También tulipanes. —Sonreí.

—En fin, la fiesta es un desmadre.

—Sí, pensaba que no sería...

—¿... un putísimo desastre? —me sugirió Bridget.

Asentí.

—¿Qué te ha pasado? —dijo señalando el zapato que llevaba en la mano.
—Se me ha enganchado en las baldosas y me he caído en un charco de agua fría. —Me di la vuelta para enseñarle lo mojada que tenía la espalda—. Por lo menos espero que fuera agua. Se me ha partido el tacón.
—¿Dónde vives?
—En Jarvis con Wellesley.
—No muy lejos de mi casa, yo vivo en Cabbagetown. Sube.
Y fue así como terminé recorriendo Bloor Street delante de los manillares de Bridget, oyendo anécdotas de su infancia en la isla del Príncipe Eduardo. En un momento dado, me reí tanto que casi me caigo de la bici. Cuando llegamos a mi edificio, nos sentamos en la escalera delantera y nos pasamos una hora charlando.
—El martes te guardaré un asiento en la reunión trimestral —me dijo mientras se abrochaba el casco—. Siempre llegas tarde.
—Vale. —Me sorprendió que se hubiera fijado—. Gracias.
Se subió a la bici y echó a pedalear.
—Nos vemos, Ashby —me dijo sin volver la cabeza. Más tarde supe que llamar a alguien por el apellido era una costumbre del padre de Bridget.
A finales de esa semana picábamos algo en las pausas y comíamos juntas contándonos chismorreos. Además decidió acortar Ashby a Bee, me dijo que el apodo encajaba conmigo porque yo era como una abeja que no dejaba de zumbar por todas partes. No me importó, la verdad, ni lo más mínimo. Durante los cinco años siguientes jamás me sentí sola.
Ahora, ya no somos compañeras de piso. Tenemos veintinueve años y ella se va a casar, y las dos estamos inmersas en nuestras respectivas carreras. La entrevista de trabajo de Bridget en Sunnybrook fue la razón por la que hace cinco años perdió el vuelo hasta la isla. Dejó atónitos a los de recursos humanos, claro, y acabó pasándose horas allí, dando una vuelta por el campus y conociendo a sus futuros compañeros de trabajo y a la jefa de su jefa. Sin embargo, los días en los que nos contábamos chismes durante la pausa del café parecen de otra vida y cada vez es más difícil que encontremos tiempo para hacer una escapada juntas.

Me quedo dormida en algún punto por encima de Quebec, pero la cabezada no dura lo suficiente. Sueño con una boda cuyas flores se marchitan minutos antes de la ceremonia. Cuando entramos en una zona de turbulencias al sobrevolar Maine, me despierto sobresaltada, con el corazón desbocado y las manos sudadas.

En todos los años que hace que Bridget y yo somos amigas, nunca la había oído tan perdida como ayer por teléfono. Siempre ha sido ella la que ha cuidado de mí, la que me ha recogido del suelo después de haberme caído en más ocasiones de las que puedo contar, pero ella casi nunca tropieza.

El lado práctico de mi cerebro sabe que, ahora mismo, no debería estar en este avión. Cuando ayer por la tarde llamé a Lillian, de Cena, para decirle que debía posponer la reunión, su decepción fue evidente. Además no pude explicarle muy bien qué día estaría de regreso, así que debí de parecer poco de fiar. Bridget insistió en comprarme el billete, pero no me reservó ninguno de vuelta, aunque no creo que vaya a quedarme más allá del fin de semana. Tengo muchas cosas entre manos, incluidas las flores para su boda, pero ¿cómo voy a negarle algo cuando ella me ha dado tantísimo?

—Atención a todos los pasajeros —anuncia el capitán—: Estamos a punto de iniciar el descenso hacia Charlottetown.

Será mi quinto viaje a la isla. El pasado mes de julio fui yo sola. Al mirar por la ventanilla, me da un vuelco el corazón. Desde el cielo, la isla se parece a una de las colchas de la abuela de Bridget: un mosaico de remiendos formado por granjas, campos y árboles. Es el hogar de Bridget, pero para mí también es muy importante, ya que algunos de mis recuerdos más felices tuvieron lugar en esta maravillosa extensión de tierra verde.

También algunos de mis errores más grandes.

Pero no pienso repetirlos. Esta vez no. Este verano será diferente.

Tiene que serlo.

Porque Bridget es la persona a la que más quiero, mi salvadora, mi hermana. Haría cualquier cosa que me pidiera, incluido un viaje de emergencia. Incluido no enamorarme.

3

En la actualidad

Siempre me ha gustado volar hasta Charlottetown. Nada más bajar del avión, sales a la pista, algo que me hace sentir como una famosa. El aeropuerto es una maravilla diminuta. Hay una sola cinta de equipaje y recoges la mochila al cabo de quinte minutos de haber puesto un pie en la tierra de la isla del Príncipe Eduardo.

A juzgar por sus instrucciones, supongo que Bridget me recogerá en el aparcamiento, así que me dirijo hacia la estatua en forma de vaca de Cows Creamery a esperar el equipaje. La vaca es a tamaño real, parecida a las de los dibujos animados, blanquinegra con naricilla rosada, y siempre me saca una sonrisa. Llevo algo obsesionada con ella desde mi primer viaje, pero no la veo por ninguna parte. Horrorizada, doy media vuelta para echar un vistazo alrededor.

—¿Puedo ayudarte, cielo? —me pregunta una mujer con una escoba y un plumero en las manos. Los isleños son las personas más majas del mundo.

—No, pero gracias —le respondo—. Me acabo de fijar en que la vaca ya no está.

—Es una pena, ¿verdad? La han quitado para restaurarla. Yo también echo de menos a Wowie.

—No sabía que tenía nombre.

—Wowie. —La mujer asiente.

Me desea un feliz día y doy un par de pasos hacia la cinta de equipaje justo cuando me hacen un placaje. A Bridget le saco una cabeza, pero se abalanza sobre mí con tanta fuerza que casi me lanza al suelo. Me rodea con los brazos y termino con la cara sumida en su melena rubia.

Nos vimos el fin de semana pasado durante la fiesta nupcial que le organizaron sus compañeros de trabajo, pero me abraza como si hubieran transcurrido meses. Entonces me pareció que Bridget estaba bien, aunque quizá pasase algo por alto, pues estaba distraída, nerviosa por ausentarme de la floristería.

—Me alegro de que estés viva —digo sobre el pelo de mi amiga—. Ayer me diste un buen susto. —La estrecho fuerte y luego la cojo por los hombros para ver a qué me voy a enfrentar. Lleva pantalones cortos, camiseta sin tirantes y nada de maquillaje. Tiene casi el mismo aspecto que cuando teníamos veintitrés y compartíamos piso, antes de que se fuese a vivir con Miles.

Con su melena rizada rubia y su pequeña estatura, Bridget parece una adorable hada, con pecas en la nariz y los hombros tan blancos. Pero es una tía dura y, a menudo, la gente la juzga mal, aunque a ella le encanta dar pie a esos malentendidos. Fui testigo de ello cuando trabajamos juntas.

Un día, durante una reunión tensa, se volvió hacia el tío que estaba sentado a su lado y le soltó que tenía actitud «de fantoche». Fue antes de que fuéramos amigas. Me gustó tanto el insulto anticuado como la firme confianza con la que se lo espetó. El acento del este de Bridget era más acusado cuando se tomaba una copa o discutía con alguien. En ocasiones normales pronunciaba bien todas las letras, incluidas las erres, como si estuviera prestándoles una atención especial.

—Qué contenta estoy de que estés aquí. —Bridget me sonríe y sus dos hoyuelos idénticos hacen acto de presencia.

Sin embargo, tiene las mejillas pálidas y unas fuertes ojeras. Mi amiga sigue a rajatabla su horario de sueño, pero es imposible que anoche durmiese sus ocho horas de rigor.

—Ya sabes que por ti me tiraría de un acantilado.

—Quizá mañana. —Me aprieta los mofletes. Su cariño físico no conoce apenas límites y mis mejillas sufren las consecuencias—. Lo único que deseo es pasar tiempo de calidad contigo, con mi mejor amiga, a la que quiero mucho mucho.

Me parece más entera hoy que ayer por teléfono, pero debe de ser fingido. Bridget no me ha pedido que vuele hasta la costa atlántica de Canadá ocho días antes de su boda para que pasemos tiempo juntas. No se trata de eso, esto es una misión de rescate.

Cuando le pregunté durante cuánto tiempo me necesitaba aquí, me dijo: «Todo el que puedas». Con un poco de suerte, pasaré dos noches en Summer Wind y el lunes me subiré a un avión de vuelta a Toronto con ella.

Mi amiga asiente mirando la cinta de equipaje, donde acaba de aparecer mi maleta.

—Ahí la tienes. —Enlaza el brazo con el mío—. Vamos.

Fuera hay mucha humedad y el suelo está mojado por la lluvia. El sol brilla con intensidad, pero hay nubes de tormenta en el este. En la isla, el tiempo cambia muy deprisa.

—¿Me quieres contar lo que pasó ayer? —le pregunto arrastrando la maleta con ruedas hasta el aparcamiento.

—Me entró morriña —contesta al tiempo que se encoge de hombros como si no fuera para tanto—. Con la boda y la luna de miel y el trabajo, no sabía cuándo podría venir aquí si no era ya. Quería sorprender a mis padres, pero debería haber llamado antes, porque sé lo escurridizos que son.

Me la quedo mirando fijamente para intentar averiguar cuánto de lo que me ha dicho es mentira.

—Por teléfono sonabas muy pero que muy afectada.

—Es que lo estaba. ¿Se van de viaje por ahí sin decírmelo? Qué típico de ellos.

—Cuando llegaste, ¿tu madre y tu padre ya se habían marchado?

—Pues sí. No habían comprado billetes a Toronto, así que decidieron recorrer el camino pintoresco. Van a ir a visitar a unos amigos que viven en Fredericton y luego a pasar unos días en Montreal.

Percibo su enfado. Ken y Christine son unos padres estupendos, el motivo por el cual Bridget y Felix son tan autosuficientes y seguros de sí mismos, pero en el momento de hacer planes son muy despreocupados, algo que a ella la pone de los nervios. Ken era profesor de Historia, y Christine, veterinaria de animales grandes, y ahora que están jubilados es casi imposible dar con ellos. Hacen lo que quieren cuando quieren y se reservan el derecho a cambiar de opinión. Creo que la necesidad de orden de Bridget es una respuesta directa al comportamiento más relajado de sus padres.

Ya hemos cruzado la mitad del aparcamiento cuando estoy a punto de preguntarle por qué me necesitaba con tanta urgencia, pero entonces lo veo a él.

Felix Clark está leyendo un libro apoyado en una camioneta negra cuyas ruedas están cubiertas de tierra color siena. Su pelo oscuro, que lleva revuelto, le cae en preciosas ondas sobre la frente.

Me quedo sin aire. Pasan segundos antes de que pueda volver a respirar. Ha transcurrido un año entero desde la última vez que nos vimos y todo regresa a mi mente de pronto.

Ojos azules intensos, manos fuertes, brisa marina sobre su piel morena, un beso en la playa, arena en las sábanas: el día en el que todo cambió.

«Me lo he pasado bien».

Que no me tropiece es un milagro. Me da un vuelco el estómago como si fuera la rueda de un molino y mi corazón intenta por todos los medios hacerme un agujero en el pecho.

«Cálmate —le digo—. Compórtate».

Pero no hace más que acelerarse.

Felix está aquí.

4

Verano, hace cinco años

Bridget estaba en la ducha, cantando a unos decibelios ensordecedores, y yo me escondí en su habitación porque Felix estaba en el piso de abajo y no quería encontrarme a solas con él. Era el hermano menor de Bridget y yo estaba histérica perdida. Hasta entonces, desde que había vuelto tras recoger a mi amiga del aeropuerto, había conseguido evitarlo.

Me dio la impresión de que el dormitorio de Bridget no había cambiado nada desde que se había marchado a la universidad. Había un puzle enmarcado del equipo olímpico canadiense de hockey femenino del 2010, todas con la medalla de oro, del pomo de la puerta colgaba una bolsa del equipo Jacob, había tres trofeos de hockey y la colcha que cubría la cama estaba hecha con cuadrados lilas y rosas. Esa habitación pertenecía a una versión distinta de la Bridget a la que yo conocía.

Estaba sentada sobre un montón de cojines de piel sintética, hojeando una revista de moda que había comprado en el aeropuerto, cuando llamaron a la puerta.

Toc, toc. Una pausa. Toc.

Me quedé paralizada.

—¿Lucy? —dijo Felix.

—Estoy ocupada.

—¿Puedo pasar? Quiero hablar contigo.

Cerré los ojos y me los apreté con los dedos. No me apetecía hablar. Lo que me apetecía era regresar a la tarde del día anterior, darle las gracias a Felix por las ostras y no acostarme con él cuatro veces en la casa en la que creció mi mejor amiga.

Llamó de nuevo a la puerta.

Claro que tampoco me apetecía que Bridget pillase a su hermano hablando conmigo desde el otro lado de la puerta, así que la abrí y lo agarré para meterlo en la habitación.

—No deberías estar aquí —siseé soltándole el brazo—. Bridget podría haberte oído.

Un fuerte «¡Oooh-oooh-ooooh!» retumbó en el cuarto de baño.

—Creo que estamos a salvo —se limitó a contestar—. La próxima vez no me dejes plantado en el pasillo. He usado nuestra clave secreta.

—No tenemos ninguna clave secreta.

—Sí. —Felix me sostuvo la mirada y golpeó la puerta con los nudillos. Dos golpes suaves, una pausa y luego un tercero más fuerte.

—Bueno, pues no necesitamos ninguna clave secreta.

Dio un paso hacia mí.

Estar tan cerca de Felix era una mala idea. Su olor a aire fresco era imposible de ignorar. Incluso sin que me tocara, notaba el calor que desprendía su cuerpo y el remolino de pelo rebelde sobre su frente llamaba a mis dedos. Quería subirme encima de él, quería comerle la boca, quería lamer su hoyuelo y clavarle los dientes en el labio inferior. Retrocedí.

—¿Qué haces? —le pregunté—. No tienes permiso para estar aquí. No tenemos permiso para hacer esto.

—¿Cómo que no tenemos permiso? —Su sonrisa fue tan dulce como la miel.

—¡No! ¡Me han dado unas instrucciones muy estrictas!

Se me quedó mirando desconcertado.

—Bridget tiene reglas.

—¿Reglas?

—Sí, reglas. Tres, en concreto. —Técnicamente no había roto ninguna, pero en mi cabeza no había ninguna duda de que acostarme con Felix provocaría algún que otro fruncimiento de ceño, como mínimo.

—¿Cuáles son?

—Comerme mi propio peso en ostras. —Hice una pausa. No quería hablarle de todas las reglas—. Y dejar atrás la ciudad.

— 43 —

Felix me sostuvo la mirada; era hipnótico.

—Has dicho que eran tres. ¿Cuál es la tercera regla, Lucy?

Aunque hubiese logrado evitar a Felix, no había parado de darle vueltas a la cabeza para desentrañar cualquier detalle que Bridget me hubiera contado sobre su hermano. Tenía veintitrés años, siempre había vivido en la isla y era un desbullador de ostras muy competitivo. Pero, de todos los datos que había recabado de mi memoria, su exnovia Joy era la que más sobresalía.

—Bridget me pidió que no me enamorase de ti. Era de coña, pero quizá no. No quería que se repitiese lo que pasó con...
—Puse una mueca—. Bueno, ya sabes. Lo viviste.

Los ojos de Felix se ensombrecieron como si hubiese pasado una nube de tormenta.

—Entendido.

—Perdona. No debería haberlo comentado. Bridget me ha dicho que has pasado una mala racha. —De hecho, lo que me había dicho era que su hermano había bebido «más que un puto pez» y dudaba que fuese a verlo sonreír durante nuestra visita. Por lo visto, desde la ruptura, el sofá de su mejor amigo había terminado con una hendidura del tamaño de Felix—. En fin, no hace falta que nos preocupemos por esa regla —añadí—. Porque no es lo que está pasando, aunque tampoco es que esté pasando nada diferente. No me estoy enamorando lo más mínimo de ti. Y tampoco tengo ningunas ganas de empezar una relación. Nos acabamos de conocer y no estás mal, pero...

—¿No estoy mal? —La sonrisa de Felix regresó como si nada—. Vaya. —Se pasó las manos por el pelo mientras se reía. Le observé los dedos: por la mañana me habían acariciado; por la mañana los había tenido dentro de mí—. Te alegrará saber que no he venido a obligarte a nada. Pensaba que debíamos aclarar las cosas para que no te pasaras las próximas dos semanas evitándome.

—No te estaba evitando. —Me miró con una ceja arqueada—. Vale, a lo mejor un poco sí. ¡Felix, que nos hemos acostado!

—Más de una vez —puntualizó con los ojos brillantes.

—¿Cómo ha podido pasar? No me puedo creer que Bridget no te dijera que había perdido el vuelo. Ni que yo iba a llegar antes.

—Ayer por la mañana estuve en la casa de mi amigo y me dejé el móvil en su camioneta. —Se encogió de hombros—. Sabía que Bridget volvía a casa, pero supongo que no presté suficiente atención al cuándo.

Me froté la frente.

—Bridget no se puede enterar. —Me repudiaría.

—No se va a enterar. Mientras no te abalances encima de mí delante de mi hermana, estaremos a salvo.

—No pienso abalanzarme encima de ti. —Felix estaba tan prohibido para mí que era como si llevara un cinturón de castidad medieval.

—Ya veremos. —Me sonrió.

—No estás tan bueno —mentí.

—Es broma. Me portaré bien, y tú también. Nadie tiene por qué enterarse de lo de anoche. —En mi mente apareció la imagen de Felix encima de mí con el brazo alrededor de mi rodilla—. Ni de lo de esta mañana.

—Estoy de acuerdo.

—Pero deberías intentar no ponerte tan roja —dijo. Me llevé una mano al pecho y noté la piel ardiente bajo la palma—. Podrías llegar a delatar lo nuestro.

—No hay nada nuestro —protesté fulminándolo con la mirada.

Felix se rio. Fue una risa encantadora, gutural y un poco ronca.

—A mí no me hace gracia. Bridget es mi mejor amiga del mundo y es como mi hermana; de hecho, la quiero más que a la mayor parte de mi familia, si te digo la verdad. No puede enterarse.

Bridget era muy protectora con la gente que le importaba y, en circunstancias normales, eso me incluía a mí. Pero, cuando se trataba de su hermano, podía suceder cualquier cosa. Y yo no quería poner en peligro la relación más importante de mi vida.

—No se lo voy a contar —me aseguró Felix—. No tengo ningún interés en hablar con mi hermana de mi vida sexual, créeme. Ni de si me he liado con una de sus amigas.

—Gracias.

Se acercó un poco más y bajó la voz.

—Esa será nuestra primera regla: no se lo contaremos a Bridget.

—¿Necesitamos reglas?

Bajó la vista hasta mis labios y el deseo empezó a palpitarme entre los muslos.

—Creo que sí.

—Vale, muy bien. —Tragué saliva—. No se lo contaremos a Bridget. Lo que pase en la isla…

—Se queda en la isla. —Asintió—. Regla número dos: no volveremos a acostarnos.

—Eso no hacía ni falta decirlo.

—Y la tercera es evidente.

—Ah, ¿sí?

—Sí. —El hoyuelo de Felix se profundizó—. Regla número tres: no te enamores de mí.

5

En la actualidad

Felix todavía no nos ha visto; está absorto en su libro. Siempre lleva algún que otro ejemplar en el bolsillo trasero de los vaqueros. Los devora a toda velocidad.

—Creía que tu familia estaba de camino a Toronto —le digo a Bridget como si tal cosa al tiempo que nos encaminamos hacia su hermano.

—Mi madre y mi padre sí —me responde—. No he podido arrancar el Mustang, así que he llamado a Lobo. —Y Felix no es sino fiable.

Me lo como con los ojos de la cabeza a los pies. El fuerte bronceado en pleno verano, la anchura de sus hombros, sus fuertes brazos, la camiseta blanca ceñida y los vaqueros oscuros. Va idéntico a cuando lo conocí, pero la ropa es nueva, un poco más moderna. Además se ha afeitado y no tiene vello facial que oculte sus pronunciados rasgos ni el hoyuelo de su barbilla. Han pasado tres años desde la última vez que lo vi sin barba, que no fue cuando lo conocí. Lleva el pelo alborotado de una forma que resulta muy atractiva. Le ha crecido bastante, tanto que ahora podría agarrárselo.

Felix pasa una página. Es un *thriller* gordo con cubierta negra y título en neón, un cambio bastante drástico de lo que suele leer: clásicos modernos, grandes clásicos.

No sé si es porque ha notado mi mirada, pero levanta la vista del libro y enseguida fija los ojos en los míos, como si un imán nos atrajera.

Es tan guapo que resulta casi insoportable.

Felix sigue mirándome fijamente al tiempo que nos acercamos. Está más quieto que una estatua, pero, aun desde el otro lado del aparcamiento, noto el calor que me recorre la piel.

Levanto una mano; ojalá dejara de temblarme. No esperaba verlo hasta la boda, no estoy preparada; pero puedo enfrentarme a esto, claro que puedo.

Cuando lo alcanzo, esbozo una sonrisa.

—Lobo, qué sorpresa tan agradable.

Le brillan los ojos al oír el apodo y junta las cejas oscuras.

«Lobo».

Nunca he sido capaz de sentirme cómoda llamándolo por su apodo ni creo que encaje con el hombre al que he llegado a conocer. Lobo es el hermano pequeño de Bridget, un personaje de sus historias. Felix es una persona totalmente distinta.

Me acerco más, con los brazos extendidos, y le doy un abrazo amistoso, haciendo lo imposible por no aspirar su olor, pero es en vano. Huele a pino, a sal y a viento, una brisa que atraviesa un bosque costero. Felix desprende el mejor aroma que he olido jamás y ha pasado un año entero desde que lo percibí por última vez.

—Hola, Lucy. —Su voz me acaricia la espalda como si fuera una mano recorriendo el lomo de un gato.

Al apartarme cometo el error de mirarlo a los ojos. Esas dos esferas de un azul imposible, con una manchita marrón que forma una miniatura debajo del iris derecho, siempre me atrapan. Aunque, por lo general, Felix siempre brilla como unos fuegos artificiales, muestra una expresión cautelosa.

No me doy cuenta de que lo estoy observando sin pestañear hasta que frunce el ceño y se le forman un par de surcos paralelos encima de la nariz. Esas líneas antes no estaban ahí, pero, claro, Felix ahora tiene veintiocho años. Han pasado cinco desde que nos conocimos. Cada vez que lo veo, ha cambiado, aunque sea un poco, lo suficiente para que me ponga a catalogar las sutiles diferencias, prestándole más atención de la que debería. Y me gusta más de lo que debería.

—¿Qué tal te va? —le pregunto.

—No me puedo quejar. —La sonrisa de Felix no es la de oreja a oreja habitual. Es una fortaleza que no da ninguna pista de lo que se encuentra al otro lado, y es una pena, porque me muero por saber lo que está pensando.

Felix coge el asa de mi maleta y la sube a la parte trasera de la camioneta. Al ver cómo se le tensan los bíceps y los músculos de los antebrazos, me cuesta no pensar en lo que sentí cuando los recorría con las palmas.

—¿Te puedes creer que se haya quitado la barba? —Bridget le estruja la mejilla a su hermano, aunque no hay demasiada carne que coger—. Lobo quería estar guapo para la boda.

Felix la ignora. Una parte de mí se emociona ante la posibilidad de que tenga algo que ver conmigo.

—Te queda bien —le digo al final, pero es mentira porque me quedo corta: afeitado, Felix se parece a todas las fantasías sexuales cuestionables que he tenido—. Gracias por venir a recogerme.

—No hay de qué. —Asiente.

Si uno tuviera que juzgar el estado de ánimo de Felix por su tono de voz, tendría que adivinarlo, pues lo pronuncia casi todo con el mismo timbre grave e inexpresivo. Son sus ojos los que comunican más que las palabras que salen de sus labios. Sus ojos susurran, bromean, ríen. Los he visto brillar bajo la luz de las estrellas. Pero ahora mismo no hay ni rastro de ese Felix. Así resurge la preocupación que llevo sintiendo desde el verano pasado (por si me cargué lo nuestro).

Se vuelve hacia Bridget.

—Cuando os deje en casa, echaré un ojo al Mustang. A ver si consigo arrancarlo.

—Deberías sentarte tú delante, Bee —me ofrece Bridget, pero me niego.

Me suelo marear en el coche, pero me conozco y no debería ir al lado de Felix. Si hay algo que la historia me haya enseñado es que necesito poner toda la distancia física posible entre su cuerpo y el mío. En un espacio reducido, él y yo somos inflamables. Al menos antes lo éramos.

Mientras su hermano sale del aparcamiento, Bridget suelta un suspiro de satisfacción.

—Ha pasado una eternidad desde la última vez que estuvimos aquí los tres juntos.

Miro a Felix por el retrovisor. Él clava los ojos en los míos durante un instante tan breve como una sola gota de líquido turquesa, pero yo quiero tragarme el océano entero. «No —me digo—. Ni un sorbito».

—Será como en los viejos tiempos —añade Bridget.

Felix aprieta la mandíbula.

Un cuarto de baño empañado por el vapor. La piel iluminada por la luna. Un dormitorio pequeño en el extremo oriental de la isla. No será como en los viejos tiempos. No puede ser.

Siempre son las carreteras y las calles las que me dan la primera sensación de que no estoy en casa. Aquí los semáforos son distintos —cuelgan horizontalmente, rojo, ámbar y verde— y hay rotondas por todas partes. Cuando conduje por la isla la primera vez, grité al pasar por ellas.

Pasamos por numerosos campos, hileras del verde intenso de las patatas y el amarillo cegador de los cultivos de colza; iglesias blancas, establos naranjas, ponis moteados y ganado pastoreando; pueblecitos pintorescos: Hunter River, Hazel Grove, Pleasant Valley, Kensington, algunos de los cuales son poco más que las señales de la carretera.

Me concentro en el paisaje porque estoy empezando a marearme. Siempre es peor cuando he dormido poco y, entre la preocupación por Bridget y por la floristería, anoche no dormí demasiado bien. Debería haberme sentado delante cuando me lo ha ofrecido.

—¿Has comido algo?

Al levantar la vista veo que Felix me observa desde el retrovisor.

—Un yogur antes de salir hacia el aeropuerto —le contesto. Mi existencia se ha basado en una dieta formada por pedidos de Uber Eats y Activia de coco, ya que últimamente he entrado en la tienda más pronto de lo habitual y he salido más tarde de lo habitual. Hace una semana que no voy al súper a hacer la compra, quizá más de dos. He adoptado la creencia de que las fechas de caducidad de los yogures son una mera sugerencia.

Felix abre el compartimento central del coche.

—Toma —dice dándome una barrita formada casi del todo por nueces, las que más me gustan.

—Gracias. —Miro sus ojos en el retrovisor.

—¿Tenías una barrita ahí de casualidad? —Bridget se queda boquiabierta.

—No —repone él—. La he comprado al parar a poner gasolina, por si acaso.

—Por si acaso —repite mi amiga.

—Lucy se marea si tiene el estómago vacío.

—Ya lo sé —tercia Bridget, suspicaz—. Pero me sorprende que lo sepas tú.

Me siento como una adolescente cuyos padres han vuelto a casa pronto y se encuentran con una fiesta sin su permiso. Con las sillas por el suelo, latas de cerveza en los maceteros y chavales de dieciséis años tambaleantes que se quedan observando a los adultos con espanto.

Nos va a pillar.

Pero Felix arquea una ceja y le responde:

—El verano pasado estuvo a punto de vomitarme en la camioneta.

El azul resplandece a lo lejos y Bridget abre la ventanilla para que el aire oceánico invada el vehículo. Me lanza una mirada de empatía mientras yo pego un bocado a la barrita. Mastico lentamente y sí que me ayuda un poco.

Después de haber arrugado el envoltorio y guardármelo en el bolsillo del vestido a rayas de algodón, cierro los ojos y apoyo la sien en el cristal.

Al cabo de unos segundos oigo a Bridget.

—Me alegro de que seáis amigos.

Hay una pausa larga antes de que Felix le conteste.

—Amigos —dice—, claro.

6

En la actualidad

«Amigos, claro».

Lo dice tan bajito que me cuesta oírlo. Durante el resto del trayecto mantengo los ojos cerrados y les doy vueltas a esas dos palabras, así como a su significado. Nos acercábamos bastante a algo parecido a la amistad antes de que yo la cagara.

No sé si es el olor del océano, si mi cuerpo conoce las curvas de la carretera o si Summer Wind está impreso en mis células, pero sé que ya casi hemos llegado. Abro los ojos cuando la camioneta reduce el ritmo para no perderme el primer vistazo: las tejas de cedro, la puerta amarilla, el camino de tierra rojiza serpenteando entre la hierba y el golfo de St. Lawrence centelleando a lo lejos.

Recia y majestuosa, la casa está como siempre. El simple hecho de verla es como haber respirado hondo. He llegado al lugar en el que más a gusto me siento.

Felix coge mi maleta y la lleva hasta la casa. Bridget me agarra del brazo y, mientras caminamos, se pone de puntillas y me da un beso en la mejilla.

—Bienvenida de nuevo, Bee.

Summer Wind es tan fascinante por dentro como por fuera. Se accede por un vestíbulo desordenado que huele a madera y a lana mojada donde hay zapatos desperdigados por el suelo y una sucesión de chubasqueros, bufandas y paraguas colgando de los ganchos. Estamos en pleno verano, pero no han guardado las botas ni las chaquetas de invierno. Me recuerda al armario que da a Narnia y, como en la historia, atravesarlo hace que la vida real parezca a un mundo de distancia.

Me desabrocho las sandalias y sigo a Bridget hasta la estancia principal, con los pies ya llenos de arena. Hay un salón enorme que da a la cocina al fondo, con altos ventanales que se asoman a la vasta extensión de cielo y mar. El sofá de lino blanco y las butacas están desordenados y son tan suaves que amenazan con engullirte cuando te dejas caer en ellos. Unas alfombras trenzadas y dispuestas sin orden ni concierto tapan los nudosos tablones de madera formando un remiendo de colores. En la pared de ladrillos hay una chimenea, pintada de blanco y manchada de humo tras tantos años de uso. A un lado veo una montaña de leña, y al otro, un baúl antiguo lleno de mantas. Debajo de la escalera que da al segundo piso hay un piano, y en el aparador, un reproductor de discos. Ken, el padre de Bridget, es el DJ residente de Summer Wind y asegura que los vinilos van a volver. Cuando está en casa, la banda sonora nocturna está formada por rock canadiense: Joel Paskett, Feist, The Tragically Hip, Sloan. Antes había libros en cada superficie, pero eran de Felix y él ya no vive aquí.

Nadie ha ordenado lo más mínimo Summer Wind, pero se nota que a la familia le encanta, a diferencia de la casa de mis padres en St. Catharines, con los muebles coloniales y el salón formal. Nunca he sentido que ese fuera mi hogar.

Cuando era pequeña, el horario de la familia Ashby estaba atado al hockey de mi hermano mayor; Lyle era una promesa que llamó la atención de los cazatalentos. A veces, durante los fines de semana en los que había partido, mis padres me enviaban a Toronto para que me quedase con mi tía. En su patio podía revolcarme y hacer el tonto. Stacy me enseñó a plantar raíces y a cortar las petunias que se habían marchitado. Me dejaba saquear sus parterres y coger lo que quisiera para llenar el jarrón de la repisa de la ventana de la cocina. En ocasiones, si tenía suerte, me llevaba hasta In Bloom, situada en la esquina. Con ella sí que me sentía en un hogar.

La mayor parte de la residencia de los Clark sigue igual que cuando la visité por primera vez, pero la cocina la han reformado por completo. Christine la remodeló después del huracán de hace dos años. Paseo por la estancia pasando la mano por los armarios. Ahora están pintados de verde salvia con pomos dorados y hay una gran isla en el centro de la estancia.

Me detengo delante de la puerta corredera de cristal para admirar las vistas. Un jardín de vibrante color esmeralda se extiende hacia las dunas de hierba que delimitan la playa. El golfo se abre a lo lejos, de un brillante azul Klein. Sigue sorprendiéndome lo preciosa que es esta zona y que en la ciudad me dé la impresión de que me envuelve una venda ceñida, mientras que, al estar aquí, noto cómo se destensa hasta advertir la diferencia en los pulmones.

—Voy a ver si consigo arrancar el Mustang antes de irme —oigo decir a Felix. Bridget y él están a los pies de la escalera—. He dejado la maleta de Lucy en mi antiguo cuarto.

—De hecho, quería hablarte de eso. Esperaba que te quedaras aquí, con nosotras.

Dirijo la vista a Felix, pero él está mirando a su hermana con el ceño fruncido.

—Bee puede dormir conmigo —prosigue Bridget—. Y así tú te quedas en tu habitación. Los tres juntos en casa, como antes.

—No puedo. —Felix se encoge de hombros—. Esta ya no es mi casa, Bridge.

—Ya, ya lo sé, pero esperaba que pasáramos tiempo juntos. Ahora mismo quiero estar con mi mejor amiga y con mi hermano.

—¿Qué ocurre? —Está claro que Felix sabe tanto como yo. No se anda por las ramas, así que no me sorprende que vaya al grano y pregunte—: ¿Ha pasado algo con Miles? —Advierto que no le gusta insinuar tal cosa y que no cree que haya sucedido nada. Bridget y Miles llevan tres años juntos y forman una pareja sólida.

Bridget parpadea tres veces a toda velocidad.

—No, claro que no.

—Entonces ¿le parece bien que estés aquí? —Las dos líneas paralelas que aparecen en el entrecejo de Felix se vuelven más profundas.

Bridget encoge un hombro, un gesto muy típico de todos los miembros de la familia Clark.

—Claro.

Quiero creerla, pero tengo el mal presentimiento de que todo gira en torno a Miles. Bridget ha demostrado que es capaz de rumiar sus problemas en silencio; a veces se pasa días reflexionando. Odia pedir ayuda y rechaza consejos que no haya solicitado. Si la boda corre peligro y su relación pende de un hilo, hay altas probabilidades de que no me lo cuente hasta que haya decidido tomar cartas en el asunto. Venir aquí ha sido lo correcto. Estaré a su lado cuando esté preparada para contarlo.

—Vamos, Lobo —insiste—. ¿Quién nos va a dar de comer ostras a Bee y a mí si no estás aquí? ¿Quién va a encender la chimenea?

—Tú sabes hacerlo. —Felix se la queda mirando impertérrito.

—Pero ¿por qué voy a hacerlo yo si mi maravilloso hermano pequeño, a quien ya casi no veo, puede hacerlo por mí? —Le dirige una sonrisa más dulce que un bol de azúcar.

Felix se pasa una mano por la frente. Se le da bien marcar límites, pero sé que le cuesta decepcionar a la gente, sobre todo a su hermana.

—Tengo que ocuparme de unas cosas en las cabañas.

Felix y su mejor amigo, Zach, son los propietarios de una parcela al sur de Souris, donde han construido cuatro casas de vacaciones. Salt Cottages es una empresa de éxito. Las cabañas son espectaculares; las vistas, fantásticas, y las reseñas, entusiastas. Están llenas durante todo el verano —eché un ojo a la web.

Zach vive en Summerside y sigue trabajando como director de proyectos para la empresa de diseño y construcción de su familia, pero la casa de Felix está más cerca de las cabañas, por lo que él se encarga de todo, salvo de la limpieza, así que, cuando dice que tiene cosas de las que ocuparse, no miente. Pero también es su propio jefe; si quisiera quedarse en Summer Wind, encontraría la forma de conseguirlo.

Hay una razón que explica por qué no quiere: yo. Me empiezo a ruborizar.

—Lo entiendo —dice Bridget con los ojos entornados—. De verdad. Pero te echo de menos, Lobo.

—Lo siento. —Está a punto de clavar la vista en mí, pero se detiene a tiempo—. No puedo.

Felix coge un manojo de llaves que cuelgan de un gancho junto a la puerta y me da un vuelco el estómago. Sé que fui yo la que provocó esta incomodidad entre ambos.

Me ando con cuidado al seguirlo hasta el enorme cobertizo de madera situado al final del camino de la entrada de la casa.

Felix abre la puerta del establo y aparta la sábana que cubre un coche muy brillante y muy rojo. Cuando solo hacía cinco minutos que me conocía, Ken me llevó hasta allí para enseñarme el Mustang y contarme los meses que Felix y él se habían pasado arreglándolo.

Creo que es un modelo de los años sesenta, pero lo que sí sé es que va con marchas. Un buen día, Bridget intentó que aprendiese a conducirlo, pero se me caló tantas veces que tardamos diez minutos en recorrer el camino serpenteante de la casa de los Clark. Las dos nos reíamos como hienas, así que tuve que parar antes de salir a la carretera. Bajamos del coche y nos tumbamos en la hierba, agarrándonos la tripa mientras nos descojonábamos bajo las nubes.

Felix le da una palmada al capó a modo de saludo y sube al asiento del conductor. El motor se niega a encenderse. Él tamborilea con los dedos sobre el volante, pensativo, y cometo el error de mirarle las manos. Qué manos, qué dedos más largos, gruesos y hábiles.

—Es probable que sea la batería —comenta bajando del coche—. Le dije a papá no hace mucho que debíamos cambiarla. Creo que la pidió.

Abre el capó y asoma la cabeza con tanta seguridad que me veo obligada a apartar la vista. ¿Por qué me parecen tan fascinantes sus tendones? Bridget observa las estanterías del cobertizo.

—¿Eso de ahí?

Felix mira tras de sí.

—Sí. Voy a cambiarla; esperemos que así funcione.

Salgo del cobertizo. No necesito ver a Felix arreglando un coche. Cuando oigo que el motor cobra vida con un rugido, me embarga la pena. Se marchará, volverá a la zona de la isla donde vive, pero sé que es lo mejor.

—Me pasaré dentro de un par de días. Y traeré ostras —anuncia Felix al tiempo que le da un abrazo de despedida a su hermana.

Se dirige a la camioneta y levanta una mano más o menos hacia mí, fijando los ojos en los míos, pero no titilan, sino que arden, más oscuros que nunca, más profundos que antes.

—Me alegro de verte, Lucy.

Bridget me rodea los hombros con un brazo y las dos observamos la camioneta traqueteando por el camino, dejando tras de sí una nube de polvo rojizo. Y a mí.

7

En la actualidad

Me acerco al antiguo dormitorio de Felix con cautela, pues me dan miedo los fantasmas que vaya a encontrar en el interior. Cuando abro la puerta, me sorprende tanto lo que veo que compruebo dos veces que no me haya equivocado de habitación. Bridget me ha dicho que Christine la había redecorado, pero no me puedo creer lo diferente que es.

Cuando Felix vivía aquí, parecía que nadie durmiese en este dormitorio, con manchas de masilla sobre la pintura gris, recuerdos de pósteres de hockey arrancados tiempo atrás. Sin embargo, ahora las paredes están cubiertas de un papel de rayas beis y blancas y hay acuarelas enmarcadas de jarrones llenos de flores. En la cama hay una colcha blanquirrosa, sin duda obra de la destreza de la abuela de Bridget. Las ventanas dan a la hierba, que se convierte en arena, que a su vez se convierte en mar, pero el escritorio que había justo debajo ha desaparecido, igual que los libros.

No queda nada de la habitación de Felix a excepción de la cama, con un dosel de madera precioso, cabezal y reposapiés. No sé si voy a ser capaz de dormir entre esas sábanas. Nos imagino a los dos aquí, una pareja que no tiene idea de nada en una noche interminable. Seguro que lo veo a él en mis sueños: sus dedos desenredándome la trenza del pelo, su cuerpo moviéndose encima del mío.

«Felix. Más».

Cruzo la estancia para asomarme a las ventanas, en las cuales ahora hay unas cortinas de gasa morada, en lugar de las blancas sencillas de años atrás.

—Es raro, ¿verdad?

Al darme la vuelta, veo a Bridget en el umbral de la puerta, mirándome.

—Me cuesta imaginarme a tu madre eligiendo todo esto —respondo—. Es más de mi gusto.

—Yo también lo pensé. —Bridget me dedica una extraña sonrisa y entorna los ojos—. Estás un poco roja.

Mi amiga casi siempre sabe lo que me pasa por la cabeza, como si en la frente llevase escritos mis pensamientos más profundos. Pero ahora mismo no es ella al cien por cien, por lo que no creo que sospeche nada.

—Tengo calor. —Es una media verdad. Los Clark y su manía con el aire acondicionado; su manía de no ponerlo, quiero decir. Abro un poco la ventana.

—¿Quieres deshacer la maleta? —me pregunta—. ¿O quieres que salgamos ya? —Siempre comenzábamos nuestras vacaciones de la misma manera: con un largo y lento paseo junto a la orilla.

—¿Te apetece? —Parece cansada, aunque, por lo demás, se comporta como si la llamada aterrada no hubiera tenido lugar, como si no hubiera puesto en pausa mi vida y yo no me hubiese subido a un avión para estar con ella. Pero conozco a Bridget y sé que no puedo presionarla para que hable si no quiere, a no ser que quiera pelearme con ella, y no es el caso. Cuando discutimos, nos acaloramos enseguida, como si fuéramos dos hermanas con toda una vida de riñas a nuestra espalda.

Nuestro último encontronazo fue sobre su dieta. En In Bloom, lo he visto en innumerables ocasiones: novias que adelgazan mucho entre nuestra primera reunión y el día de su boda, aunque no pensaba que Bridget fuera una de ellas. Fue una de las pocas veces en las que salí victoriosa de la discusión.

Echo un vistazo a la cama.

—Ya la desharé luego. —Mi maleta es un desastre. Antes me encantaba planear el vestuario para mis vacaciones en la isla, pero ayer no pude guardar con cuidado las prendas ni decidir si me traía una falda u otra. No había tiempo. Me serví una generosa copa de vino, lo metí todo deprisa y corriendo y pedí un sándwich a domicilio de *prosciutto* y rúcula, algo que yo misma habría podido preparar si hubiese tenido comida en la nevera. Me he acordado del camisón esta misma mañana, al cerrar la maleta—. Debería llamar a Farah antes de que salgamos —le digo a Bridget. El viaje ha llevado mi estrés laboral a un nivel que me provoca un tic en el ojo.

—Ni se te ocurra. Farah puede llevar la floristería con los ojos cerrados, no te necesita.

Las palabras precisas de Farah fueron las siguientes: «Podrías irte y no volver jamás y no me pasaría nada». No lo decía en broma.

—Gracias —replico secamente.

—Ya sabes a qué me refiero. Hace demasiado que no te coges unas vacaciones, coño. Sé que te lo he dicho ya, pero trabajas demasiado, Bee.

Bridget lleva meses animándome a contratar a otra persona para la empresa. Cursó una asignatura de Economía, en el trabajo gestiona un presupuesto sustancioso y lleva presentando las declaraciones de impuestos ella sola desde que era adolescente. Cuando hace tres años y medio cogí las riendas de mi tía, me ayudó a limpiar su despacho; parecía un quiosco volcado, con papeles por todas partes. A Bridget le molestó el desorden y es probable que la pusiera cachonda la idea de remediarlo. Desde entonces me ayuda con la parte administrativa del negocio.

Sé que tiene razón. Hago demasiadas cosas, pero si trabajo muchas horas ahorro dinero. Me aterroriza la idea de gastar de más, de tomar una mala decisión y enviar el negocio a la bancarrota, de que mis padres al final estén en lo cierto. No sentí el verdadero peso de ser la propietaria de In Bloom hasta que mi tía murió el año pasado.

—Bee —dice con voz suave—, estoy preocupada por ti. Sé que puedes llevar el trabajo de tres personas a la vez, pero estás hecha polvo. Vas a terminar quemándote.

—Bridget —repongo con los ojos entrecerrados—, ¿has orquestado estas vacaciones para poder echarme un buen sermón?

—No me extrañaría lo más mínimo. Por descarada que sea, Bridget tiene una parte astuta.

—No, pero sí que necesitas tomarte un descanso.

Tal vez este viaje sea una oportunidad para que Bridget y yo nos relajemos como hacíamos antes, para que nos demos atracones de ostras y de *vinho verde*, para que descansemos, hablemos y nos tomemos al pie de la letra la regla número dos y nos olvidemos de la ciudad de verdad.

—Supongo que un descanso no suena nada mal —reconozco.

—Me encanta que no me lleves la contraria. —Sus hoyuelos hacen acto de presencia.

Sin embargo, la sonrisa forzada y las ojeras oscuras desentonan y no consiguen ocultar la preocupación que irradia.

Siempre que viajamos, nuestra tradición es la misma: en cuanto nos hemos instalado, salimos a dar un paseo; es nuestra forma de olvidarnos del trabajo y la vida urbana. La lluvia no nos detiene, la nieve tampoco. Solemos ir a una playa para disfrutar del aire marítimo y siempre busco en la arena un vidrio de mar, aunque nunca lo encuentro. A veces paseamos por la orilla delante de Summer Wind, pero hoy Bridget propone ir a Thunder Cove. Ninguna de las dos ha visitado la zona desde que pasó el huracán, cuando Teacup Rock desapareció dentro del golfo.

Aparcamos al final del camino de tierra roja, tomamos un sendero entre las dunas y nos dirigimos a la playa. Es un lugar tan impresionante como cuando lo vi por primera vez. Unos acantilados de piedra rojiza se alzan en la arena, hay cuevas y grietas talladas por el Atlántico y moldeadas por el viento, la hierba cruje y las gaviotas graznan. Todavía no consigo superar lo colosal que es. Sabía que en la isla había playas, pero no me habían dicho que hubiera ninguna como esta.

Antes me hacía toda clase de peinados elaborados para combatir la humedad y el viento, pero ahora me deleito con los mechones azotándome la cara y el vestido ondeando en las piernas. Hace que me sienta pequeña en el buen sentido. Vivo una existencia basada en el estrés y los fideos picantes, pero esa versión mía se vuelve insignificante cuando estoy en la costa de la isla.

Hoy el oleaje es suave, las olas apenas rompen en la orilla. Experimento un extraño combo de emociones al ver lo que queda de Teacup Rock; donde antes se erigía la roca, majestuosa, ahora solo hay un trozo rojizo de piedra medio engullido por el mar. Oigo a Bridget sorber por la nariz.

—¿Estás llorando?

Se lleva una mano a la mejilla.

—Pues supongo que sí. —Se echa a reír, pero su carcajada enseguida se transforma en un sollozo.

—Oye, espera. —Le toco el brazo—. Vamos a parar un momento.

Me he desmoronado delante de Bridget en incontables ocasiones, pero ella nunca ha sido dada a llorar. Nos sentamos una junto a la otra en la arena, con las rodillas apoyadas en la barbilla.

—Lo siento —me dice.

—No me pidas perdón. Nunca hay que pedir perdón por sentir algo, y menos si estás conmigo. Es mejor que lo saques.

Le comienza a temblar la barbilla y se le anegan los ojos. Cuando parpadea, le caen unas enormes lágrimas redondas por las mejillas. Niega con la cabeza, confundida, y esconde la cara entre las piernas.

Le acaricio la espalda y le digo que todo va a salir bien, pero me resulta casi imposible mantener la compostura a su lado. Miro al cielo y pestañeo para vencer el escozor de ojos. Por una vez quiero ser yo la fuerte. Bridget llora hasta que ya no le quedan lágrimas y solo le moquea un poco la nariz.

—¿Quieres contarme lo que te pasa?

Durante un minuto se limita a contemplar las olas y el espacio vacío donde tiempo atrás se erguía una roca precariamente.

—Ha desaparecido. Y la vaca también.

—¿La estatua de Cows Creamery? ¿La del aeropuerto?

—Sí —dice—. Te encantaba esa puta vaca.

—Sí, pero las cosas cambian, Bridget. Y sobre todo las costas y los aeropuertos. No es algo tan malo. Es, sin más.

—¿No te molesta que la roca se haya esfumado? —Se vuelve hacia mí.

—Un poco, pero nada es permanente. Estaba destinada a esfumarse. Todo el mundo sabía que no iba a durar para siempre. Ya sabías que la cima era demasiado pesada para la base.

Mi amiga dirige la vista de nuevo al horizonte.

—¿Quieres contarme lo que te preocupa de verdad? —le pregunto.

Coge aire y lo suelta.

—Solo quiero estar aquí sentada —murmura—. Por favor. No me apetece hablar.

Las dos miramos juntas el agua y, al final, Bridget apoya la cabeza en mi hombro. Su melena de rizos rubios y castaños ondea ante mis ojos.

—Me da la sensación de que las cosas están desapareciendo —dice.

No le digo que yo también tengo esa sensación. Maravillas de la naturaleza, monumentos, mi tía. Bridget también: desde que conoció a Miles, ha sido un poco menos mía.

Visualizo la camioneta de Felix, que esta tarde ha desaparecido en medio de una nube de polvo rojizo.

—Yo siempre estaré aquí —le aseguro—. No te fallaré nunca.

Por lo menos, otra vez no.

8

En la actualidad

—¿Crees que hay alguna probabilidad de que tus padres tengan vino en la nevera? —le pregunto a Bridget mientras se dirige al piso de arriba. Siempre se da una ducha después de nuestro paseo inaugural. En la isla muestra su versión más despreocupada y tranquila, pero su ganduleo sigue siendo fiel a un horario.

—Qué va —contesta. Ken bebe cerveza o whisky y Christine es casi abstemia.

—¿Whisky y cacahuetes, pues?

—Whisky y cacahuetes —asiente.

Sé cuándo se lava el pelo porque desde la cocina oigo su versión de *Un-break my heart*. Me gustaría leer entre líneas y captar algún significado de la triste balada de Toni Braxton, pero esa canción forma parte de su ritual de enjabonado y aclarado.

Supongo que debería preparar algo de comer. Mi mayor logro culinario es adivinar quién va a ganar el programa de cocina *The Great British Baking Show*, pero Bridget odia cocinar. Miles es el chef de la relación, uno estupendo. Así es como me ganó a mí, porque siento debilidad por la comida casera. Examino los pocos alimentos que hay en la nevera de los Clark: parece que mañana vamos a tener que ir al súper. Cojo una botella de whisky y una bolsa de cacahuetes de la despensa —dos cosas que sé que Ken siempre tiene en casa— y me sirvo un dedo.

En Toronto casi nunca bebo whisky, pero me irán bien las fuerzas. Mi cabeza se ha estirado, se ha doblado y ha llevado a cabo posturas acrobáticas sobre una barra de equilibrio mientras intenta procesar la clara incomodidad de Felix y la huida de Bridget. Tomo un sorbo y el ardor que siento en la garganta me devuelve al presente. Estoy en la isla, he vuelto a Summer Wind y a mi mejor amiga le pasa algo raro. Nunca la he visto venirse abajo como antes en la playa.

En el congelador encuentro pan y, en el fondo de la nueva y elegante nevera de los Clark, un tarro de queso untable Cheez Whiz. Acabo de poner los sándwiches en la sartén cuando me fijo en las imágenes del lateral del frigorífico: son nuevas. Durante el primer verano busqué retratos familiares. Quería ver hasta qué punto había ignorado quién era Felix en realidad, pero no había ninguna. Por lo menos no fui tan tonta.

La única foto de los Clark que Bridget puso en un marco cuando vivíamos juntas era una de cuando Felix y ella eran pequeños, que situó sobre su cómoda. Pero, durante aquella primera visita, la obligué a enseñarme los álbumes familiares que Christine guarda en la salita, así que algunas de las que están en la nevera ya las había visto: en clase, reuniones familiares y concursos ganados de castillos de arena; los hermanos Clark en distintas edades. Bridget tiene la misma cara desde que era una cría, pero Felix ha cambiado bastante. Era un bebé rojo y arrugado con abundante pelo oscuro. Sé que lloraba sin parar; así fue como le pusieron el apodo: el lobo que aúlla. Era un chaval alegre algo bajito y un adolescente arrogante, uno de esos que se saltaban la etapa rara y pasaban directamente a ser unos galanes. Hay una en la que aparecen Bridget y él en bañador rodeándose con el brazo. No hace tanto de esa foto, pues Felix lleva barba.

Hay que examinar a Felix y a Bridget atentamente para advertir el parecido —la nariz respingona que han sacado de su madre, la mandíbula ancha de su padre—, pero está ahí. Aunque con sus padres comparten mucho más que un rostro bello. Los Clark saben que forman un equipo, algo que yo admiro y envidio. Cada uno de ellos es único: Christine es la más directa; Bridget, la más ordenada; Ken, el mediador; Felix, el pilar. Pero todos son muy Clark: independientes, resilientes, cariñosos y leales.

Es muy diferente a la familia en la que crecí yo. Mi madre es dentista, una mujer precisa y escéptica. Mi padre, agente hipotecario, es práctico y serio. No tienen el sentido del humor de los Clark. Nuestra vida era rutinaria: cereales para desayunar, pollo para cenar. Por las noches veíamos el telediario y luego la serie que dieran en horario de máxima audiencia. Íbamos de un lado a otro siguiendo los partidos de hockey de mi hermano. Lyle me saca seis años y, si bien ni él y yo nos parecemos —ojos azul intenso, nariz recta, cabeza grande, cabello castaño rojizo y pómulos marcados—, cuando éramos pequeños no teníamos nada en común. Además podía transcurrir toda una noche sin que mi padre pronunciara poco más que unas cuantas frases. No fue una infancia horrible, pero sí muy silenciosa, y a menudo me sentía sola.

Mi tía Stacy era lo más parecido a una verdadera familia, como si parte de mí hubiera salido de ella. Era la antítesis de mi madre: exuberante, estilosa y llena de historias de su época de actriz. Era una soltera consumada, pero estaba abierta al amor. Cuando le presenté a Bridget, entonces una chica de veintidós años que echaba de menos su hogar, mi tía la acogió, la hinchó a comida italiana para llevar y convirtió nuestro dúo en un trío.

Les doy la vuelta a los sándwiches y regreso junto a las fotos. Observo boquiabierta el pecho desnudo de Felix. Quizá por eso tardo otro minuto en darme cuenta de que yo también figuro en la nevera. Esa imagen no la había visto: Bridget y yo en el salón con el tablero del Trivial Pursuit sobre la mesa de centro. Nos reímos en el sofá, las dos con jersey. La hicieron el año que vine a celebrar Acción de Gracias. Felix también aparece, sentado en la butaca, con los ojos clavados en mí. Siento escalofríos por las piernas y, acto seguido, oigo crujir los tablones del suelo.

—¿A qué huele? —pregunta Bridget.

Olisqueo el aire.

Huele a queso quemado.

Después de cenar a las seis en punto unos sándwiches de queso negros con pepinillos, Bridget y yo nos sentamos en el porche a observar los pájaros revoloteando entre los árboles. Mi amiga lleva la camiseta de su padre, con el lema «La Historia no es aburrida», y unos leggings que describe como vividos, pero que en realidad tienen más agujeros que tela. No tiene tiempo que dedicar a la moda y su sentido del diseño es malísimo. Un día intentó hacer un arreglo floral y, cuando le pregunté si era daltónica, creyó que se lo decía en broma. De vez en cuando me envía fotos de ramos que cree que me gustarán. Son horribles, pero me encantan.

El viento hace tintinear unas campanillas; no sé desde cuándo llevan aquí, pero me molestan. Estando en Summer Wind, lo único que quiero oír son los pájaros y la brisa.

Cuando una fuerte ráfaga provoca una nerviosa melodía metálica, Bridget se incorpora de un salto para quitarlas del gancho.

—Cómo las odio —exclama.

—Son lo peor.

—Enseguida vuelvo —dice dirigiéndose a la casa.

El sapo de cerámica me observa con los ojos saltones mientras espero.

—No me mires así —le gruño.

Mi mente, la muy desgraciada, sube las escaleras hasta el cuarto de Felix y viaja al pasado, a nuestra primera noche. Me da la impresión de que ha transcurrido una eternidad, como si ahora fuéramos otras personas. A veces me pregunto si lo ignoré deliberadamente. No vi el sapo, pero había otras pistas, como el hecho de que sus padres no estuvieran en casa, los impecables parterres de flores —sabía que Christine era una gran jardinera— o el piano, que hacía apariciones estelares en las anécdotas familiares de Bridget. Además había una botella de mi *vinho verde* preferido en el estante inferior de la nevera, que sus padres habían comprado para nosotras, pero no la vi; de haberlo hecho, habría atado cabos. O quizá no.

Refresca muy deprisa y Bridget regresa con una manta del viejo baúl, una bolsa de cacahuetes y la botella de whisky, que deja en la mesa de centro, entre las velas de citronela, después de servirnos un vaso a cada una. Su tolerancia al alcohol es cercana a cero y dudo de que esta noche haya dormido mejor que yo, así que se acostará antes de que salga el sol.

—¿Qué hacen todas esas fotos en la nevera? —le pregunto al tiempo que toma asiento en el otro extremo del sofá.

Christine estaba en contra de colgar fotografías familiares.

«Ya sé lo guapos que son mis hijos. No necesito anunciárselo al mundo», me dijo el primer verano que me quedé aquí.

—Mi madre se ha ablandado al jubilarse. —Bridget se encoge de hombros—. Antes me parecía que le caían mejor los caballos que las personas. Pero nos echa mucho de menos, aunque Lobo venga de visita cada dos por tres. —Me contempla por encima del vaso—. ¿Has visto la foto en la que salimos tú y yo?

—Sí. —Bebo un sorbo—. No me puedo creer que solo hayan pasado dos años. Se nos ve mucho más jóvenes.

—¿Te has fijado en que Lobo te come con los ojos? —murmura.

—¿Qué? No —respondo demasiado rápido.

—¿Qué os traéis entre manos? —Me lo pregunta bostezando, así que suena como si tal cosa, pero me pongo rígida.

—¿A qué te refieres? —Más de una vez he estado a puntísimo de contarle a Bridget una versión suavizada de mi historia con Felix. Hace unos años decidí sincerarme del todo después de visitar la isla, pero transcurrió una semana, y otra, y no me parecía urgente decírselo. Así pues, las excusas para mantener en secreto mis polvos con Felix se fueron acumulando. Sin embargo, el verano pasado, cuando volví de la isla del Príncipe Eduardo, estaba decidida a contárselo de una vez por todas. Reservé una mesa en un bonito restaurante para que no montara un espectáculo en público y me tomé varias copas de vino, pero, cuando llegó la cuenta, todavía no había reunido el valor para hacerlo. Esta no será la primera vez que me acobardo.

—Sé que entre vosotros pasa algo —insiste—. Hoy apenas te ha mirado y... —Hace un gesto con la mano en dirección al porche.

—¿Y qué?

—Que no está aquí. Cuando vienes, no se aleja más de un metro.

—Está ocupado con las cabañas.

En mis momentos más débiles he leído las reservas de la web y las he analizado en busca de alguna mención a Felix. Hay una, escrita por una mujer llamada Nova Scarlet del otoño pasado, que asegura que el «conserje buenorro y sus camisetas blancas ceñidas» fueron lo mejor del viaje. Al final de la frase añadió un emoticono guiñando el ojo. Me he pasado mucho tiempo preguntándome qué insinuaba.

Bridget me mira con incertidumbre, luego apura el whisky, tose y se llena el vaso de nuevo. Siendo ella, es excesivo.

—Tengo una idea —anuncia.

—Ay, madre.

—Una idea que es la rehostia —aclara.

—Me aterra y me intriga. Continúa.

—Creo que deberíamos ponernos en plan isleñas a tope.

—¿Qué implica eso? ¿Aprender a tocar el violín con tu abuelo? ¿Saltar desde el puente Covehead Bridge? ¿Comer todo el marisco habido y por haber?

—Pues claro. Esa siempre ha sido la regla número uno.

—La regla número uno es comer nuestro peso en ostras.

—Uy, pues ya lo haremos. Dentro de dos días, Lobo se irá a Tyne Valley a desbullar ostras. Podemos ir con él, te va a encantar.

Felix participa todos los años en el campeonato nacional de abridores de ostras. Nunca he estado aquí para presenciarlo, pero sé que se le da bien. A los diecisiete acabó primero en la división júnior. No me cuesta creerlo. Sé lo hábil que es con las manos.

—Y, si no puedo convencerlo para que se quede aquí, por lo menos pasará la noche del domingo con nosotras —prosigue Bridget—. Está demasiado lejos como para volver a su casa después del concurso.

Visualizo a Felix a primera hora de la mañana: ojos adormilados, marcas de la almohada, pantalones del pijama, miel en el té y en sus labios.

—Espera —digo expulsando de mi cabeza esas imágenes—. ¿Has dicho el domingo? Creía que el domingo por la noche volveríamos a Toronto.

—A Lobo le ofenderá que no vayas.

Lo dudo.

—Y a mí también —añade．

Suspiro. Si regreso el lunes a primera hora, todo irá bien. Estaré agobiada, pero estoy acostumbrada a estarlo.

—Vale —digo—. Tú ganas. Iremos al concurso ese, así que lo de las ostras ya está solucionado.

—Y luego está la regla número dos, claro. Nos olvidaremos de la ciudad. Durante el resto de la semana, haremos lo más típico y tópico. Construiremos castillos de arena, comeremos marisco, visitaremos faros, conduciremos por la costa. Nada de hablar de bodas y nada de hablar de trabajo. Fingiremos que volvemos a tener veinticuatro años.

En ese primer viaje, Bridget y yo recorrimos la isla del Príncipe Eduardo con un sedán de alquiler cantando a pleno pulmón. Era la primera vez que conducíamos juntas —ninguna de las dos tenía coche en Toronto— y me llevó a los lugares turísticos más famosos: a la granja que sirvió de inspiración para *Ana, la de Tejas Verdes*, al faro West Point, de rayas blancas y negras, a hacer senderismo por el parque nacional de la isla y a darnos un banquete en New Glasgow Lobster Suppers. Cuando salíamos a cenar, mi dieta consistía únicamente en productos marinos, por lo que comí bocatas de bogavante, ostras, mejillones, sopa de pescado y *fish and chips*. También intenté (sin éxito) encontrar un vidrio de mar en la orilla.

No es propio de Bridget ponerse tan nostálgica y no se me escapa lo de que no quiere hablar de la boda, pero detesta que la arrinconen, así que por el momento lo dejo correr. Tengo que averiguar la forma de que se abra en las próximas cuarenta y ocho horas.

—Nunca nos hemos entregado en cuerpo y alma a la experiencia de Lucy Maud Montgomery —digo—. Quizá deberíamos comprar pelucas de Ana, la de Tejas Verdes, y de Diana, y sombreros de paja, y beber licor de frambuesa, y montarnos en un carruaje con un delantal.

—Ni de coña, vamos, pero sí a lo de visitar la granja de Ana.

—¿En serio? —Fuimos durante mi primer viaje, pero habría regresado en múltiples ocasiones si Bridget no me lo hubiera vetado. En Toronto guardo un mapa de la isla en una caja de cristal en el escritorio y he trazado un círculo sobre los lugares que ella y yo hemos visitado para tener una idea de lo que quiero ver la próxima vez. Visualizarme en la isla era casi tan bonito como estar aquí.

A veces desdoblo el mapa y recorro con el dedo el extremo oriental de la isla, por la costa donde se encuentran las cabañas de Salt Cottages y por la zona interior, donde vive Felix. Una cabaña construida entre pinos y manzanos con un estanque bajo las ramas de los árboles.

—En serio. —Extiende la manta de lana para que nos tape a las dos. Los Clark tienen las mejores mantas del mundo—. Un último viaje de chicas. Será memorable.

—Te vas a casar, no a morir. —Suelto una carcajada—. Tenemos toda la vida por delante para hacer viajes de chicas.

Al ver que le tiembla la sonrisa, se me encoge el estómago.

—Bridget, no estás enferma, ¿verdad? —Con mi tía fue superrápido. Un día estábamos desayunando en su jardín y, el martes siguiente, la ingresaron en el hospital. Cuatro semanas más tarde murió.

—No. —Lleva el pelo recogido en un moño deshecho que se bambolea cuando niega con la cabeza—. Claro que no. —Se acurruca en el sofá y me rodea con un brazo para apoyarme la cabeza en el hombro—. Lo siento, Bee —dice, consciente de dónde viene mi miedo.

El verano pasado, después del funeral, Bridget me subió a un avión rumbo a la isla del Príncipe Eduardo. Echo la culpa de lo que pasó —a que mis sentimientos por Felix estallaran de la nada— a mi estado emocional. Estaba arrasada por la pena y un tío acababa de dejarme, así que me encontraba muy sensible.

Sin embargo, no tengo por qué preocuparme por la salud de Bridget, ya que no está enferma, su familia está bien, sé que le encanta su trabajo y sus compañeros la adoran. La fiesta nupcial que le organizó su jefa fue extremadamente elaborada, de ahí que solo quede una posible explicación.

—Tu relación con Miles... ¿Seguro que todo va bien entre vosotros?

—Ajá.

—Mmm. —No es una respuesta del todo convincente.

—Es que echaba de menos a mis padres y la isla —dice—. Y he estado muy estresada con lo de la boda. Necesitaba descansar y pasármelo bien.

Entrevistar a proveedores de eventos, recopilar las confirmaciones de asistencia, preparar la celebración paso por paso…, esa es la idea de Bridget de pasárselo bien. Y lo sé de buena tinta porque su boda ha monopolizado la mayor parte de nuestras conversaciones desde que Miles le propuso matrimonio, hace diez meses.

Se presentó en la tienda después de cerrar para enseñarme el anillo. Miles trabaja en la renovación de edificios y eligió un diamante que daba fe de ello. Solté «uuh» y «aah», porque el pedrusco es una pasada, y luego fui a por la botella de *vinho verde* de emergencia que guardo en la nevera de las flores.

«No hay mucho tiempo para organizar la boda —me había dicho Bridget con una sonrisa de oreja a oreja—. Me muero de ganas».

Nadie se estremece de placer como Bridget al oír las palabras *calendario apretado*, así que no me trago ni por asomo lo de que está estresada o necesita pasárselo bien. Es como si nos hubieran llamado para una obra de teatro en la que nos hemos tenido que intercambiar los papeles. En teoría, ella es la adulta de nuestra relación y yo soy la que huye de los problemas, pero, ahora mismo, no sé si me preocupo por ella o si me fastidia su actitud. Qué coño, las dos.

—Sabes que he tenido que posponer una reunión importantísima para venir aquí —digo—. Mi contacto de Cena es consciente de que me está ofreciendo una oportunidad de oro, así que seguramente crea que al retrasar la cita estoy siendo voluble. Por no decir que soy la encargada de las flores de tu boda, que tendrá lugar dentro de ocho días.

—Siento mucho las molestias —repone, brusca de repente.

Odio pelearme con Bridget. No se me da bien, y a ella se le da de muerte. Me siento algo confusa y termino olvidando por qué hemos empezado la discusión. Por lo tanto, a pesar de que este viaje sea una molestia enorme, reculo. Bridget me necesita, aunque no sepa por qué. Y ella estaría ahí por mí, sin lugar a dudas.

—No es ninguna molestia —digo—. Te quiero más que a nadie, ya lo sabes. Es que tengo muchas cosas entre manos.

—Ya lo sé.

Nos pasamos un minuto entero en silencio hasta que añade:

—Y no olvidemos la tercera regla.

—Jamás la olvidaría.

—Puede que me pasara de susceptible al ponerla —suelta esforzándose por sonreír.

Vaya que si se pasó.

—Sin embargo, creo que será mejor que la dejemos donde está —digo.

Regla número tres: no te enamores de su hermano.

9

En la actualidad

Me quedo sentada en el porche después de que Bridget se haya ido a la cama, viendo el cielo volviéndose rosa sobre el océano, y me pregunto si es posible que no vayamos a celebrar su boda dentro de una semana. Me apetecía mucho asistir. Sí, ya sé que no se acaba el mundo, pero tu mejor amiga solo se casa una vez, con un poco de suerte.

El Gardiner Museum es un lugar muy elegante y Bridget y Miles han especificado un código de vestimenta de gala en las invitaciones, selladas con las iniciales B&M estampadas con cera, pero de ninguna manera la boda será tan estirada como esos papeles.

He pasado el tiempo suficiente con los Lam como para saber por qué Bridget les tiene tanto cariño. Se mudaron a Canadá desde Australia cuando Miles era adolescente y comparten con los Clark su gusto por la ironía, el tono de voz muy alto y la falta de pretensiones. La combinación de los Clark de la isla del Príncipe Eduardo y los escandalosos parientes australianos de Miles hará que sea una noche muy divertida.

Habrá barra libre, un violinista y una gastroneta con bocatas de bogavante por la noche. La cena estará formada por ocho platos de origen cantonés seleccionados con esmero por Miles. Lo único que sé es que habrá cochinillo asado, así que yo encantada. Ya he escrito mi discurso y he memorizado las primeras frases para poder mirar a Bridget a los ojos mientras las pronuncio.

«Cuando conocí a Bridget Clark, me llevó hasta casa subida al manillar de su bici. En muchos sentidos, sigue cuidando de mí desde esa noche de hace siete años».

Mi intención es que mi mejor amiga se eche a llorar. Asumiendo que la boda siga en pie, claro.

Me llevo la manta a la nariz y aspiro su aroma. El viejo baúl está hecho con madera de cedro y las mantas de los Clark desprenden un olor muy característico. Si pudiera, lo embotellaría. El mar, la hierba, las velas de citronela y las mantas de lana del arcón de cedro: el perfume de Summer Wind.

Llamo a Farah para saber cómo va todo. Me asegura que los trabajadores a media jornada están encantados de hacer más horas en mi ausencia y me pide que la deje en paz.

—Hace siglos que no te coges unas vacaciones. Estoy cansada de ti —me suelta. No me he tomado ningún día libre desde el verano pasado y no he podido ni respirar. Trabajo, trabajo, la boda de Bridget, trabajo, trabajo, trabajo.

—Bueno, pues yo de ti no.

Resopla.

—A lo mejor habrías encontrado un acompañante de verdad para la boda si no te hubieras pasado todos los días con un par de podadoras en la mano.

Farah afirma que las bodas le dan repelús, pero me acompañará y hace tiempo que sé que, debajo de su cascarón con pinchos, tiene un centro de caramelo. La quiero mucho, pero no le falta razón: no se me ha ocurrido nadie más que venga conmigo a la boda. Bridget ha sido siempre mi persona preferida, pero ahora es la única que tengo en mi vida aparte de mis compañeros de trabajo. En el último año he estado tan absorta en el trabajo que he dejado que mis amistades se evaporaran, y mi vida sexual también.

—Tú eres mi acompañante de verdad —le digo.

—Yo no pienso meterte mano en la pista de baile, así que no, no lo soy. Qué manera de desperdiciar tu vestido, con el que lo petas.

Sí que lo peto. He elegido algo más chica Bond que de costumbre: oscuro y ajustado con una abertura en el muslo y cuello halter. No sabía cómo reaccionaría al ver a Felix engalanado o acompañado de una mujer, pero me aseguré de resplandecer como una amapola.

—Toda la ropa es una declaración de intenciones —solía decirme mi tía—. Y a mí me gusta que la mía sea escandalosa.
—Stacy jamás iba por ahí sin pintarse los labios de rojo o sin un detalle rojo en el cuerpo. Precisamente, tenía un libro infantil que me leía antes de dormir cuando me quedaba en su casa de pequeña: *El rojo es el mejor*.

Si mi vestido tuviese que declarar alguna intención, seguro que diría: «Vámonos a un rincón oscuro a hacer travesuras».

—No incluyas rosas en los ramos de los Mendoza —le digo a Farah para cambiar de tema.

—Van a quedar muy ligeros.

Me larga que deje de preocuparme y que salude a Bridget de su parte; en el lenguaje de Farah es casi una forma de profesar su cariño.

Subo al segundo piso de puntillas después de colgar, evitando el escalón que cruje, el segundo empezando por arriba. Si Bridget está durmiendo, no quiero despertarla. Mi maleta es un caos, pero encuentro el camisón enseguida. Es de algodón blanco, con un volante en la parte inferior y un discreto bordado en el cuello, y me llega hasta los tobillos. Queda un poco raro con el nuevo aire que le han dado al antiguo cuarto de Felix.

Con la manta y otro dedo de whisky, me acurruco en el sofá exterior y abro los mensajes. Tengo que deslizar bastante hasta dar con la conversación que estoy buscando. No puedo decir que los mensajes que nos hayamos intercambiado formen una cadena porque solo hay cuatro. Yo le mandé el primero a Felix hace años y él me respondió al cabo de dos días.

Perdona, no he podido despedirme de ti.
Gracias otra vez por todo!

Contigo siempre me lo paso bien

Vuelvo a la vida real 😭

Un emoticono amarillo con el pulgar hacia arriba: la forma universal de poner fin a una conversación.

Me dije que era positivo.

Justo cuando el último rayo de luz abandona el cielo y el horizonte desaparece en pleno crepúsculo, unos faros iluminan el cobertizo de trabajo de Ken. El vello de los brazos se me pone de punta: mi piel lo sabe.

Avanzo por el lateral de la casa en dirección al camino de entrada cuando la camioneta de Felix frena. Coge algo del asiento de atrás y rodea el vehículo con una bolsa de la compra entre los brazos. Felix Clark, el hombre más considerado que conozco.

Al verme, se detiene y me recorre con la mirada de la cabeza a los pies descalzos. A pesar de la brisa, me arde el cuerpo. Me he recogido el pelo en dos trenzas, como me gusta hacer antes de irme a la cama. Es mi versión menos sexy, pero él ya me ha visto así.

—Pareces un fantasma de otra época —comenta al ver mi camisón, aunque nunca ha tenido ningún problema con él.

—¿Te echo una mano? —Extiendo los brazos, pero sigue andando hacia la casa.

—El vino está en el asiento del copiloto —me dice sin volver la vista.

Me encamino hacia la camioneta al tiempo que él entra en la casa. Al abrir la puerta, me da un vuelco el corazón, como si fuera un cachorro revoltoso muy mal amaestrado. En el asiento veo una bolsa de papel con dos botellas de mi *vinho verde* preferido y una mochila.

Felix Clark ha venido para quedarse en Summer Wind.

10

En la actualidad

Felix está agachado delante del frigorífico metiendo limones en el cajón de las frutas y verduras. Dejo su mochila y el vino encima de la mesa, momentáneamente embelesada por sus anchos hombros y los tensos músculos que aprecio bajo su camiseta. Lo observo llenando la nevera: fresas, melocotones, lechuga de hoja roja, judías verdes, chalotas, queso *brie*, queso crema, huevos, beicon y un paquetito rosa de la mantequilla refinada de Cows Creamery. En Toronto no puedo comprarla y sabe lo mucho que me gusta.

Mi corazón es un monstruo que se agiganta al verlo. Pero sé lo fácil que es confundir la consideración de Felix con unos sentimientos más profundos.

—El vino —dice. Le paso las botellas—. No están frías. ¿Quieres poner una en el congelador para esta noche?

—No, ya hemos bebido whisky de tu padre.

—¿Con cacahuetes?

—Pues claro.

Felix se queda inmóvil agachado, contemplando un cartón de leche. Casi lo oigo sopesar las palabras que va a decir.

—Bridget se ha acostado hace un rato —le informo.

Se levanta y se da la vuelta para mirarme a los ojos, con las manos en los bolsillos.

—Ya me lo imagino.

—Gracias por traer todo esto.

—De nada. —Clava los ojos en el lazo rosa del cuello de mi camisón y aprieta la mandíbula.

—Has comprado mi mantequilla. —Parece un detalle importante que merece la pena recalcar. Por eso me cuesta tanto no perder el control cerca de Felix, porque no solo es guapo, sino que es buena persona.

—Sí, he pensado que seguro que Bridget y tú os habíais pasado la tarde paseando por ahí.

—Por Thunder Cove. ¿Cómo lo sabes?

Levanta la mirada. Es sombría. Una tormenta tropical empieza a recorrerme el semblante.

—Hace cinco años que te conozco, Lucy. Si te dan a elegir, siempre vas a preferir una aventura y aire fresco que ir al supermercado a hacer la compra.

Tal vez sea por el whisky o porque él huele a viento, pero estoy convencida de que es más irresistible que el año pasado. A mí me gustaba con barba, pero ver su rostro entero es arrollador: parece que le hayan tallado la mandíbula con un cincel. Quiero acariciarle la mejilla y recorrer su barbilla. Quiero trazar un mapa de sus sienes y su nariz con la mano para así guardar su imagen en una cajita de cristal en mi piso y sacarla cuando lo eche de menos.

No, no. Basta. Estos pensamientos no ayudan lo más mínimo.

—¿Te vas a quedar? —le pregunto.

—Me voy a quedar. ¿A ti te parece bien?

Claro que no.

—Claro que sí.

Un fin de semana con Felix. Seré capaz de soportarlo. Solo voy a tener que ignorar cómo se me acelera el pulso cuando estamos en la misma habitación y dejar de visualizar la mancha de nacimiento con forma de tetera que tiene en la cara interna del muslo. Fingiré que no me apetece enroscar mi cuerpo al suyo como si fuera una hiedra. Coser y cantar.

—Esta casa es tuya, no mía —le digo—. Será divertido que volvamos a estar los tres juntos.

—Divertido. —Sus ojos siguen clavados en los míos de tal modo que me da la sensación de que estoy totalmente desnuda.

Me remuevo, incómoda, y noto el calor subiéndome por el cuello hasta las mejillas.

—En ese sentido no. No me refiero a eso.

—¿No? —Felix me observa como si me viera hasta el alma. Así cojo una bayeta y empiezo a limpiar el fregadero.

—Por supuesto que no.

Sé que aún me está mirando, pero yo sigo concentrada en la limpieza.

—Lucy. —Pronuncia mi nombre como si fuera de terciopelo, de chocolate. Como si estuviéramos follando en el cuarto de baño del piso de arriba.

Paso la bayeta con más fuerza.

Felix se sitúa a mi lado, con la cadera apoyada en la encimera. Creo que su temperatura corporal es más alta que la de los demás hombres. Noto el calor que desprende su cuerpo.

—El fregadero está impoluto.

Estrujo la bayeta y me seco las manos con uno de los nuevos trapos de lino de Christine. Cuando al fin levanto la vista, veo arder sus ojos, tan seductores como peligrosos. Felix es un remolino y, si no me ando con cuidado, me absorberá. Estoy en mi época más larga de sequía, así que parto con desventaja. Antes tenía citas sin parar; me gustaban los primeros días, cuando conoces a la otra persona, el subidón que te da el primer beso, la emoción de que te deseen y te descubran. Sin embargo, llevo ya doce meses sin un solo beso siquiera. Quizá por eso me parece que Felix está más bueno aún.

—He venido por Bridget. —Se lo digo a él, pero me lo estoy recordando a mí misma.

—Ya —repone—. Yo también.

Ya lo sé. Igual que sé que es imposible que yo desarme a Felix como me desarma a mí el simple hecho de verle las manos.

Asiento con la cabeza y me aparto de él.

—Genial.

Espacio, duchas de agua fría, concentrarme en mi mejor amiga, olvidar todas las cosas que me gustan de Felix y que no tienen nada que ver con su físico: así es como voy a aguantar este fin de semana.

—Me voy a la cama —le digo—. Ahora saco la maleta de tu habitación. Dormiré con Bridget.

Ya he subido dos escalones cuando oigo a Felix.

—Deja tus cosas donde están. Me quedaré en el sofá cama de la salita. —Intercambiamos una mirada desde ambos extremos de la casa y, aun a esa distancia, noto una corriente eléctrica entre nosotros—. Creo recordar que en esa cama tú duermes como un lirón.

Me cepillo los dientes, pero, cuando me tumbo, reproduzco la noche que pasé con él: Felix encima de mí, su mano sobre mi boca. Incluso con la ventana abierta, en esta habitación hace un calor horrible, o quizá sea yo, o esta maldita cama. Como un lirón..., ¡y una mierda!

Voy al baño y me echo agua a la cara en plena oscuridad. Lleno un vaso y, cuando estoy tomando un buen trago, se abre la puerta y entra un cuerpo fornido. Me vuelvo deprisa.

—Joder, qué fría está.

He derramado agua por todas partes, hasta encima de Felix.

—Me has asustado —exclamo cogiendo una toalla de manos para secarle el pecho, que está muy desnudo, y muy caliente, y muy duro. Se la lanzo—. Toma, sécate tú.

—No sabía que estabas aquí. ¿Por qué no has encendido la luz? —La prende.

Felix agacha la cabeza para secarse, por lo que no ve que me quedo boquiabierta al contemplarlo. Solo lleva ropa interior, un bóxer blanco. Admiro los músculos esculpidos, el vientre plano, la marca en forma de V de sus caderas, la línea de vello oscuro que desaparece bajo la cinturilla de los calzoncillos y que sigue bajando. No es la primera vez que este cuarto de baño me trae problemas.

Hay agua por todo el suelo, así que cojo otra toalla y me agacho para secarla. Sin embargo, me encuentro delante de los imponentes muslos de Felix y de la mancha de nacimiento con forma de tetera. Es lo que estoy observando cuando me dice:

—¿Te ayudo, Lucy?

Al levantar la vista, tiene sus ojos clavados en mí, ardientes, y está tan quieto que no sé si respira. Me pongo en pie más deprisa que nunca y resbalo, pero Felix me sujeta antes de que me caiga, agarrándome con una de sus enormes manos por el codo y con la otra por la parte baja de la espalda. Me ha estrechado contra sí para que no pierda el equilibrio y tenemos la mitad inferior del cuerpo pegada el uno al otro. A través del camisón noto lo caliente que está su piel, y su olor lo impregna todo. Nos quedamos observándonos mientras le clavo las uñas en los hombros. Resulta casi primitivo el modo en el que mi cuerpo exige el suyo.

«Más —dice—. Felix».

Estoy jadeando, literalmente. Es imposible que no se dé cuenta. Aunque no es que él esté tan tranquilo: se está empalmando. Abro mucho los ojos al advertirlo y los suyos se vuelven negros, con las pupilas muy dilatadas. Sería sencillísimo caer en la tentación, en un deseo que procede de un lugar que no reconozco, un lugar que no es accesible para mí si no estoy con él, pero no puedo ser tan irresponsable.

Me aclaro la garganta y Felix parpadea. Aparta las manos de mi cuerpo y suelto sus hombros, separándonos. Gira la cabeza y se pasa los dedos por el pelo.

—Ha sido... —No termina la frase.

—Voy a... —Señalo hacia el pasillo.

—Lucy... —Mi nombre es como gravilla en su boca—. Vamos a...

Niego con la cabeza y me apresuro a regresar al dormitorio.

Me apoyo en la puerta respirando hondo, pero necesito algo más que una maldita hoja de madera de pino entre Felix y yo.

Necesito un campo de fútbol.

Una provincia.

Un país entero.

De todos modos, no sé si eso bastaría. No sé cómo, pero siempre termino encontrando una manera de volver a su lado.

SEGUNDA PARTE

«Todo lo que vale la pena da algún trabajo».
Ana, la de Avonlea,
Lucy Maud Montgomery

11

Verano, hace cuatro años

Tenía veinticinco años y mi vida era perfecta. A Bridget y a mí nos iba genial en el trabajo. Ella hacía un año que curraba en el Departamento de Relaciones Públicas del hospital Sunnybrook y ya la habían ascendido a un puesto más sénior y yo lo estaba petando en la floristería. Mi tía me había confiado los encargos nupciales, y además había contratado a Farah, que me fascinaba tanto como me aterraba: me encantaba. La pregunta de mis padres de cuándo iba a conseguir un trabajo de verdad se redujo de una a la semana a una al mes. Le habíamos dado un lavado de cara a nuestro piso, cortesía del mayor sueldo de Bridget y de un par de sillas de espoleta *vintage* que había encontrado en la esquina de una calle. Tres de mis amigas habían dejado ya las aplicaciones para citas, pero yo estaba en mi apogeo algorítmico. No había nadie serio, aunque tampoco me apetecía una relación seria. Salí a mi tía y lo único que andaba buscando era tomar unos cuantos cócteles, mantener una buena conversación y pasármelo bien.

Y, entonces, un buen día, Stacy me llevó hasta su despacho, sacó el par de copas de cristal que guardaba en el cajón inferior del escritorio y una botella de *chianti*: pensaba cerrar In Bloom a finales del año. El negocio iba bien, pero quería libertad para viajar más, quizá para hacer de voluntaria en un teatro comunitario. En sus palabras: «Voy a disfrutar de la vida mientras aún sea joven y guapa». (Tenía sesenta años y sí que era guapa). Me dijo que conocía a una florista de Rosedale dispuesta a contratarme, pero a mí me encantaba In Bloom, así que no quería trabajar en ningún otro sitio.

—Si hay algo que puedo enseñarte, Lucy —me dijo mientras yo sorbía el vino—, es a vivir la vida al máximo, a vivirla por ti y por nadie más. Sé que te encanta esta tienda, pero he de hacer lo que es mejor para mí, igual que tú has de hacer lo mejor para ti.

Me pasé el trayecto en coche hasta casa llorando y seguí haciéndolo sobre los rizos de Bridget.

Esa noche mi amiga llamó a su madre.

—Creo que Bee necesita un poco de aire fresco —la oí decir—. Voy a llevarla a casa.

Mi tía me pagó el billete de avión.

No me preocupaba volver a ver a Felix. Durante el año que había transcurrido había conocido a muchos chicos. Sí, de vez en cuando pensaba en esa noche, pero teníamos reglas. Había sido algo puntual y yo me sentía rara escondiéndoselo a Bridget. Ya sabía quién era Felix, por lo que no pensaba repetir el mismo error.

Nos recogió a Bridget y a mí en el aeropuerto. Lo vi en cuanto bajamos a la pista y entramos en la zona de llegadas. Estaba apoyado en la estatua de la vaca con un libro en una mano y mostró una sonrisa radiante nada más vernos.

Felix saludó a Bridget con un abrazo y a mí con un guiño de ojo. De camino a Summer Wind, estaba alegre y nos hablaba sobre la parcela de tierra que planeaba comprar con Zach, su mejor amigo.

Mi pretensión era mantenerme alejada de Felix, pero, a lo largo de los siguientes días, cuando él no me miraba, yo lo miraba a él. Me fijé en lo mucho que había cambiado. Parecía más seguro, con una arrogancia que antes no tenía, pero no supe si era todo fachada o no. Y se había dejado un poco de barba. Aunque Bridget ya me lo había comentado, jamás me habría imaginado lo bien que le quedaba y lo mucho que conseguía que le brillaran más todavía los ojos. No recordaba lo impactantes que eran. También tenía más pecho y brazos y parecía mucho más relajado: su sonrisa se extendía con la misma facilidad que la pérgola de un patio, sin rastro alguno de tristeza. Además, cada vez que nos mirábamos a los ojos, desprendía pura electricidad.

—Veo contento a tu hermano —le dije a Bridget en el tercer día.

Se rio resoplando por la nariz.

—Porque liga con las turistas como si fuera un segundo trabajo.

Eso explicaba la arrogancia.

—¿En serio?

—Pues sí. Zach me ha dicho que en el móvil tiene una lista con sus recomendaciones: restaurantes, playas, cafeterías, el helado de arándanos de Cows..., cosas por el estilo. Su estrategia es ofrecérsela a cualquier chica guapa que entre en Shack Malpeque.

A mí me sonaba aquella lista, pero el verano anterior no había llegado a dármela.

—Es una idea brillante —reconocí—. Y muy útil.

—Mi madre y mi padre dicen que no ha pasado ni una noche en casa desde el día de Canadá. A ver, que me alegro de que haya pasado página, pero... —Bridget se encogió de hombros.

El Felix de veinticuatro años estaba tremendo y lo sabía. El Felix de veinticuatro años era un peligro que había que evitar a toda costa.

Pero no era fácil.

Christine y Ken no apuntaban todo lo que hacían como su hija, pero sí habían dispuesto un calendario con las tareas domésticas. A Felix y a mí nos habían asignado ir a hacer la compra y preparar la cena durante tres días. Fuimos juntos con el Mustang hasta el supermercado y yo hice lo imposible por ignorar cómo sujetaba el cambio de marchas con esa enorme mano suya.

Solté un gritito al ver el paquete rosa de mantequilla de Cows Creamery en la nevera de los lácteos. Llevaba dibujada una vaca y un mapa de la isla del Príncipe Eduardo: ridículo y monísimo al mismo tiempo.

—No sé lo que es la mantequilla refinada, pero necesito que pase a formar parte de mi vida.

Felix extendió una mano y yo se la coloqué en la palma.

—Pues yo me encargo.

Estábamos preparando costillas de cerdo, ensalada de patata y judía verde cuando Christine me vio usando un cuchillo de carne para cortar las judías. Me pasó un gigantesco cuchillo de cocinero y le pidió a Felix que me enseñara a usarlo. Él se colocó detrás de mí, con una mano sobre la mía, y me mostró cómo flexionar los dedos para protegerlos. Justo entonces, Bridget entró en la cocina y gritó:

—¡Quítale las manos de encima a mi amiga, Lobo!

Felix se echó a reír y yo solté el cuchillo, roja como un tomate.

Acto seguido saqué un papelito con su nombre de un sombrero y fue mi compañero en la competición anual de castillos de arena de la familia Clark. La familia entera viajaba hasta Summer Wind para seguir la tradición y el dúo vencedor se encargaba de preparar una barbacoa (un premio típico de los Clark, si es que podía considerarse así). Cuando terminábamos de comer y encendían la hoguera, el abuelo de Bridget y Felix se ponían a tocar el violín.

Me pasé dos horas arrodillada en la playa junto a Felix, viéndolo crear torrecillas y fosos de arena. Cuando mi puente amenazó con desplomarse, él me cogió las manos para que lo salváramos. Durante unos interminables segundos, ninguno de los dos se movió. Llevábamos bañador, estábamos mojados y el sol de pleno agosto nos chamuscaba la piel. Felix curvó los dedos sobre los míos, y se me puso la piel de gallina. Giré la cabeza y nos miramos a los ojos; estábamos a unos milímetros y noté un chispazo.

—Gracias. He estado a punto de echarlo a perder —dije con un hilo de voz.

Felix sonrió. No le vi el hoyuelo, pero supe que había hecho acto de presencia debajo de la barba.

—No te preocupes.

Tan solo me di cuenta de que me había acercado demasiado al verlo clavar sus ojos en mis labios, pero aparté las manos tan deprisa que el puente se derrumbó, llevándose consigo toda la fachada del castillo. Quedamos últimos, un puesto que no me pareció tan malo, ya que también perdía la concentración cuando se trataba de Felix.

Bridget y yo nos marcharíamos al cabo de dos días. Podría aguantar dos días más.

A la mañana siguiente me senté a la mesa de la cocina de los Clark y apoyé la cabeza en la superficie.

—¿Anoche bebiste demasiado whisky, Lucy? —La voz de Christine atravesó la niebla mental que me causaba la resaca.

—Le dijimos que se comiera los cacahuetes —terció Bridget.

—Uy, craso error, Ashby —intervino Ken desde algún lado. Era un hombre apuesto, barbudo y musculoso, con pelo castaño, ojos oscuros (Felix había heredado los azules de su madre) y buenos modales—. Los cacahuetes son la clave.

—Ahora ya lo sé —musité sobre la mesa. Nos habíamos pasado la noche sentados alrededor de la hoguera, echándonos repelente para insectos y tomando whisky. Antes de que Ken y Christine se acostaran, pronuncié un discurso apasionado y lleno de hipos sobre lo mucho que iba a echar de menos In Bloom: el timbre de la puerta, la anciana que se pasaba todos los viernes por la mañana para comprarse un ramo, la emoción de ver cómo un espacio cobraba vida gracias a las flores. Nunca me había abierto de ese modo delante de mis padres.

Sin embargo, con los Clark me sentía como en casa. No les importaba lo más mínimo la arena que llevábamos hasta el comedor, se interrumpían constantemente, se picaban y hacían un montón de preguntas, y la madre de Bridget te decía a las claras si tu respuesta era una chorrada, literalmente.

«A mí eso me parece una chorrada» era uno de sus lemas.

—Espero que hayas aprendido que no merece la pena ponerse así por ningún trabajo —comentó Christine.

Levanté la frente de la mesa.

—A lo mejor sí —le murmuré.

Todavía no se lo había contado a mis padres. Ya oía a mi padre:

—Es una señal, Patita: ha llegado el momento de buscar un trabajo de verdad. —Para mis padres, eso implicaba un salario e ir a una oficina, pero yo no quería eso. Yo quería seguir en In Bloom.

—Ahora mismo, seguro que te duele —añadió Christine—, pero los contratiempos a veces son una oportunidad si los miras desde la perspectiva adecuada.

—A mí eso me parece una chorrada —exclamó Bridget dirigiéndole una sonrisa burlona a su madre.

—Pues no lo es, es la verdad. Las oportunidades no te caen del cielo solo porque lo desees. Hay que esforzarse para que aparezcan.

Di un sorbo al café. Me pareció un consejo inteligente, pero estaba demasiado mareada como para averiguar el porqué.

Felix, que había estado escuchando sin intervenir, se levantó de la mesa y volvió con un ibuprofeno y un vaso de agua.

—He pensado que te iría bien —me dijo dejándolo en la mesa delante de mí. Clavó sus ojos azul intenso en los míos y me dio un vuelco el corazón.

Un día más. Podría aguantar un día más.

12

Verano, hace cuatro años

—Bee, como no dejes de mover la pierna, te la ato a un bloque de cemento. —Bridget le quitó la hoja a una mazorca de maíz—. Estás haciendo que tiemble todo el porche.

—Perdona, perdona. —Mi mente era una estación de tren en hora punta. Estaba intentando reunir el valor de dar voz a una idea tan extravagante que estaba nerviosa por verbalizarla. Sabía lo que me dirían mis padres si se lo contaba—. Es demasiado arriesgado. —Y ya sabía lo que me diría Bridget, pero estar en la isla del Príncipe Eduardo, lejos de las calles abarrotadas y los rascacielos, así como de los recipientes de fideos que poblaban mi vida diaria en Toronto, hacía que los sueños improbables no fuesen tan disparatados.

Bridget y yo estábamos sentadas en los escalones, con la bandeja de mazorcas peladas entre las dos.

—Se me ha ocurrido preguntarle a mi tía si me dejaría encargarme de In Bloom —dije mientras arrancaba hebras plateadas.

—¿Quéééé? —Bridget me cogió por los hombros y la mazorca cayó al suelo y echó a rodar—. Cuéntamelo todo. ¿Cuánto tiempo hace que lo llevas pensando? ¡Bee, es una pasada! —Tenía las mejillas coloradas y las pecas oscurecidas por el sol. Era como si formara parte de la isla, una persona nacida de la tierra, el mar y el viento. Mi mejor amiga era guapísima.

—¿Tú crees? Tengo veinticinco años. Nunca he llevado una empresa, nunca he contratado a nadie, ni despedido a nadie. Ya solo el papeleo fijo que es agobiante. —Visualicé el intimidante despacho de mi tía—. He estado pensando en cómo mejorar la tienda y nuestra presencia en internet, pero ¿y si no funcionan? ¡Y luego están los impuestos! ¿Qué...?

Bridget me cogió las mejillas y me quedé callada.

—Respira —me dijo.

Inspiré hondo.

—¿De verdad crees que podría hacerlo? —susurré.

—¡Sí! ¡Claro que sí! ¡Estoy segura a un millón de billones por ciento! Tienes que hacerlo. —Le brillaban los ojos de la alegría—. Puedes hacer cualquier cosa, Bee. Y yo te echaré una mano con los impuestos y con el papeleo si quieres.

Ay, la fe de Bridget en mí era infinita. Tenía que dejar de mirar a su hermano como si quisiera untarlo con mantequilla derretida.

—¿Lo harías? —Le presté toda mi atención.

—Pues claro, cariño. Para mí será divertido. Me encanta Stacy, pero seguro que en sus libros de contabilidad hay margen de mejora. Ya lo hablaremos cuando cenemos con ella. Se va a poner loca de contenta.

Stacy nos invitaba a cenar a Bridget y a mí casi todas las semanas. No sabía cocinar, pero sí seleccionar lo mejor de un menú a domicilio.

Bridget se sacudió, eufórica, y luego se frotó las manos.

—Siempre he querido meterle mano a su despacho.

Jugueteé con el lazo de la cintura de mi vestido.

—¿Qué pasa? —dijo.

—A mis padres no les hará gracia.

—Bee, tu familia deja mucho que desear —me respondió con suavidad—. No es que te traten supermal, pero no se portan contigo muy bien. Es casi peor porque cuesta ver hasta qué punto te han cortado las alas.

—Ya lo sé. —Tomé una buena bocanada de aire.

—¿Seguro? —me preguntó Bridget en el preciso instante en el que se abría la puerta corredera detrás de nosotras.

Felix estaba ahí, con una camiseta y vaqueros, vestido igual que el día que nos habíamos conocido. Lo miré, me miró y pasó de sonreír a fruncir el ceño.

—¿Estás bien?

Volví a respirar hondo. Dejando a un lado el hecho de que Felix me leía como si yo fuera un manual de instrucciones, estaba bien. No necesitaba la aprobación de mis padres. Tenía a Bridget, y también a Stacy. Sonreí.

—Sí —le respondí—. Estoy bien.

Torció el gesto y me retrotraje en el tiempo: sus labios sobre los lunares que tengo debajo de la clavícula, los míos sobre su muslo saboreando su mancha de nacimiento.

—Mamá ha comprado cuatro docenas de ostras *valley pearl* —le dijo Bridget a modo de saludo—. A Bee le han asignado la tarea de calcular el tiempo.

Unas semanas más tarde, Felix iba a participar en un concurso de abridores de ostras y Christine quería que practicara. El concurso se celebraba todos los años en Tyne Valley y por lo visto era un evento extraordinario.

—Ah, ¿sí?

—Tu familia no deja de presumir de tus habilidades —respondí—. Yo les he dicho que no me creía que pudieras desbullar ostras tan rápido como aseguran sin clavarte el cuchillo.

—El año pasado lo hice bastante bien. —Sonrió de medio lado.

—Papá ya le ha dado todos los detalles habidos y por haber —dijo Bridget—. Mamá dice que lo haces bien, pero no lo bastante rápido. Creo que es una excusa; intentan darnos de cenar de una vez la comida de dos semanas. —Después de las ostras, sopa de bogavante y luego dos clases de postre: tarta de fresas (mi preferida) y tarta de melocotón y arándanos (la favorita de Bridget).

—Pues venga, más vale que nos pongamos. ¿Crees que podrás seguirme el ritmo, Lucy? Cronometrar es una tarea muy importante. —Me miró fijamente con un brillo en los ojos que interpreté como una señal de advertencia—. No vas a poder quitarme la vista de encima ni un segundo.

Ignoré la oleada de calor que se extendía por mi pecho y me pasé el pelo por detrás del hombro.

—Te desbullo lo que quieras a que sí.

Bridget y Felix resoplaron a la vez.

—¿Qué pasa? —dije—. A mí me ha parecido bueno.

—Tus coñas con desbullar son pésimas, Bee. Déjalas, anda. —Bridget cogió los trozos de maíz desperdigados por el suelo y le lanzó uno a su hermano a la cabeza—. Y tú deja de ligar con mi amiga.

Me situé junto a Felix en la cocina, con el cronómetro del móvil preparado, y dirigí los ojos hasta la pequeña cicatriz plateada de su muñeca.

—Alguien me distrajo —comentó dándose golpecitos en la marca con el cuchillo. Levanté la vista—. Mereció la pena.

—Debía de ser muy guapa —repuso Bridget desde detrás de mí.

—La mujer más espectacular que he visto nunca. —Felix me sonrió.

«Peligro. Peligro. Peligro».

Desbulló tres docenas de ostras mientras yo observaba sus manos bronceadas y recorría los tendones de sus antebrazos a la par que oía los gruñidos suaves que soltaba. Cuando terminó, me pasó una ostra, rozándome un dedo, lo cual noté en el bajo vientre. Me puse tan nerviosa que me tiré una bandeja de hielo y conchas encima del vestido, así que corrí al piso de arriba para darme una ducha antes de cenar. Necesitaba recomponerme.

Una noche más.

Acababa de cerrar la puerta del cuarto de baño cuando me di cuenta de que ya había guardado el gel de ducha en la maleta. Me envolví en una toalla, abrí la puerta y salí al pasillo, donde me estampé contra una pared sólida, una que olía a océano, y a viento, y a pino. Durante un segundo me quedé paralizada.

Felix me puso las manos en los hombros.

—¿Todo bien?

—Sí. —Mantuve la vista clavada en su pecho—. Bien, gracias.

Se rio y noté el zumbido hasta en mis pies, caliente como el whisky de Ken. Deslizó sus palmas callosas por mis brazos, haciendo arder mi piel a su paso. Recordé que ya había notado esa misma aspereza sobre la cintura y el muslo al separarme las piernas tiempo atrás.

Detuvo las manos sobre mis codos y llevé los dedos hasta su vientre. Levanté la barbilla cuando él bajaba la suya: nuestras miradas colisionaron. Me quedé observando esos pozos azules con una manchita marrón, hechizada. Felix se acercó, o quizá fui yo, y todo mi cuerpo quedó pegado al suyo. Acerqué los labios a su boca, o quizá fuese al revés.

—¿Quieres hacerlo? —me preguntó con voz ronca.

Se oían las carcajadas de Ken en el piso de abajo. Me aparté de Felix y me metí de nuevo en el cuarto de baño cuando por los altavoces empezó a retumbar el inicio de *Money city maniacs*, del grupo Sloan. Él me siguió.

Me lo quedé mirando boquiabierta.

—No puedes estar aquí.

—¿No puedo? —Bajó la vista hasta mis dedos índice, con los que sujetaba las hebillas de su pantalón. Lo había arrastrado yo misma hasta el cuarto de baño, pero lo solté de inmediato. Sin embargo, en lugar de marcharse, Felix cerró la puerta y fue a abrir el grifo del agua caliente de la ducha. El vapor comenzó a llenar la estancia.

—No deberías estar aquí —insistí cuando se me aproximó—. Tenemos reglas.

—Ya lo sé. —Clavó la mirada en mis labios y luego en los tres lunares que tengo bajo la clavícula—. De lo contrario, las cosas a lo mejor serían distintas.

Me subí la toalla por el pecho. No hacía falta que bajara la vista para saber que estaba más roja que la tierra de la isla.

—Ah, ¿sí?

—De lo contrario, ahora mismo te besaría. —Fijó la vista de nuevo en mi boca—. Y creo que me devolverías el beso. De hecho, creo que en el pasillo estabas a punto de besarme. Y creo que ayer, en la playa, también lo estabas pensando.

—¿Y qué si lo estaba pensando? —Erguí la barbilla.

A Felix ya se le empezaba a ondular el pelo por el vapor y contuve las ganas de tocárselo. Bajó más los ojos.

—Si me besaras, yo te quitaría la toalla y te daría la vuelta para que te agarraras al lavabo. —Se quedó contemplando el tocador: una gota de agua condensada se deslizaba por el espejo.

Se me desbocó el corazón. Había un palmo de aire húmedo separándonos y jamás había estado tan excitada.

—Pues espero que en ese momento ya no siguieras vestido.

—Solo con los calcetines. —Felix sonrió de medio lado.

Me reí, pero fue una risa falsa y nerviosa. Apenas sentía las piernas y se me estaba humedeciendo la piel por el vapor.

—¿Quieres saber lo que pasaría después? —Se mordió el labio inferior.

—Sí —jadeé.

—Te echaría las caderas hacia atrás, te metería una mano entre los muslos y te besaría la espalda. Y, cuando estuvieras a punto, te diría que limpiaras el vaho del espejo para poder verte la cara.

Bajé los ojos por su cuerpo, fijándolos en la bragueta de sus vaqueros.

—Si lo hacemos, será la única vez —dije. Felix mostraba una mirada ardiente, pero no contestó—. ¿Lobo? Tenemos que quitárnoslo de encima, ¿vale? Una sola vez.

—Estoy de acuerdo. —El pecho le subía y bajaba deprisa—. Con una condición.

Asentí, seria, pero estaba apretándome los muslos.

—Dime.

Dio un paso hacia mí y acercó los labios a mi oreja.

—Cuando te corras, quiero que me llames Felix.

Se apartó, me abrió la toalla y la tiró al suelo. Me repasó el cuerpo con la mirada, desde el rubor del esternón hasta la curva de mis pechos, mi vientre y más abajo. Tragó saliva y alargó una mano para acariciarme un tenso pezón rosado con el pulgar.

Nos quedamos mirándonos durante tres largos segundos y, entonces, Felix acercó la boca a la mía, sujetándome la cara con las manos. Fue un beso urgente, demandante y, cuando le pasé la lengua por el labio inferior, un gruñido le brotó de la garganta. Le cogí el dobladillo de la camiseta y tiré de ella con torpeza. Él soltó una risotada que sabía a sal y a caramelos Tic Tac. Al echarse hacia atrás para quitársela por la cabeza, me fijé en el estrecho sendero de vello oscuro que le recorría el vientre plano entre el ombligo y la cinturilla de los pantalones, pero enseguida sus labios volvieron a adueñarse de los míos al tiempo que me agarraba de los hombros. Me los apretó con fuerza y me dio la vuelta para ponerme de frente al tocador. Pasó una mano por el espejo empañado y nos miramos a los ojos a través del cristal. Nos observamos mientras se desabrochaba los vaqueros. Oí sus pantalones caer al suelo y después oí que él abría un condón.

Comenzó a bajar la mano por mi torso.

—¿Sigues pensando que la segunda regla es adecuada? —me preguntó con voz grave deslizándome los dedos por la cadera, por el estómago y más abajo.

—Ahora mismo no tengo ni idea de cuál es.

Metió una rodilla entre mis piernas para abrirlas.

—¿Estás segura de que no vas a querer repetirlo?

Cuando empezó a acariciarme con un dedo, haciendo círculos sin ejercer apenas presión, noté todos los nervios de mi cuerpo entre mis muslos. Cerré los ojos. Me sentía acalorada, pesada, y no, no tenía nada claro que no fuera a querer repetirlo. En absoluto.

—Segurísima —le dije.

Noté la ardiente erección de Felix contra la parte baja de la espalda cuando se acercó para hablarme al oído.

—Tengo otra condición —murmuró trazando otro círculo con los dedos, esta vez un poco más fuerte.

—Vale —jadeé.

—Mírame. —Detuvo la mano. Abrí los ojos y vi a Felix a través del espejo—. Y sujétate, Lucy.

13

En la actualidad
Siete días antes de la boda de Bridget

Cuando me despierto, Bridget sigue en su habitación. Oigo sus suaves ronquidos desde el otro lado de la puerta. Durante el tiempo en el que vivíamos juntas, los fines de semana dormía hasta tarde y yo me tomaba el café al son de sus ronquidos. Al principio me parecían graciosísimos, pero al cabo de unos meses dejé de fijarme y ese sonido se convirtió en el ruido blanco de mis sábados por la mañana. No me había dado cuenta hasta ahora, pero lo echo de menos. También echo de menos nuestras rutinas, como sus sesiones de plancha de los sábados por la noche; nuestras visitas semanales a la casa de mi tía; las mascarillas faciales, la comida tailandesa para llevar y una película, que fue nuestro plan durante varios años los miércoles por la noche, o las tostadas con plátano machacado que me pedía que le preparara cuando se encontraba mal (qué asco). Echo de menos llegar a casa y que haya alguien.

Necesito una buena dosis de aire fresco en los pulmones y cafeína en las venas, así que me preparo una taza y salgo al porche.

Felix está sentado fuera, con una taza de té y un libro, las dos piernas encima del reposabrazos de la butaca y los pies descalzos. Lleva pantalones de chándal negros y una camiseta de manga corta. En un universo paralelo me acurruco en su regazo. La parte de mi cerebro que grita «más» siempre que estoy cerca de él no se ha esfumado durante la noche, como esperaba.

—Perdona, no sabía que estabas aquí. —Me doy la vuelta para regresar a la casa.

—Quédate —me dice levantando la vista de la página. A la luz del día, sus ojos son letales. Repara en mi cabello. Me he soltado las trenzas, así que el pelo me cae en ondas justo por debajo de la clavícula. Y luego se fija en mi camisón, que por lo visto bajo el sol es transparente, y traga saliva—. Creo que somos capaces de estar en la misma habitación —añade con voz áspera mañanera—. O en el mismo porche.

Teniendo en cuenta cómo terminamos anoche en el cuarto de baño, no sé yo, pero es mejor que Felix no lo sepa. De ahí que me siente en el lugar de siempre en el sofá y me dé por empezar una conversación adulta normal y corriente. Debería ser capaz de arreglármelas.

—¿Qué lees? —No es el mismo libro que llevó al aeropuerto.

Felix lo levanta. *Orgullo y prejuicio*. ¿Me está tomando el pelo?

—¿Qué pasa? —dice.

Si no lo conociera, pensaría que intenta seducirme. Sin embargo, no es consciente de que su nivel de tío bueno más una novela de Jane Austen equivale directamente a pornografía.

Baja las piernas del reposabrazos y se incorpora para mirarme a los ojos. Qué cómodo se siente en su piel, se nota en la gracia de sus movimientos. Recuerdo el segundo verano que visité la isla: Felix lucía su confianza como si fuera un esmoquin blanco, un alarde sumamente visible. Me pregunté si era impostado, pero no hay nada falso en la seguridad con la que se mueve, ningún artificio. Es Felix y punto, un tío genuino, fuerte y sincero.

—Ya lo has leído.

—Lo he leído más de una vez —puntualiza—. Lo cogí ayer al preparar la mochila.

—¿Qué pasa con el *thriller*?

Me lanza una mirada que desprende tanta culpa que casi me echo a reír antes de que me responda.

—No lo he terminado.

—Lo sabía. —Su libro preferido es *Grandes esperanzas* y no le gusta la sangre.

—Me lo dio Joy. Me dijo que tenía que leerlo.

Ni siquiera parpadeo al oírlo mencionar a su ex. Soy una campeona.

—¿Y bien?

—No estaba mal —responde evasivo—. No era lo mío.

—Qué mentiroso eres. No te ha gustado nada. —Me encanta saber que conozco sus gustos mejor que casi nadie.

—Es que había demasiados muertos —añade—. Y partes de cuerpo en armarios, cajones de calcetines y *jacuzzis*. —Felix desprende un aura varonil: mandíbula marcada, un poco de barba y hombros muy anchos. Hasta sus dedos son hipermasculinos, con la punta muy recta; de ahí que, al verlo estremecerse, me descojone por el contraste.

—Así que ahora estás calmando la mente con Elizabeth y Darcy.

Me dedica una semisonrisa y me quedo sin aliento al ver su hoyuelo. Sabía que estaba ahí, oculto debajo de la barba durante tanto tiempo, pero había olvidado lo mucho que me gusta. Podría perderme dentro de esa hendidura y no encontrar jamás la salida. Sería una buena forma de morir.

—Tú me entiendes —contesta.

«Pues sí —pienso—. Te entiendo». Como se hace un breve silencio, aprovecho para buscar en sus ojos alguna señal de que lo del verano pasado significó algo más para él, de que no fui solo yo la que notó que el suelo se movía, pero no veo más que un gesto burlón.

—Tu hermana debe de haber perfeccionado su talento para hacer sentir culpables a los demás —comento—. ¿Qué te ha dicho para que cambiaras de opinión y decidieras quedarte?

—No me ha dicho nada. Estoy aquí porque quiero.

—¿Te preocupa Bridget?

—Bridget nunca ha necesitado que nadie se preocupara por ella. —Se me queda mirando.

—Ya lo sé, pero precisamente por eso todo esto es raro, ¿no? —Me señalo a mí y luego a él y el porche—. Ahora mismo no deberíamos estar aquí. Se ha saltado la última prueba del vestido y he tenido que cancelar la despedida de soltera que íbamos a celebrar esta noche.

Era algo sencillo y Bridget me dio indicaciones explícitas sobre lo que quería: asientos en las gradas para un partido de los Jays y luego una cena en Old Spaghetti Factory con un grupito de amigas.

«Nuestra boda va a ser de un elegante que te cagas —me había dicho—. En mi despedida quiero beber cerveza y ponerme pantaloncitos vaqueros». Hacía meses que le apetecía muchísimo el plan.

—No es ella misma —le aseguro a Felix.

—No, no lo es. —Le da un sorbo a su té: Earl Grey con una cucharadita de miel y unas gotas de limón. Por la mañana, tanto Bridget como él lo prefieren al café—. Intenté hablar con ella al ir a recogerte al aeropuerto, pero no me ha contado nada. ¿Qué te ha dicho a ti?

—Poca cosa. Que echaba de menos su casa, que estaba estresada... Ayer se desmoronó del todo y dijo que hay cosas que desaparecen, pero nada de aquello tenía sentido. Ya la conoces, se guarda los problemas hasta que puede resolverlos.

Felix asiente observando la taza. Luego levanta la vista hacia mí.

—¿Crees que él ha hecho algo?

—¿Miles? —Respiro hondo y vuelvo a darle vueltas a esa pregunta. Si hay algo que sé de Miles Lam es que está enamorado hasta las trancas de Bridget Clark, y me cae bien. Ha sido un novio muy bueno. Venera a Bridget, la apoya en su trabajo, limpia la casa. Hasta le organizó un viaje sorpresa a Australia por su aniversario. Le pidió que se cogiera vacaciones en el curro sin decirle adónde iban para que ella no se pusiera en modo organizadora histérica, como suele hacer. Gana muchísimo dinero, pero nunca presume de ello. Y, además, ha soportado un montón de mierdas mías.

Un día, después de dos copas de vino, le dije que me había robado a mi amiga y que estaba celosa porque Bridget pasaba más tiempo con él que conmigo. Lo dije de coña, pero soné un tanto resentida. Miles dijo que era la única respuesta lógica a tener que compartir a la mejor mujer del mundo y, acto seguido, me sirvió más vino.

—Creo que tiene que haber pasado algo con él —le digo a Felix—. Pero no creo que Miles sea capaz de ponerle los cuernos.

—Yo tampoco. —Felix se pasa una mano por la cara.

La relación de Bridget y Miles avanzó a toda mecha. Sucedió justo como yo me había imaginado: Bridget se enamoró enseguida y por completo. Al volver a casa tras la tercera cita, anunció que era el amor de su vida. Miles estaba igual de loco por ella. Su relación era una línea recta que iba hacia el matrimonio, una hipoteca e hijos.

Mi tía tuvo una buena cantidad de amantes, pero no llegó a asentarse con ninguno, no le apetecía. Stacy creía que uno debía encontrar el camino a la felicidad por su cuenta, y el suyo no incluía una pareja. Pero se alegró cuando Bridget conoció a Miles y la emocionó que el cuarto miembro de nuestra familia supiera manejarse en la cocina.

«Si no te casas tú con él, lo haré yo», le soltó un día a Bridget después de que Miles nos preparara cordero con polenta a las finas hierbas. Y yo diría que no estaba de broma.

—No sé qué otra cosa podría ser —le digo a Felix—. Bridget lleva obsesionada con la boda desde que se comprometieron y ahora no quiere ni hablar del tema. Quiere explorar la isla y comportarse como si fuera una turista, fingiendo que es el primer viaje que hacemos aquí juntas.

La asimetría del rostro de Felix me resulta cautivadora: su sonrisa torcida, un solo hoyuelo, el puntito marrón. Ahora mismo enarca una sola ceja.

—Ah, ¿sí?

—Ja, ja —digo—. No me refiero a lo que estás pensando.

—Claro que no. —Le brillan los ojos como hace tiempo—. De todos modos, ahora ya no sé si podría aguantar tres rondas en una sola noche.

Casi escupo el café. Es gracioso, aunque dudo de que sea verdad. Felix se ríe también y, durante unos instantes, es algo fantástico.

Pero entonces nos miramos a los ojos y su sonrisa desaparece.

Noto cómo se transforma nuestra energía en el aire, como el olor de la lluvia a lo lejos. Su cuerpo desprende calor, aunque es la intensidad de su mirada lo que me altera. Siempre ha habido electricidad entre ambos, y no se trata del típico deseo ni de una miradita seductora, es algo más profundo que antes, fascinante como un hechizo, deslumbrante.

La verdad huye de mis labios.

—Te he echado de menos.

—¿En serio? —Sorprendido, Felix parpadea.

—Pues claro —le aseguro—. Quería...

La puerta corredera se abre y aparece Bridget con una sonrisa radiante, chanclas y bata de felpa raída que lleva colgando de un gancho de su habitación desde que era una adolescente.

—Tenía el presentimiento de que te ibas a quedar, Lobo.

Pasa la vista entre él y yo. Felix me está observando. Sigo con la boca abierta porque iba a pedirle disculpas por cómo me comporté el año pasado.

—¿Os he interrumpido? ¿Por qué actuáis de una forma tan rara?

—Qué va —replico.

Mi amiga murmura dirigiendo la vista a Felix, y luego a mí, y luego a Felix de nuevo.

—Que sí —insiste. Entorna los ojos, como si fuera un gato, pero, antes de que pueda decir nada más, su hermano se pone en pie.

—Me tengo que ir.

—¿Cómo? —Bridget se concentra en Felix—. Pensaba que íbamos a ir a la playa, que Bee probase el bocadillo de bogavante y, después, por la tarde, a la casita de *Ana, la de Tejas Verdes*.

—No puedo. No voy a volver hasta la noche. Me he ofrecido a hacer un turno en el restaurante.

—¿Todavía trabajas ahí? —le pregunto.

—En realidad, ya no —responde—, pero les dije que estaría libre si necesitaban un cable. Y no me iría mal practicar un poco.

—A desbullar ostras, se refiere. El concurso tendrá lugar mañana por la tarde.

—En ese caso, iremos a comer allí —anuncia Bridget.

Felix asiente frotándose la nuca.

—Estupendo.

Cuando se vuelve para entrar en la casa, me mira por encima del hombro con una pregunta en los ojos.

En cuanto desaparece, Bridget se dirige a mí.

—Sí que estáis raros.

—¿Que nosotros estamos raros? —digo para distraerla.

—¿Pasó algo el verano pasado? —me pregunta.

La culpa crece en mi interior como la marea. Odio mentir a Bridget, pero no es el momento de confesárselo.

—Claro que no.

—Mmm... —Entrecierra los ojos—. La teoría de los Clark es que Lobo se te insinuó y tú le diste calabazas.

—No me digas.

—Sí, y eso explicaría por qué no está a tus pies, como de costumbre.

Pongo los ojos en blanco.

—Los Clark deberíais buscaros una isla más grande para tener más material sobre el que cotillear —le suelto.

14

En la actualidad

Bridget decide que no tiene paciencia para aguantar a los turistas que abarrotan la casa que le sirvió de inspiración a Lucy Maud Montgomery y, como se muere de ganas de tomarse un capuchino con leche de avena, nos subimos al Mustang y ponemos rumbo a Summerside. Es la ciudad más grande de la isla después de Charlottetown, y eso significa que sigue siendo pequeña —con poco más de quince mil habitantes—. Llamo a Farah desde el coche para preguntarle qué tal y tanto ella como Bridget me espetan que me relaje. Pongo fin a la conversación a toda prisa y luego le mando un mensaje con todas las cosas que he recordado esta mañana al darme una ducha.

Cuando veo los tonos verdes y rojizos de la isla por la ventanilla, recuerdo la primera vez que Bridget y yo vinimos aquí. Me fascinó enseguida por la zona, tanto por la belleza de los paisajes como por la amabilidad de la gente. Y también me fascinó más aún mi amiga. Había muchas cosas que no sabía de ella: le encanta hacer surf de remo, se hincha con cada picadura de mosquito, es capaz de leer partituras de música y sabe tejer una bufanda. Además, cuando está en su tierra, su acento se marca mucho más.

Hoy parece más animada que ayer y las ojeras casi le han desaparecido. A lo mejor me estaba preocupando por ella sin motivo. A lo mejor sí que echaba de menos la isla, nada más. Cuando nos conocimos, añoraba una barbaridad su casa y a su familia; hasta estaba pensando en mudarse. Quizá ahora tan solo necesita estar frente al océano y descansar un poco.

Después de pasar por la cafetería del centro, Bridget da inicio a lo que solo puede describirse como un *tour* nostálgico de Bridget Clark. Pasamos por delante de su antiguo instituto y del hospital en el que trabajó como voluntaria cuando era adolescente. Quería ser médica, pero su tendencia a desplomarse en el suelo al ver la sangre hizo que se lo pensara. Visitamos la casa colonial de dos plantas donde vivieron los Clark antes de que compraran Summer Wind, así como la casa donde siguen viviendo los padres de su primer novio. Aparca en la acera de enfrente y nos agazapamos en los asientos del coche mientras ella señala la casita del árbol donde fueron a mayores.

—¿Dónde está ahora? —le pregunto echando un vistazo a la casa de los MacDonald. Intento averiguar si el viaje por los recuerdos de Bridget terminará conmigo procurando evitar que le mande un mensaje a su ex a medianoche tras haberse pimplado una buena cantidad de whisky. Mi mejor amiga suele ser predecible como un reloj, pero ahora mismo no tengo ni idea de a dónde nos llevará este extraño comportamiento suyo.

—Sigue viviendo aquí, cerca de Miscouche.

—¿Es mono? ¿Está soltero?

—Mmm... —murmura—. Creo que está divorciado. Es grandote y lleva barba.

—Esa descripción podría aplicarse a un tercio de los hombres de la isla. —La miro de reojo—. ¿Estás pensando en ponerte en contacto con él?

—No, qué va. No tenemos nada en común. Y dudo que a Miles le haga gracia que vuelva a ver a mi novio del instituto unos pocos días de la fecha en la que en teoría nos vamos a casar.

—¿En teoría?

—He elegido mal las palabras. —Se incorpora y arranca el coche. El motor retumbante del Mustang pone fin a nuestra conversación.

Me gustaría hacerle un placaje y obligarla a hablar, pero conozco a Bridget y, si insisto demasiado, pasará a la ofensiva.

No hace tanto de nuestra última discusión. Fue en una de esas pocas noches en las que estábamos las dos solas, sin tener que pensar en nada relacionado con la boda ni con los planes de futuro. Fui a su casa con una crema de untar de cebolla caramelizada casera, queso *brie*, una baguet recién horneada y vino. Bridget se negó a probar bocado, a pesar de que la crema era toda una hazaña. Se sirvió un vodka con soda y dijo algo sobre fotografías y sentirse segura, y yo resoplé. Bridget nunca antes había necesitado ayuda para sentirse segura, así que le solté una diatriba sobre estándares corporales irreales y, al reprenderla, se puso roja como un tomate. Cuando se enfada, parece un ángel cabreado, y a veces está tan guapa que se me pasa el mosqueo, pero esa noche no.

—Si para llegar al altar hay que estar delgada como un fideo, no pienso casarme nunca —anuncié con las manos en jarras, aunque tampoco es que lo estuviera buscando. La independencia de mi tía me ha influido más que la tediosa coexistencia de mis padres.

—Tú no te piensas casar nunca —me espetó señalándome con un dedo— porque entonces tendrías que preocuparte más por alguien de lo que te preocupas por el trabajo.

Me la quedé mirando perpleja. Su afirmación se hallaba entre las dos como si fuera una granada. A pesar de mi preferencia por las relaciones sin compromiso, tuve un novio, Carter, que me dejó hace un año antes precisamente por culpa de mi trabajo.

Bridget se disculpó enseguida.

—No lo decía en serio. —Me rodeó con los brazos—. Lo siento. Carter era un mierda. Y tienes razón, las dietas son una chorrada y echo de menos los carbohidratos. Déjame probar esa crema que has preparado.

Pero era verdad lo que me dijo sobre Carter y se me quedó grabado a fuego. Me gustaría pensar que me dejó porque no se sentía lo bastante seguro como para estar con una mujer con ambiciones profesionales, pero algunas de las cosas de las que me acusó dieron en el blanco. Siempre llegaba tarde, siempre estaba al teléfono o mirando las redes sociales de In Bloom y cancelaba planes si alguien había roto por accidente los centros de mesa o si los ramos se habían marchitado.

Bridget empezó a comer pan y queso de nuevo después de esa pelea, pero fue una de las pocas ocasiones en las que he logrado hacerla cambiar de opinión. Por lo general, nuestras discusiones terminan conmigo frustrada diciendo alguna versión de «Ya no sé ni por qué nos hemos enfadado».

Ahora mismo no me apetece seguir por esos derroteros con Bridget, pero no puedo ignorar por más tiempo que ocurre algo. Me pone nerviosa que se termine el fin de semana y yo siga aquí, en esta isla, sin respuestas.

—Si hay algún problema, a lo mejor te ayuda desahogarte —le digo—. No te voy a juzgar ni te diré qué tienes que hacer. Espero que sepas que conmigo puedes hablar de cualquier cosa. —Sé que no le gusta que nadie le dé consejos, pero a veces me parece que se refiere solo a mí.

Bridget está distraída, con la vista fija en la carretera, así que me sorprende que me conteste:

—Ya lo sé, Bee. Confío en ti, más que en nadie. —Pero no dice nada más.

En medio del silencio que se apodera del coche, me siento culpable. ¡Qué hipócrita soy! Hay cosas que yo tampoco le he contado a ella.

De camino a Shack Malpeque empiezo a escribirle un mensaje a Lillian, mi contacto del grupo de restauración Cena, pero Bridget alarga el brazo y me arrebata el teléfono.

—Te has pasado toda la mañana con el móvil en la mano. Desconecta un poco, ¿vale?

Quería concertar otra reunión la semana que viene para hablar del contrato. Es una oportunidad muy importante y me preocupa haber empezado mi relación con Lillian con el pie izquierdo. Además, ¡le dijo la sartén al cazo! Bridget lleva todo el día mandando mensajes; supongo que a Miles.

Mi amiga encuentra la última plaza de parking libre de Shack Malpeque. El restaurante da a una bahía azul que resplandece como el día en el que conocí a Felix. Hay un barco junto a las granjas de mejillones, con dos trabajadores inspeccionando las cuerdas. El aparcamiento está lleno hasta los topes, igual que la terraza que da al mar. A diferencia de la bahía y de los barcos, esta no estaba hace cinco años y el edificio parece menos destartalado que antes: luce una nueva capa de pintura azul marino y en las repisas de las ventanas hay macetas con flores rojas.

Sin embargo, entrar en el local es como cruzar un portal al pasado. De repente tengo veinticuatro años, Bridget ha perdido el vuelo y acabo de discutir con mis padres acerca de dejar mi puesto de relaciones públicas para trabajar con mi tía.

Bridget me coge del codo, devolviéndome a la realidad.

—Ay, qué bien, hay sitios libres en la barra. —Señala la hilera de taburetes donde trabaja Felix.

Su hermano tiene la cabeza agachada y el pelo le cae por la frente. Con cada movimiento de cuchillo, flexiona los antebrazos. Y así es como vuelvo a viajar en el tiempo. Cuando levanta la vista, clava los ojos en los míos. Durante unos segundos, Felix me mira casi como me miró hace años, con fuego en los ojos, y el corazón me late a mil. Pero entonces Bridget se sienta en un taburete y la llama se extingue.

Bridget pide mejillones, y yo, tacos de bogavante y gambas con patatas fritas. Mientras Felix abre una ostra tras otra, los tres hablamos de vacaciones pasadas, de torneos de Trivial Pursuit ganados y perdidos, del año en el que Zach le enseñó un plano a escala para replicar el faro de Panmure Island para la competición de castillos de arena. Felix no se pone a tontear como siempre; tampoco hay bromas ni ojos brillantes. Pero, cuando cruzamos la mirada, me sobresalto; siento nostalgia, deseo y algo más traicionero.

Bridget está imitando a su abuela, que intentó, en vano, enseñarme a bailar *square dance*.

«Tú no tienes dos pies izquierdos, Lucy, ¡tienes tres!», me dijo la mujer entonces.

Felix se ríe. Me sorprende que los dos conecten de una forma que con mi hermano he sido incapaz. A lo mejor es que Lyle me lleva seis años o a lo mejor es que no compartimos intereses. Es dentista, como mi madre, y atleta, pero, por mucho que lo quiera, me parece un poco aburrido. Su marido, Nathan —un agente inmobiliario que habla por los codos y está obsesionado con Harry Styles—, es lo más interesante de su vida. Además, a diferencia de nuestros padres, Lyle me apoya siempre en lo que hago.

Stacy creía que ella era la razón por la cual mis padres no estaban de acuerdo con que me convirtiera en florista, que era por su mala relación con mi madre, y no por la seguridad del trabajo, como aseguraban. Yo pienso que eran las dos cosas. Con el tiempo han terminado aceptando mi carrera a regañadientes, pero no es que se muestren entusiasmados precisamente, y tampoco intentan ocultar lo mucho que les preocupa que sea florista. Yo trato de restar importancia a su preocupación, pero jamás he logrado hacerlo. Cuando necesito que alguien me consuele, recurro a Bridget.

En cuanto termina la hora punta de la comida, el exjefe de Felix le suelta a gritos que se tome un descanso, así que Bridget y yo pasamos a la terraza mientras él se prepara algo para comer. Le mando otro mensaje a Lillian sobre nuestra reunión.

Te iría bien el lunes a última hora?

Si cogemos un avión el lunes, podría quedar con ella por la tarde. De lo contrario, voy a tener que aplazarlo hasta la semana siguiente si quiero disponer de tiempo suficiente para preparar la boda de Bridget, que es el sábado. Si es que hay boda, claro. La tensión se me acumula en el cuello, así que me froto el hombro.

Cierro los ojos e intento disfrutar del aire salado, del rugido de los motores de un barco y del mareíllo que me ha provocado una cerveza. Bridget está en modo lagartija, igual que yo. Nos quedamos así hasta que le suena el móvil. Frunce el ceño al ver el nombre que aparece en la pantalla y me mira.

—Cógelo —digo—. Me quedaré un rato aquí sentada tan a gusto.

Sale de la terraza en dirección a la playa para que nadie la oiga. Está delante del agua, así que no veo la cara que pone, aunque estoy intentando interpretar su lenguaje corporal. Justo en este momento, Felix deja una docena de ostras sobre la mesa, además de un plato de aros de cebolla.

—Para que no tengas que verme comer —dice, y le pega un mordisco a un sándwich de tomate y queso. Pero a mí me encanta verlo comer. Hasta masticando un bocadillo está guapísimo. Uf, no tengo remedio—. ¿Está hablando con Miles? —me pregunta volviéndose para mirar a Bridget.

La miramos durante un momento.

—Pues no estoy segura.

Me vuelvo de nuevo hacia Felix y entre nosotros se hace un silencio incómodo.

—Quería pedirte perdón —le digo.

Deja el bocadillo en la mesa y se concentra en mí. No hay ninguna sensación parecida a la que me provoca ser el centro de toda su atención.

—Era lo que quería decirte esta mañana en el porche. —Felix sigue inmóvil, pero me escruta el rostro, esperando a que prosiga—. Siento haberme ido el año pasado como me fui. Te portaste muy bien conmigo y no tuve la oportunidad de darte las gracias en condiciones, ni de despedirme. —Levanto las manos—. Así que te lo digo ahora: gracias.

Me observa durante unos segundos y su mirada se suaviza.

—De nada, Lucy.

Me sienta genial aclarar las cosas.

—Te debo una.

—Pues sí. —Una sonrisa asoma a sus labios lentamente—. Un desayuno, si no recuerdo mal.

Miro detrás de él. Bridget viene hacia nosotros.

Felix sigue la dirección de mi mirada y dice:

—Ya me lo devolverás más tarde.

15

En la actualidad

Estoy en Summer Wind sentada en una silla de jardín junto a la hoguera, pero, en lugar de observar el sol poniente dando a los acantilados un tono rojizo espectacular, me estoy escribiendo con Lillian sobre nuestra reunión, sin hacer caso a la opinión de Bridget. Hemos convertido nuestro desayuno caro en unos cócteles caros el lunes a última hora de la tarde.

«Tengo muchas ganas de que nos reunamos, Lucy —me dice—. ¡Pongamos manos a la obra!».

Es una buena noticia. Es una buenísima noticia. Podría duplicar el negocio en cuestión de un año. Pero sigo oyendo una vocecilla que me dice: ¿Podré gestionarlo? ¿Quiero hacerlo? ¿Para quién es mi éxito?

Clavo la vista en el horizonte, donde el sol se está poniendo a toda velocidad. Cuando se oculte del todo, se llevará consigo el calor.

«Vive la vida por ti y por nadie más» era uno de los sabios consejos de mi tía. Pero ¿qué pasa cuando no sabes lo que quieres?, ¿o cuando no sabes qué es una vida completa? Ojalá pudiera preguntárselo.

Entro de nuevo en la casa, melancólica, justo cuando Bridget irrumpe en la cocina. Me dice que Felix regresará pronto con ostras. Debe practicar para el concurso de mañana por la noche, y ha invitado a Zach para ayudarnos a comérnoslas todas. Lleva pantaloncitos cortos de deporte y camiseta de tirantes, con una mancha de mostaza en la teta izquierda.

—Tienes una mancha de mostaza en la teta izquierda —le digo.

Se mira la ropa y se encoge de hombros.

—Bah, solo me van a ver Lobo y Zach.

A Zach lo conocí en mi primer viaje a la isla. Se me presentó como el futuro marido de Bridget y, cuando mi amiga no miraba, levantó las cejas de tal forma que me dio a entender que sabía muy bien lo que había ocurrido entre Felix y yo. Son socios, aunque ya eran inseparables desde que llevaban pañal. Zach es básicamente el tercer hermano Clark y Felix se lo cuenta todo.

Bridget saca el whisky del armario.

—Me apetece pasármelo bien —me informa—. Hace años que no estamos los cuatro juntos. Es una ocasión especial.

—Es verdad —convengo al tiempo que sirve dos vasos generosos.

Durante un segundo imagino cómo sería pasarme todas las noches así, en este lugar, con esta gente. Beber con mi mejor amiga, tener una nevera a rebosar, esperar a que Felix vuelva a casa con marisco: sería una vida muy bonita.

Bridget choca el vaso con el mío justo cuando se abre la puerta del vestíbulo. Felix aparece con varias cajas de ostras en las manos. Fija los ojos en los míos, haciendo que mi corazón cante de alegría.

«Felix ha vuelto a casa».

Niego con la cabeza porque jamás voy a pasarme las noches así. Entre Felix y yo no puede haber nada más íntimo. No quiero nada más íntimo. Es el hermano de mi mejor amiga y vive en la isla del Príncipe Eduardo, y mi vida está en Toronto. Además tiene un buen historial de haberse acostado con turistas, y yo solo soy una más. He venido aquí a apoyar a Bridget y ya está. Debería memorizarlo, repetírmelo cada hora, tatuármelo en la frente para no olvidarlo.

—¿Qué pasa aquí? —pregunta Felix dirigiendo la vista primero a nuestras copas y luego a nosotras—. Lucy parece mareada y tú tienes cara de no tramar nada bueno —le dice a su hermana.

Gira la cabeza hacia mí con una ceja enarcada. Es un «¿Estás bien?» silencioso.

Asiento.

—Estamos brindando —responde Bridget volviendo la atención a Felix. Llena otro vaso hasta la mitad de whisky y se lo tiende.

—¿Por qué estamos brindando? —pregunta él observando con escepticismo la gran cantidad de licor ambarino. La barbita que le cubre la cara es más oscura que ayer. Me pregunto cómo sería verlo todos los días y presenciar cómo le crece la barba. Tengo que dejar de pensar en esas cosas.

Tomo un buen sorbo de whisky. Quizá pueda hacer desaparecer mis fantasías a base de alcohol.

—Por ti, por mí, por Bee y por Zach —dice Bridget—. Porque estamos los cuatro juntos.

Felix y yo nos miramos a los ojos.

Bridget brinda conmigo.

—Salud.

En ese momento le suena el móvil y contempla la pantalla con el ceño fruncido. Escribe frenéticamente, mascullando algo para sí, y deja el teléfono sobre la encimera con tanta fuerza que compruebo si ha roto la pantalla. Sigue intacta, pero atisbo el nombre de Miles encima de una larga conversación, así como un mensaje que dice:

Esto es una locura. Deberíamos hablarlo en persona

Miro a Bridget.
—No pasa nada —me asegura.
—Mmm...
—No quiero hablar de esto ahora mismo.

Felix se inclina hacia delante para echar un vistazo a la pantalla.

—Dejad de mirarme el móvil. —Bridget lo aparta.

—¡No me gusta que la familia Clark se lo pase bien sin mí! —exclama Zach desde la puerta.

—Qué oportuno —masculla Felix al ver a Zach cruzando el salón.

Es un hombre negro alto con el pelo al ras y lleva un polo y pantalones cortos color caqui. Es tan increíblemente guapo que imaginarme a Felix y a él recorriendo la isla juntos como dos tíos solteros me provoca ganas de dejarlos en un rinconcito para que se tomen un tiempo muerto.

Le pasa a Felix una bolsa de cacahuetes y una botella de whisky «para la despensa» y abre los brazos hacia Bridget.

—Cuánto tiempo —le da la bienvenida ella.

—Por tu culpa —le recrimina—. Hola, Lucy —me saluda.

—Me alegro de verte —le digo.

—Yo también. —Zach me mira sin pestañear—. ¿Cuándo fue la última vez que viniste? —le pregunta a Bridget mientras nos situamos alrededor de la isla de la cocina.

—Vine a pasar una semana por Navidad.

—Es verdad —asiente, como si acabara de acordarse. Felix pone los ojos en blanco. A Zach empezó a gustarle Bridget antes de dar el estirón en primero de secundaria, y no es demasiado sutil al respecto—. Lobo y yo os dimos un palizón a Miles y a ti en el Trivial.

Bridget mira por la ventana y Zach pone una mueca. Es obvio que Felix lo ha mantenido al corriente sobre lo poco que sabemos de la situación de Bridget.

—Yo me casaré contigo, Bridge —anuncia Zach al cabo de un minuto.

—Claro que sí —respondemos Felix y yo al unísono.

Se hace un breve silencio en la cocina y todos nos echamos a reír, incluso Bridget.

—Pero lo digo en serio —insiste Zach cuando ya nos hemos serenado.

—Lo sabemos —decimos Felix y yo a la vez de nuevo. Al dirigir la vista a él, veo que sonríe, no a mí directamente, pero más o menos en mi dirección.

—No creo que a Lana le importase, Bridge —prosigue Zach—. Tiene una mentalidad bastante abierta.

—¿Quién es Lana? —pregunto.

—Su nueva novia —explica Felix.

—No es tan nueva —lo corrige Zach—. Pero está claro que jugamos en ligas distintas.

—¿Lana sabe que te gusta ella? —pregunto señalando a Bridget.

—Pues claro. —Zach junta las manos—. Pero no me gusta sin más. Querer a Bridget Clark es un estilo de vida.

—Me muero de ganas de conocerla —interviene Bridget—. Lobo me dijo que es enfermera, ¿no?

—La mejor de Montreal —alardea Zach—. Pero no viene hasta septiembre. Será una prueba, a ver si me sigue queriendo después de vivir un mes conmigo.

—Claro que seguirá queriéndote —dice Bridget—. Esperemos que la isla la conquiste. No creo que mucha gente sepa lo que es vivir aquí después del día del Trabajo.

En verano, la isla del Príncipe Eduardo está abarrotada de turistas, pero así como gente de lejos viene y va con el clima cálido, también lo hacen un montón de negocios, que cierran fuera de temporada alta.

—Después del día del Trabajo aquí se vive mejor —afirma Zach, y Felix asiente.

Felix empieza a colocar ostras en la encimera mientras yo le sirvo una copa a Zach, que le está enseñando a Bridget fotos de su novia.

—¿Te ayudo con algo? —le pregunto a Felix. Cerca de él voy a ser mi versión más normal y menos desesperada, aunque sea lo último que haga.

—¿Quieres encargarte de los limones? —Me mira a los ojos—. Y ¿puedes coger la salsa picante del armario? —Cuando empiezo a cortar las rodajas, añade—: Qué mal se te da manejar un cuchillo.

—¡Eh! —protesto señalándolo con el cubierto—. He mejorado. Por lo menos ya no es un cuchillo de carne.

—Te vas a rebanar los dedos. ¿Recuerdas lo que te enseñé? —Su suave voz ronca va a parar justo entre mis muslos.

—Sí —respondo—, pero no sé hacerlo como tú.

—Así. —Flexiona los dedos sobre los míos; espero que no se dé cuenta de que me están temblando—. Tienes que protegerte. —Me recoloca la mano y se aparta satisfecho.

—Dejad de contaros secretitos —dice Bridget—. Lobo, ¿estás preparado o qué? Tengo hambre.

—Te toca —me dice él mirándome fijamente.

Como manda la tradición de los Clark, soy la invitada más reciente y, por lo tanto, cronometrar el tiempo es mi tarea. Es una forma específica de agonía estar justo delante de Felix en la cocina observando sus veloces manos e intentando no pensar en las otras cosas que saben hacer. Esta noche ha refrescado, pero después de la primera ronda me ha subido tanto la temperatura que tengo que quitarme la rebeca rosa que me he puesto encima del vestidito blanco.

—Has perdido tu toque —le suelta Zach a Felix—. ¿Dos minutos cuarenta y cinco segundos? Qué patético.

—No debería haberme tomado el whisky —refunfuña Felix—. Otra vez.

Va por la mitad de la siguiente tanda, pero Zach lo molesta gritando tantas preguntas que no tengo ni idea de cómo consigue Felix hacerlo mejor.

—Dos minutos veintinueve segundos —digo.

—Estás oxidado. —Bridget tuerce el gesto.

—Eso parece.

—Y hay que sumar el tiempo de penalización. —Mi amiga chasquea la lengua.

—¿Tiempo de penalización? —pregunto.

—Los jueces añaden segundos a tu tiempo por cualquier error —me explica Felix—, como, por ejemplo, dejarte algún trocito de concha o arenilla.

Bridget menea los dedos en dirección a Felix y él le tiende el cuchillo. Se acerca a la bandeja y examina las ostras con los ojos entornados. Tras golpearlas todas con el cuchillo, frunce el ceño.

—Esta no está separada del todo —apunta Bridget mirando a Felix—. Y hay dos con arenilla, trozos de cáscara en otra... Es un total de doce segundos de tiempo extra, que en total serán... —Señala a Zach como si hubieran jugado a esto muchas veces.

—Dos minutos cuarenta y un segundos —anuncia él.

—No es lo bastante rápido. —Felix se pasa una mano por el pelo.

—¿Cuál es el objetivo? —pregunto, dándome cuenta de lo poco que sé de su vida.

—Un minuto treinta segundos. Un minuto cuarenta como mucho.

—Si Lobo las desbulla como es debido, quedará entre los cinco primeros —dice Zach.

—Yo siempre hago las cosas como es debido. —Felix me mira.

No sé cómo voy a quedar al confesarlo, pero esas palabras me resultan sumamente sexuales.

Cuando nos terminamos la bandeja de ostras, Felix saca otra caja de la nevera, selecciona dieciocho y las coloca en la superficie de madera. Una vez conforme con la disposición, me mira a los ojos. Está tan concentrado en mí que es como si Bridget y Zach no estuvieran en la cocina. En cuanto me da la señal, le cuento tres, dos, uno.

Sé que Zach se está fijando en cómo observo a su mejor amigo. Cuando Felix termina la tanda, hacemos una pausa para tomar otra ronda de bebidas y ostras. Al ver a Bridget salir con el móvil y a Felix excusarse para ir al cuarto de baño, Zach se vuelve hacia mí.

—¿Qué os traéis vosotros dos entre manos?

—¿A qué te refieres?

Me lanza una mirada dura como el acero. Sabe que me estoy haciendo la tonta.

—No nos traemos nada entre manos, Zach.

—Eso es lo que dice Lobo, pero no me lo creo. Tú estás soltera, él está soltero.

Me esfuerzo por mantenerme inexpresiva al oír su comentario.

—¿Cómo sabes que no estoy saliendo con nadie?

—Tengo mis fuentes. —Arqueo una ceja—. Bridget —confiesa encogiéndose de hombros. Antes de que pueda interrogarlo al respecto, añade—: Y he visto vuestras miraditas. Es muy obvio.

No sé qué entiende él por obvio.

—No hay nada entre nosotros —le aseguro—. Estamos como siempre.

—No sé si me estás mintiendo a mí o si te estás mintiendo a ti misma. —Se ríe.

Como sé que así se distraerá, le hago una pregunta sobre jardines verticales. Zach tiene más aficiones e intereses que cualquier otra persona que conozco. Me está hablando de biodiversidad en entornos urbanos cuando Felix vuelve a la cocina.

—¿Lo ves? —sisea Zach al verme dirigir la vista a su amigo—. Hasta a mí me entran ganas de darme una ducha fría.

La partida del Trivial Pursuit llega en algún punto antes del cuarto vaso de whisky de Bridget y después de que le sujete las mejillas a Zach y le suelte con voz sentimentaloide:

—Te echaba muchísimo de menos.

Zach nos está aplastando a los tres. Es el campeón actual y le proporciona un extraño placer lograr que los demás parezcamos tontos. Cuando gana el cuarto quesito y empieza a correr por el salón con los brazos levantados, Bridget le lanza un cojín.

—Eres una enciclopedia con patas.

—De alguna manera te tengo que impresionar, Bridge —contesta sentándose en el sofá entre las dos y pasándole un brazo por el hombro—. Bueno, dime, ¿al final te vas a casar o no? Sin presión, pero Lana y yo hemos reservado ya una habitación de hotel y tiene que verme con el traje.

Bridget alza los hombros hasta las orejas. El rubor de sus mejillas se intensifica mientras contempla fijamente el tablero del juego.

Felix y yo cruzamos la mirada y, por la forma decidida en la que frunce el ceño y le clava los ojos, sé que ya no piensa seguir dándole espacio.

—Lo que Zach intenta decir —interviene— es que dentro de un par de días hay invitados que vendrán desde tan lejos como Australia y, si te vas a echar atrás, sería considerado por tu parte que se lo comunicaras a la gente cuanto antes.

—No quiero hablar de la boda. —Bridget fulmina a su hermano con la mirada.

Él se inclina hacia delante en la silla, con las palmas juntas entre las rodillas.

—Has hecho que Lucy lo deje todo y venga hasta aquí. Y yo me he quedado en casa porque tú me lo has pedido. Por lo menos podrías decirnos por qué.

Felix no alza la voz, pero habla con rotundidad. Nunca lo he oído dirigirse así a Bridget, ni a nadie.

Los Clark se miran, aunque ninguno abre la boca.

—Estamos preocupados por ti —tercio con cuidado—. Falta una semana para la boda. ¿Ha ocurrido algo entre Miles y tú?

—¿No puedo soltarme por una vez o qué? —replica Bridget con voz temblorosa—. ¿No se me permite hacer algo espontáneo?

—Pues claro que sí —le digo—. Pero es evidente que no se trata de hacer algo espontáneo, Bridget. Si pasa algo, a lo mejor te podemos ayudar a arreglarlo. No tienes por qué solucionar todos tus problemas tú sola.

Como se le empiezan a anegar los ojos, le hago señas a Zach para que se levante del sofá.

—Cuéntanoslo, Bridge —digo rodeándola con el brazo—. O, si quieres, mando por ahí a estos dos *hooligans* y me lo cuentas solo a mí. Estoy preocupada.

Me mira con sus ojos castaños vidriosos y niega con la cabeza.

—No puedo —murmura—. No estoy preparada para contártelo.

16

En la actualidad

Me la quedo mirando. Su rechazo me escuece, tanto que me deja sin palabras.

—No es porque no me fíe de ti, Bee —añade.

—Ya, claro. —Trago saliva.

Suspira y me da un beso en la mejilla.

—Me voy a la cama.

Atónita, la observo subiendo las escaleras. Después de que se haya marchado me pongo de pie.

—Voy a limpiar la cocina. —Expulsaré el dolor a balletazos.

—Voy a hablar con ella. —Felix también se levanta.

Zach me acompaña hasta el fregadero. Bridget y Felix chillan tanto que los oímos discutir en el piso de arriba, pero sus voces nos llegan amortiguadas, así que tan solo captamos alguna que otra palabra.

—Estás de coña. —Felix.

—Ojalá lo estuviera. —Bridget.

La trifulca familiar de los Clark no tarda en resolverse, pero ninguno de los dos hermanos baja a la cocina. Friego el último de los platos mirando por la ventana, contemplando el hilo plateado de la luz de la luna sobre el agua.

—El silencio es un tanto inquietante —comenta Zach—. ¿Crees que Bridget está limpiando la escena del crimen?

—Nunca los había oído pelearse así. Felix es muy tranquilo. No parece que nada lo moleste.

Zach me mira a los ojos.

—¿Qué pasa?

—Lo has llamado Felix. Nadie lo llama así.

No le respondo.

—Vaya —murmura él. Se aprieta el labio inferior entre el pulgar y el índice. Y luego añade—: No es tan viva la vida como crees, Lucy. Tiene sentimientos.

—Eso ya lo sé. —Frunzo el ceño.

Zach me contempla durante un buen rato, pero se limita a decir:

—Vale.

La voz ronca de Felix nos interrumpe.

—Me voy a dar un paseo.

Para cuando me vuelvo, ya ha cruzado la puerta corredera.

—Creo que ha birlado la botella de whisky —dice Zach.

Por la ventana, me quedo mirando a Felix yendo en dirección al agua hasta que desaparece.

Al cabo de veinte minutos todavía no ha regresado y Zach está preparando la cama en el salón, así que me pongo la rebeca y cojo la manta más calentita que encuentro, una del viejo baúl, para salir a la calle.

La playa está vacía, pero el cielo está repleto de estrellas, un resplandeciente manto de diamantes sobre un brillante mar negro. Echo a caminar por la orilla. El aire es espeso, pero hace más frío del que esperaba, así que me rodeo con los brazos.

Estoy pensando en dar media vuelta justo cuando lo veo a lo lejos. Su camiseta blanca centellea bajo la luna. Al aproximarme, Felix bebe un sorbo de la botella y se limpia los labios con el dorso de la mano.

—Hola —me saluda con voz trémula sin siquiera mirarme.

—Sigues teniendo cuatro extremidades —digo.

—A duras penas. —Suelta una seca carcajada.

Cuando me acerco, veo que tiene la mandíbula tensa. Bebe otro trago.

—Toma. —Le tiendo la manta—. Hace frío.

La acepta, pero, en lugar de arrebujársela alrededor de los hombros, me pasa la botella de whisky y coloca la manta en la arena. La alisa hasta que está satisfecho con los extremos.

Se queda arrodillado a un lado. Nos observamos sin parpadear y Felix alarga una mano. El tiempo se queda suspendido;

me encuentro delante de él, contemplándole la palma. El pulso se me empieza a desbocar.

—Siéntate, Lucy. —Habla con voz ronca, cansada tras haber discutido con Bridget. Sé lo mucho que le ha costado pelearse con su hermana.

Con vacilación, le cojo la mano y, cuando me rodea la muñeca con la punta de los dedos, no me cabe ninguna duda de que nota mis latidos, fuertes e implacables. Tira de mí hacia él.

—Creo que somos capaces de compartir una manta —dice.

Me siento a su lado con las rodillas flexionadas.

En silencio, admiramos el oscuro golfo, con la botella entre ambos. Felix desprende calor, por lo que el aire frío ya no me resulta tan fresco. Siento la brisa como si me susurrara palabras de amor en la mejilla.

Al final Felix me tiende el whisky. Lo miro de soslayo al coger la botella y tomar un trago. Cuando se la devuelvo, él hace lo propio. Me parece un gesto extrañamente íntimo.

—¿Le has sonsacado algo a Bridget? —le pregunto después de que nos hayamos pasado el whisky unas cuantas veces.

Felix se queda callado durante tanto rato que dudo si he llegado a hacer la pregunta.

—Es verdad que echaba de menos la casa —me informa al fin.

—Os habéis pasado casi una hora hablando. ¿Qué pasa con el mensaje de Miles? ¿No te ha contado nada más?

Hay suficiente luz como para verlo escrutarme el rostro; se detiene en mi nariz y en mis labios.

—Está preocupada por ti.

—Siempre está preocupada por mí.

—No. —Niega con la cabeza—. Creo que hasta ahora nunca se había preocupado demasiado por ti.

—Bueno, pues ya somos dos —exclamo.

Felix bebe otro trago.

—¿Me tengo que preocupar yo por ti?

Su pregunta me pilla por sorpresa. ¿Quiere preocuparse por mí? ¿Necesito que alguien se preocupe por mí?

—Después de la pelea con Bridget yo debería preguntarte lo mismo —repongo—. ¿Por qué habéis discutido?

Felix se me queda mirando unos instantes antes de contestar.

—Su manía de guardar secretos —dice al fin.

Alargo un brazo hacia la botella y le pego un trago, aunque ya noto el whisky hormigueándome en las extremidades.

—Dime cómo estás —me pide él.

—Estoy bien. —Lo miro a los ojos.

—Lucy... —Me recorre el rostro con la mirada; me da la sensación de que me está memorizando—. Cuéntamelo de verdad. Cuéntame lo que está pasando en la tienda. Háblame de Farah y de los poemas en los que está trabajando. Háblame de las flores. —Suena un tanto desesperado y se le agolpan las palabras.

—Felix Clark, ¿estás borracho? —Creo que jamás lo había visto achispado siquiera. Aguanta bien el alcohol.

—Quizá un poco —dice con una media sonrisa sin lugar a dudas provocada por el alcohol—. Pero también quiero saberlo, Lucy. Cuéntamelo.

Examino los bellos ángulos de su rostro, la forma en la que la luna se refleja en sus pómulos, ocultando los surcos inferiores. Y, aunque sé que hablar con él me podría meter en más problemas que plantarle un beso, termino diciendo:

—Farah escribe elegías.

—Poemas sobre la muerte. —El hoyuelo se le marca.

—Sí, pero creo que son algo provocativos. La he oído recitar versos sobre carne firme y néctar de miel.

Felix se tumba sobre la manta, con las manos debajo de la cabeza, marcando bíceps.

—¿Qué más?

—Mmm... —Me tumbo a su lado y contemplamos las estrellas—. Creo que está hasta el gorro de mí. Paso mucho tiempo en la tienda o preparando eventos.

—¿Cuánto tiempo?

—Todo.

—¿Te sigue encantando el trabajo? —Gira la cabeza en mi dirección.

Sigo mirando la galaxia con un nudo en la garganta. Es tanto por la pregunta como por este momento, estar aquí, en mi lugar preferido, con una de mis personas preferidas. Ojalá Felix no me gustara tanto.

—No lo sé —le digo—. Me encantan muchas cosas. Me encantan las partes creativas, me encanta trabajar con flores, pero no me gusta todo lo que implica: gestionar el personal, planear estrategias de negocio, responder a más correos de los que imaginas. Me hice florista porque odiaba mi trabajo de oficina, pero ahora casi siempre estoy sentada a una mesa. —Veo un satélite avanzar parpadeando hacia la constelación del Carro—. A veces me preocupa que haya reducido mi mundo en lugar de expandirlo —reconozco—. Seleccionar flores, crear coronas florales, enfangarme en el jardín de mi tía..., esas cosas antes eran mis aficiones, pero ahora mi tía ya no está y mi afición es mi curro. Mi trabajo es toda mi vida.

Entrecruza los dedos con los míos y, durante unos segundos, mi corazón se encuentra allí, entre nuestras palmas. Me da un apretón y vuelve a soltarme la mano. Quiero que me la coja de nuevo ya.

«Más —dice mi corazón—. Felix».

—Háblame de tu granja.

«Tu granja». Felix es la única persona que lo sabe y me gusta cómo suena en sus labios, como si existiera.

—No hay ninguna granja —replico girando la cabeza en su dirección. Hace mucho tiempo que no fantaseo con esa idea. ¿Para qué soñar cosas que nunca ocurrirán?; ya tenemos suficiente con la realidad.

—Todavía. Descríbemela, Lucy.

Felix es capaz de pronunciar mi nombre de mil maneras diferentes. Un Lucy que vibra al inicio de su garganta, áspero por el deseo. Un Lucy que suena a duchas de verano. Un Lucy de satisfacción. Un Lucy que es más alivio que nombre. Un Lucy que es todo sorpresa y embeleso. Este Lucy es una petición delicada.

Todo vuelve a mí de golpe. Es lo que llevo deseando en secreto durante mucho tiempo: una granja de flores.

—Últimamente no he pensado demasiado en eso —le digo—. Pero siempre he visualizado un invernadero.

—¿Qué más?

Al principio me imaginaba teniendo un jardincito, pero cada vez que lo concebía crecía un poco más. Acabó convirtiéndose en una parcela rectangular de tierra rica en nutrientes fuera de la ciudad con suficiente flora como para abastecer un puesto de mercado en verano. Y luego una granja con flores hasta donde llega la vista. Girasoles que siguen la luz, ríos de salvias azules, delicados cosmos rosas balanceándose por la brisa.

Alzo la cabeza hacia las estrellas y les sonrío.

—Un prado con tierra rica, girasoles, salvias, cosmos.

—Dalias —dice. No es una pregunta. Felix lo sabe.

—Dalias —repito.

—Cuéntame más cosas, Lucy —me pide—. Cuéntamelo todo.

17

Acción de Gracias, hace tres años

Me convertí en la propietaria de In Bloom el 1 de enero a las 12.01. Stacy y yo organizamos una fiesta en la tienda en Nochevieja, una especie de puertas abiertas, por donde se pasaron amigos y clientes. A medianoche pronunció un discurso y lo terminó haciendo una reverencia, dándome las llaves y anunciando:

—Lo que es mío ahora es tuyo.

Albergaba la esperanza de volver a la isla del Príncipe Eduardo en verano, pero todavía no me sentía lo bastante segura como para dejar la tienda y Bridget salía con Miles, así que fue a la isla con él. Como no quería quedarse del todo sin nuestra escapada de chicas, me convenció para que pasara unas cuantas noches allí a principios de octubre, para el puente de Acción de Gracias.

Nunca había visitado la isla en otoño y Bridget me dijo que llevase gafas de sol, un sombrero y mis jerséis más calentitos. Era un otoño soleado, pero algunos días hacía bastante frío. Mientras metía la ropa en la maleta, no pude evitar pensar en que volvería a ver a Felix. Había pasado un año y medio desde la vez anterior y quería estar guapa pero desenfadada. No íbamos a repetir lo que había sucedido durante mi última visita. Evitaría los pasillos estrechos, mirarle las manos y los cuartos de baño llenos de vapor. No me quitaría la ropa —ni la toalla— por muy sugerentemente que le brillaran los ojos ni por excitantes que fuesen las palabras que salieran de su boca.

Además acababa de terminar un rollo de cuatro meses con un bombero y tenía entendido que Felix salía con alguien. Lo que Bridget me contaba sobre su hermano no incluía su vida amorosa. Había comprado un viaje barato hasta Lisboa y se había marchado solo con una mochila. Era su primera vez al otro lado del charco, unas breves vacaciones antes de que Zach y él empezaran a trabajar en serio en los planos y los diseños de Salt Cottages. Nuestro avión aterrizó el viernes por la mañana; el de Felix llegaría esa misma noche.

Cinco minutos antes de que Bridget y yo nos dirigiéramos al aeropuerto, saqué de la maleta mi ropa interior de encaje más bonita, pero al poco volví a meterla; conviene contar con un conjunto extra. No tenía nada que ver con Felix. Pensaba seguir a rajatabla la regla número dos: él y yo no íbamos a volver a acostarnos. Ese viaje no iba a terminar como el anterior.

En cuanto bajamos a la pista del aeropuerto, Bridget corrió al servicio. Su vejiga es del tamaño de una bellota y se negó a usar el baño del avión. Mientras hacía cola, yo fui directa hacia la vaca de Cows Creamery para darle una palmada a la estatua en su hocico rosado.

Ken nos llevó hasta Summer Wind. Era un día de otoño perfecto, de postal. Las carreteras estaban flanqueadas por puestos con calabazas y las hojas amarillas y naranjas que seguían pendiendo de las ramas de los árboles brillaban, creando un fuerte contraste con el azul del cielo. La mayoría de los turistas que van a la isla del Príncipe Eduardo optan por el verano. Visitan la casa que sirvió de inspiración a la autora Lucy Maud Montgomery, se dan atracones de bogavante y pasean descalzos por la arena de Cavendish Beach. También compran entradas para el musical de *Ana, la de Tejas Verdes* y juegan al golf. Pero a principios de octubre el paisaje es precioso; no me imaginaba un lugar ni un momento más bonito. Los colores de la isla siempre me dejan estupefacta: el verde intenso de la hierba, el neón de los campos de colza, el carmín de la tierra y la arena, los hilos morados de los lupinos. Bajo el radiante sol de otoño, sin embargo, todo parecía más vívido. Era como si, después del ajetreo de la temporada alta del verano, la isla hubiera comenzado a presumir a saco.

«Me alegro mucho de vivir en un mundo donde hay octubres», decía Ana Shirley, y de repente supe a qué se refería.

Christine me dio la bienvenida con el mismo abrazo estruja-costillas que a Bridget y me acompañó arriba para dejar la maleta en el cuarto de Felix. Él se había comprado una casa en la zona oriental de la isla y la estantería había desaparecido, pero por lo demás la habitación estaba como siempre. La vieja cama con dosel, con una manta rojiazul doblada a los pies, una mesita bajo la ventana, ningún cuadro en las paredes. Deshice la maleta rememorando la última noche que había pasado allí; las duras embestidas de las caderas de Felix, el calor de sus ojos sobre los míos en el espejo, su cabello ondulándose por el vapor, sus besos con sabor a caramelos Tic Tac.

«Quiero que me llames Felix».

Lo aparté todo de mi mente y fui al cuarto de baño para echarme agua fría a la cara. Necesitaba recomponerme antes de que llegara él.

Bridget y yo acabábamos de regresar de un paseo por la playa cuando Christine nos anunció:

—Malas noticias. Han cancelado el vuelo de Lobo por problemas mecánicos. El siguiente que ha encontrado llegará el miércoles por la mañana.

Se me encogió el corazón, pues Bridget y yo nos marchábamos el martes, aunque traté de no sentirme decepcionada. Debería estar contenta; no ver a Felix significaba que saldría indemne del fin de semana. Era positivo, era estupendo.

—¿Tu hermano sale con alguien? —le pregunté a Bridget el sábado por la noche mientras me aplicaba el lápiz de labios líquido. Zach había organizado una fiesta y nos había invitado. Como no iba a ver a Felix, me moría de ganas de saber cosas de él.

Bridget se estaba recogiendo el pelo en un moño un poco menos caótico. Hizo una pausa y entornó los ojos.

—¿Por qué lo preguntas?

Yo también los entorné.

—Porque tengo la intención de enamorarme de él hasta las trancas y, antes de nada, quiero asegurarme de que está libre —repuse, roja como un tomate a pesar de la broma—. Y también porque tengo curiosidad.

Me fulminó con la mirada. A Bridget le encanta hacer eso, pero luego puso los ojos en blanco.

—A mí no me ha hablado de ninguna novia —contestó—. Si hubiera alguien en su vida, seguro que se lo habría contado a Zach, y él habría querido cotillear conmigo, así que, a no ser que lo mantenga en secreto, no ha salido con nadie en serio desde...

—Joy —terminé la frase. Bridget evitaba pronunciar su nombre. Antes de que Joy dejara a Felix, era la mejor amiga de Bridget, y se había convertido en una cicatriz. Habían sido inseparables desde preescolar hasta los campamentos de verano; primero, en patinaje artístico y, luego, en hockey. Felix era el hermano pequeño pesado hasta que dejó de ser pesado. A Joy le gustaba en secreto y, al final, se convirtió en su novio no secreto.

—Síp. —La «pe» brotó de sus labios como si hubiera descorchado una botella—. La muy asquerosa.

Zach vivía en Summerside, en un alegre bungaló de paredes azules que era de su abuela, pero esta se había trasladado a una residencia. Nos recibió un vestíbulo con un armario llenísimo de abrigos, un montón de botas, bailarinas, zapatillas de correr y un Zach sonriente.

—Mi Clark preferida —exclamó rodeando a Bridget con los brazos. Luego se volvió hacia mí—. ¡Y con Lucy! Bienvenidas, bienvenidas.

Zach nos pidió a Bridget y a mí que viéramos la casa por nuestra cuenta. Reprimí una sonrisa al advertir el batiburrillo de muebles: los de madera oscura y pulida que debía de haber heredado de su abuela y los que gritaban a los cuatro vientos que pertenecían a un tío de veinticinco años, como un televisor descomunal.

Encontramos a los demás invitados en la cocina. Había unas veinte personas apiñadas en la estancia. Zach estaba al lado de la nevera, hablando con una mujer de larga melena rubia.

Noté que Bridget se ponía tensa a mi lado.

—¿Es ella? —pregunté.
—Sí, es… —Tragó saliva.
—Joy.

Si hubiera mirado atentamente a Joy, me habría dado cuenta de que tenía unas facciones delicadas y angulosas, pero una boca redondita y carnosa. Me habría dado cuenta de que se pintaba los labios con un lápiz color cereza y de que los bucles le caían formando una espesa cascada sobre la frente. Habría envidiado que hubiera conseguido que el jersey de punto y los vaqueros que llevaba resultaran seductores. Pero no la estaba mirando a ella, no del todo. Estaba mirando a mi mejor amiga, que se había puesto pálida.

Al hacerse mayores Joy y Felix, su relación se había vuelto más seria, y Bridget y Joy no solo eran amigas entonces, sino también familia. Habían hablado de bodas, de bebés y de ser la tía Bridget. Incluso había habido un anillo y una fiesta con una pedida sorpresa: planes.

Bridget respiró hondo.

—¿Quieres que nos marchemos? —le propuse—. No me importa.

Contempló a Zach y a Joy, y negó con la cabeza.

—No. Puedo hacerlo.

Nos dirigimos hacia ellos y Bridget la saludó con voz temblorosa.

—Joy, hola.

Cuando ella se volvió hacia nosotras, estuve a punto de retroceder con un siseo. Los ojos de Joy eran del color miel más espectacular del mundo, como si hubieran capturado el otoño en una botella. Cóctel *Old fashioned*, especias y hojas crujiendo bajo los pies.

—Joy, te presento a Lucy, la mejor amiga de Bridget y su compañera de piso en Toronto —dijo Zach al ver que Bridget no decía nada más.

En los ojos de Joy hubo un destello de dolor, pero sonrió. Dios, era más guapa incluso cuando sonreía.

—Es un placer —dijo tendiéndome una mano.

—Qué típico de Zach —terció un hombre detrás de mí—. Siempre estás con las mujeres más guapas.

Al darme la vuelta, me encontré delante de un fornido pelirrojo. Llevaba un gorro de lana bajo el cual asomaba su cabello rojizo.

Le estrechó la mano a Zach y le dio a Joy un beso en la mejilla.

—Hola, Colin —dijo ella.

—Fuimos todos juntos a clase —explicó Zach al tiempo que Colin saludaba a Bridget.

Colin señaló a Joy con la lata de cerveza.

—Me han dicho que Lobo y tú habéis vuelto. ¿Está por aquí?

Un sonrojo escarlata tiñó las mejillas de Joy, que negó con la cabeza.

—No estamos juntos.

Colin se rascó la barba; me dio la sensación de que estaba aliviado.

—Pues lo siento —dijo—. Me comentaron que volvíais a hablar y mi hermano dice que os vio juntos en la cervecería Upstreet Brewing.

—Solo somos amigos —repuso Joy. Se volvió hacia mí—. Sigo la cuenta de Instagram de In Bloom. Me encantó el ramo de novia que publicasteis la semana pasada. El de las coles, ¿sabes a cuál me refiero?

Me la quedé mirando boquiabierta. La novia quería algo único y nada femenino, así que le propuse un ramo de kale verde y morado, siempreviva, amaranto, salvia y romero. Impresioné hasta a Farah.

—Era kale —le digo a Joy.

—Sí, eso. Y las hierbas quedaban genial. Tienes mucho talento y tu tienda es preciosa. La próxima vez que vaya a Toronto me pasaré por ahí.

Me dejó patidifusa. Después de todo lo que Bridget me había contado, Joy no era como me esperaba.

Felix tenía veintidós años cuando le había pedido matrimonio. Joy y él llevaban siete años juntos, pero ella rompió el compromiso al cabo de una semana de haberle dicho que sí. Bridget y yo hacía nada que compartíamos piso y la desconcertó que Joy dejara a su hermano tan repentinamente, pero pensó que su amistad perduraría. Ella había superado que Joy dejara el hockey para sacar mejores notas. Joy había soportado que Bridget se mudara a Toronto y ella a Nueva Escocia para estudiar. Pero su amistad no sobrevivió a Felix, y Bridget se quedó hecha polvo.

Las dos rupturas —la de Joy con Felix y la de Joy con Bridget— nos unieron mucho. Una buena historia de inicios de una amistad incluye a alguien malvado. En nuestro caso se trataba de ella.

«Tengo que encontrarme a mí misma» y «No sé quién soy», dos de las frases que Joy le había dicho a Felix al devolverle el anillo, enseguida entraron a formar parte de nuestro vocabulario. Por ejemplo:

—¿Puedes sacar la basura?

—Ojalá pudiera, pero tengo que encontrarme a mí misma.

Miré a Bridget perpleja. Joy era encantadora.

—Gracias —repuse—. Tengo mucha ayuda, sobre todo de esta de aquí. —Le di un golpe de cadera a Bridget—. Es la razón por la que mi contable me tiene tanto aprecio.

—Qué suerte tienes. No hay nadie a quien le guste más una hoja de cálculo que a ti, ¿verdad, Bridge? —Joy la miró con una sonrisa tímida.

Bridget no respondió. La observaba con expresión incómoda, como si estuviera conteniendo las lágrimas. Me cogió del brazo.

—Nos tenemos que ir —dijo. —Tiró de mí hacia la otra punta de la cocina para coger un par de sidras de una nevera llena de hielo instalada sobre la mesa de caoba.

—¿Estás bien?

—Sí —aseguró, pero era evidente que no—. No me puedo creer que Lobo y ella vuelvan a ser amigos. Nosotras fuimos amigas primero y me abandonó como si no significara nada para ella. Es obvio que siempre le importó más él.

—Seguro que no es cierto, seguro que te echa de menos. Eres la mejor. Pero ha pasado mucho tiempo. Quizá crea que no te interesa ser su amiga.

—No me interesa.

—¿En serio? Parece maja.

Bridget miró a mi alrededor mientras bebía un largo sorbo de sidra.

—No puedo volver ahí.

Seguí su mirada. Zach y Joy estaban enfrascados en una conversación.

—Traidor —gruñó.

Me terminé la bebida casi tan rápido como Bridget, pero no me apunté a la siguiente ronda porque mi amiga no paraba de tomar sidras. Nunca la había visto tan afectada por otra persona.

—Joy nos rompió el corazón a los dos. —Eso me había dicho tiempo atrás. Sin embargo, yo no me había percatado hasta ese momento de que en la vida de Bridget solo había una ex importante: Joy. La persona de sus recuerdos de infancia, la mujer que había estado a su lado cuando le pusieron aparatos y cuando empezó a salir con chicos, la que había presenciado cómo se rompía el brazo en el hielo, la que la había ayudado a cruzar la pista, la que había ido al hospital con sus padres. Su amiga más antigua.

Una hora y dos sidras más tarde, Bridget rechazó mi sugerencia de pasar al agua. Una hora y otra sidra después estaba dormida en la cama de Zach, sobre la montaña de abrigos.

Cuando los invitados se hubieron marchado, Zach, Joy y yo levantamos a Bridget, le hicimos beber un vaso de agua y la ayudamos a sentarse en el asiento del copiloto del coche de sus padres.

—¿Quieres que os siga hasta casa? —me preguntó Joy—. Y te ayudo a subirla hasta su habitación.

Buf. Era un ángel.

—Sí, te lo agradecería mucho.

18

Acción de Gracias, hace tres años

Los preparativos para la cena de Acción de Gracias de los Clark empezaron poco después de desayunar. Bridget y yo nos encargamos del puré de patatas, sin habernos quitado el pijama siquiera. Ella llevaba una sudadera de hockey y leggings llenos de agujeros; yo, un camisón de franela de manga larga con estampado de florecillas que el bombero con el que había salido describía como «mataerecciones».

Bridget pelaba las patatas y yo las cortaba en trozos grandes con el gigantesco cuchillo de cocinero que Christine me había puesto en las manos.

—No sé qué hay de malo en usar uno de pelar —le dije a Bridget cuando su madre estaba ocupada preparando el relleno.

—Bienvenida a la familia Clark —me respondió.

—Me gusta estar aquí. —Sonreí—. Sin contar con lo del cuchillo.

Íbamos por la mitad de las patatas cuando oí abrirse la puerta del vestíbulo. Casi fue como si los átomos de la casa se hubieran reorganizado. Supe que Felix había llegado antes de que exclamara:

—Feliz día de Acción de Gracias.

Me di la vuelta poco a poco, con el pulso acelerado.

Felix atravesaba el salón con una gran mochila de lona al hombro. Llevaba el pelo más largo que la última vez que lo había visto. Seguía teniendo barba, un poco más desgreñada que antes, y lucía un jersey de lana beis que fijo que le había tejido su abuela. Bridget tenía uno muy parecido. Llevaba los vaqueros por encima de unas botas de gamuza gris rayadas. Tenía aspecto agradable y un poco desarreglado. El Felix de otoño.

—¡Lobo! —exclamaron Christine y Bridget al unísono. Las dos echaron a correr para saludarlo.

Felix dejó la mochila en el suelo para abrazar a su madre y, luego, a su hermana. Yo no podía apartar la vista de ellos.

—Hola, Lucy —me dijo cuando soltó a Bridget.

No sé cómo consiguió que mi nombre sonara a preliminares. Cogí una bocanada de aire temblorosamente.

—Hola, Lobo.

Enarcó una ceja, pero estaba sonriendo. Dios, qué guapo era.

—¿Cómo has podido venir ya? —le preguntó Bridget.

—Encontré un vuelo que salía antes. Me ha parecido que sería divertido daros una sorpresa a todos.

Regresé a las patatas, con las manos menos firmes. Antes de que hablara, noté el calor que irradiaba.

—No has practicado con el cuchillo.

—Estoy en ello. Tu madre es una tirana —repuse echando un vistazo por encima del hombro. Cruzamos una mirada. Chas.

Felix se rio.

—Sí que lo es. ¿Puedo? —Señaló el cuchillo. Se lo acerqué, pero negó con la cabeza—. Vuelve a intentarlo.

Cuando me recolocó la mano, noté la electricidad brotando de la punta de sus dedos y llegando hasta la base de mi columna.

—Muy bien.

Felix se apartó, apoyó la cadera en la encimera y me observó. No me ayudaba a mantener a raya los temblores de los dedos.

—¿Te vas a quedar ahí plantado, observándome con aires de superioridad?

—No soy mucho más alto que tú. No puedo observarte con superioridad.

—De tu hombro izquierdo al derecho hay casi dos metros. —Me volví hacia él—. Sí que puedes.

—Es verdad —terció Bridget al tiempo que cogía el pelador.

—Pues me voy a dar una ducha —resopló Felix.

Debería haber mantenido la vista clavada en el cuchillo, pero lo miré a los ojos. Los suyos brillaban, no exactamente excitados, sino más bien burlones.

—No va a pasar —le dije con los labios, y se echó a reír. Porque no iba a pasar. Esa vez iba a ser diferente; no importaba que Felix hubiera aparecido siendo la personificación del sexo.

—Como quieras —susurró, dejándome con las patatas y con su imagen en la ducha.

La mayor parte del día estuvo por ahí, echando una mano con la salsa de arándanos rojos, poniendo la mesa con Bridget, hablándonos del hostal en el que se había alojado en Lisboa, los castillos que había visitado en Sintra, el licor de cerezas y el *vinho verde*. Cuando Bridget le preguntó por los planes de las cabañas, Felix las describió con tal lujo de detalles que me visualicé a mí misma paseando por las estancias y saliendo al porche. Felix tenía un talento para pintar imágenes con palabras en el que yo no había reparado y sonaba distinto que la última vez que lo había visto, más maduro.

Para cenar hubo ostras asadas con beicon y salsa Worcestershire (una receta australiana que Miles les había enseñado a los Clark en su primera visita ese mismo verano), seguido de pavo relleno, calabaza pequeña, puré de patatas, guiso de judías verdes, puré de nabo y coles de Bruselas, una cantidad absurda de comida. Me serví raciones extra de todo.

Había más gente de lo habitual en la mesa —los cuatro abuelos, dos primos y una tía—, por lo que quedaba poco espacio. Fui sumamente consciente de la cercanía de Felix, sentado a mi lado. Nos rozábamos con el codo al comer. Cuando me pasó el plato de pavo, nos tocamos con los dedos y una corriente eléctrica surgió de su meñique rumbo al mío. No pude pensar en gran cosa que no fuera en lo bien que olía, el calor que emanaba de él, la perfección con que su cuerpo encajaba con el mío. Cuando me dio un golpecito en la rodilla con la suya, una caricia accidental, casi me levanto de la mesa de un brinco. Él se aguantó la risa.

El volumen propio de las reuniones familiares de los Clark —la cantidad de voces que competían por que las escucharan, que se sobreponían en alegres discusiones y bromas— hizo que tan solo yo oyese a Felix cuando se me acercó al oído y me preguntó:

—¿Te pongo nerviosa, Lucy?

—Para nada —respondí con la atención fija en la cena.

—Mmm —murmuró, y se comió un buen trozo de pavo.

—Mmm —murmuré también pinchando una judía con el tenedor.

Durante el resto de la noche no intercambiamos más que unas cuantas frases («pásame la salsa», «acércame la sal»), pero noté sus ojos clavados en mí mientras recogíamos la mesa y sacábamos el tablero del Trivial Pursuit. Cuando Bridget se sentó al piano hacia la medianoche y todos nos reunimos a su alrededor con un vaso de whisky para cantar *Let it be*, acabé mirándolo a él abiertamente y él a mí. Felix cantaba muy bien, con voz clara y grave, y no dejamos de observarnos en lo que quedaba de canción.

Me había ofrecido a devolverle su antiguo cuarto, pero me dijo que estaba encantado de dormir en el sofá cama del salón. Me lavé la cara, me puse el camisón y me trencé el pelo con dedos temblorosos. Me tumbé, pero no podía quedarme quieta. Felix ya no dormía en esa cama y yo había sido la que la había ocupado los últimos días, pero habría jurado que las sábanas olían a él. Debí de pasarme una hora dando vueltas sin parar. Me sentía como una bengala interminable, crepitando en la oscuridad, sin llegar a apagarse. No había estado tan sexualmente frustrada... nunca. Jamás había deseado a nadie como deseaba a Felix. La casa estaba en silencio; hacía rato que todo el mundo se había quedado dormido. Aparté las sábanas y me puse a pasear por la habitación de un lado a otro.

«Tan malo sería de verdad si bajaba las escaleras y me acostaba con Felix», pensé. Tampoco es que Bridget me hubiera dicho específicamente que no lo hiciese. La regla que habíamos convenido decía que no me enamorara de él. No tenía ningún interés en enamorarme de Felix. Sin embargo, tener su boca y sus manos encima de mí me interesaba muchísimo.

Me dirigí a la puerta, pero dudé, preguntándome si dar media vuelta.

—A la mierda —susurré. Me merecía un orgasmo, o siete.

Salí y bajé las escaleras de puntillas, sigilosa y veloz. Llamé a la puerta como él me había enseñado dos años antes. Toc, toc, una pausa, toc.

Cuando me abrió, se estaba quitando la camisa. Llevaba pantalones de pijama y mostraba una expresión de sorpresa. Durante un segundo ninguno de los dos dijo nada.

Ya estaba ahí, pero no sabía qué hacer.

—He usado nuestra clave secreta —murmuré.

—La había olvidado. —Sonrió—. ¿Tienes algo en mente, Lucy?

—Sí. —Me aclaré la garganta—. A ti.

Nos quedamos mirándonos durante apenas un segundo. Felix me rodeó la cintura con los brazos y puso los labios sobre los míos con urgencia. Era justo lo que quería, pero estaba tan sorprendida por aquel repentino beso que me empezaron a fallar las rodillas. Me sujetó con más fuerza. Gemí.

Se apartó un centímetro, con la respiración entrecortada y una sonrisa asomando a su rostro.

—¿Entramos?

Fue entonces cuando me di cuenta de que estábamos en la puerta del salón. Miré la estancia por encima de su hombro.

—Nunca he podido resistirme a un sofá cama.

Felix se rio y me metió dentro. Cerró la puerta y se pegó a mí. Me derretí ante su pecho cuando volvimos a besarnos, apretándole las escápulas. Él me puso una mano en la nuca, confiado, para ladearme la cabeza, con su ardiente lengua enredada en la mía. No había espacio entre nosotros, solo capas de tela, y él ya estaba empalmado. La manera en la que me devoraba, en la que yo me retorcía contra él, en la que mi cuerpo buscaba fricción y lo buscaba ya era sexo en sí. Felix me había besado antes, pero jamás de esa forma.

Pasó los dedos por una de mis trenzas y me la echó detrás del hombro. Se afanó en deshacerme el lazo del cuello para desatar la fina cinta de satén, moviéndose con mucha más lentitud que unos segundos antes; acto seguido bajó la boca hasta mi clavícula.

—Somos lo peor. Dijimos que no lo haríamos —musité, estremeciéndome al notar sus dedos y el roce suave de sus labios recorriéndome el cuello. Se me desbocó el pulso bajo su boca.

—Podemos parar —dijo él, de nuevo con los labios sobre los míos. Pero no me besó. Esperó.

—No —protesté—. Quiero más.

Me pasó el pulgar por el labio inferior y me lo metí en la boca. Él gimió.

—No he podido dejar de pensar en ti, en el aspecto que tienes cuando estás desnuda, en cómo suenas cuando te corres. Estoy empalmado como un puto adolescente desde que he entrado por la puerta. —Alineó la nariz con la mía—. Eres maravillosa, joder.

Sus palabras arrojaban gasolina a una llama. Abrió la boca para añadir algo, pero lo acallé con un beso. Desaparecieron de golpe todas las horas que había fingido que no quería que cada centímetro de su cuerpo estuviese pegado al mío. Fue un beso frenético, con bocas ávidas y lenguas desesperadas, manos en los costados y caderas en movimiento.

Conseguí quitarle la camiseta arrastrando las uñas por su piel, recorriendo con los dedos el suave vello que le cubría el pecho y sus fuertes hombros, y llevé mi boca a su cuello. Me estremecí al notar su áspera palma recorriendo mis costillas, bajando hasta la cadera, hasta la parte alta del muslo.

—¿Me haces un favor? —me preguntó Felix.

—Creo que ahora mismo no hay nada a lo que te diría que no.

Me levantó un poco el camisón y llevó mis dedos hasta el dobladillo.

—¿Lo sujetas así?

—Me lo puedo quitar.

—Me gusta —dijo arrodillándose—. Me gusta imaginar todo lo que oculta la tela.

Me reí, pero entonces me trazó una línea en la cara interna del muslo con la boca y se me agarrotaron todos los músculos del cuerpo. Felix me mordisqueó la piel, haciéndome cosquillas con la barba. Me separó las piernas, apartó mi ropa interior de encaje y movió la lengua hasta que empecé a tambalearme.

—Si crees que tengo suficiente fuerza para quedarme de pie en esta postura, has sobrestimado una barbaridad mi forma física —susurré mientras su risilla me atravesaba—. Va en serio —insistí tirándole de los codos—. Tengo la misma rutina de ejercicio que una estrella de mar.

Se levantó con una sonrisa.

—Calla.

Me dio besos sin parar en la sien, en la mejilla, en la comisura de los labios mientras apartábamos el camisón y trastabillábamos hacia el colchón. Nos desplomamos en el sofá cama, haciendo que los muelles soltaran un sonoro chirrido. Nos quedamos paralizados: Felix encima de mí y nuestras sonrisas pegadas.

Se mantuvo inmóvil durante unos cuantos segundos. Luego me subió una mano por el muslo y, como si notara lo tensa que estaba, me dijo:

—La puerta está cerrada con llave, Lucy. Lo peor que podría pasar es que alguien llame.

—Eso sería horrible.

Felix metió los dedos entre mis piernas, donde todas mis terminaciones nerviosas pedían a gritos que las perturbaran, y al poco los siguieron sus labios. Tras quitarme la ropa interior, se llevó una de mis piernas encima del hombro y me dijo que le encantaba mi sabor, haciéndome olvidar dónde nos encontrábamos. Me tapé la boca con una mano al correrme, pero Felix se quedó donde estaba, lamiendo y besando, hasta que tiré de él hacia arriba. Se levantó con una sonrisilla de satisfacción y sacó un preservativo de la mochila. Me pregunté cuántos habría usado durante su viaje.

—Me gusta estar preparado —dijo al ver mi expresión. Se bajó los pantalones, que cayeron al suelo. Estaba desnudo ante mí, con la piel bañada por el resplandor plateado de la luna.

Se me secó la boca al contemplarlo. Felix sin ropa era tan extraordinario que me habría echado a reír de no haber querido tocarle todas las partes del cuerpo. Sus hombros eran increíbles, bien trabajados, o por lo menos eso es lo que suponía yo. Me parecía imposible que alguien tuviera ese físico sin pasarse horas en el gimnasio. También tenía músculo en otras zonas menos obvias: tenía las dorsales fibradas, como si contase con un par de alas plegadas de lo más atractivas. Y tenía esas dos líneas que trazan una V en la pelvis.

Le cogí la mano y se tumbó encima de mí, inclinado sobre mi pecho, como si quisiera perderse allí. Me retorcí debajo de él; lo deseaba dentro ya. Se lo supliqué susurrando, así que se arrodilló entre mis piernas y se puso el condón con los ojos clavados en los míos.

—Siéntate un segundo —me pidió, y yo obedecí. Me incorporé sobre los codos mientras él quitaba una a una todas las gomas que llevaba en las trenzas y me pasaba los dedos por el pelo.

Me tumbé de nuevo, con el pelo suelto sobre la almohada, sin apartar la vista de la suya. Envuelto en la medianoche, me contempló, tragando saliva, y en ese momento algo cambió. Seguía notando corriente eléctrica entre nosotros, pero, curiosamente, en lugar de crepitar, era más intensa. Felix me cogió del costado para acercar a él mis caderas y luego se dejó caer sobre los antebrazos, casi rozándome con la nariz.

—Había olvidado lo mucho que me gusta esto —le dije.

—Yo no. —Me dio un beso en los labios.

Nos observamos fijamente y el tiempo pareció detenerse.

—No te enamores de mí, Felix Clark —susurré—. Regla número tres.

—Jamás me atrevería.

Felix empezó a introducirse en mi interior con una lentitud que me arrancó un gemido. Se detuvo y me pasó un mechón de pelo detrás de la oreja.

—Calla, Lucy.

Se tomó su tiempo hasta que tuvo las caderas por completo sobre las mías. Aunque se quedó quieto, noté cómo palpitaba dentro de mí.

—¿Bien?

Le rodeé los hombros con los brazos.

—Más.

Se apartó casi del todo y volvió a penetrarme con el mismo ritmo tranquilo. Era la mejor clase de tortura posible. Luego se puso de rodillas y comenzó a frotarme con dos dedos, haciendo que me estremeciera al tiempo que soltaba un jadeo de sorpresa; por lo general no suelo estar lista tan deprisa para una segunda ronda. Solo me ocurría con Felix. Me tapó la boca con la otra mano, haciéndome levantar las caderas ante aquella inesperada y excitante sensación. La cama crujió.

—¿Crees que podrías quedarte quieta y callada? —murmuró.

Musité un sí, pero, cuando continuó moviendo los dedos, gimoteé contra su palma. Felix esbozó media sonrisa petulante. No había nada más placentero que tener su mano tapándome la boca, sus dedos tocándome y seguir el ritmo que marcaba. Me dio la impresión de que era la arena sobre la que rompían las olas. Cuando me separó más las piernas y me penetró aún más hondo, susurré su nombre bajo su mano.

—Me encanta oírtelo decir. —Trazó un círculo con las caderas. Cerré los ojos ante aquella sensación y Felix pasó la mano de mi boca a mi pecho, cogiéndome el pezón entre el pulgar y el índice. Me mordí el labio inferior—. Dilo otra vez, Lucy.

—Felix —murmuré—. Más.

Una vez que hubimos terminado, nos quedamos entrelazados para recuperar el aliento, él dándome besos en los labios y las mejillas. Al final se tumbó en el colchón a mi lado y me atrajo hacia él para acurrucarme sobre su pecho. No tardamos demasiado en quedarnos dormidos.

Me desperté al oír el suave tañido de unas campanas. Era un sonido agradable, un leve repiqueteo, como si las estrellas cobraran vida. La cama se movió y Felix me apartó el brazo de la cintura y soltó su pierna de entre las mías. Apagó la alarma y se sentó en el extremo del colchón, dándome esa espalda tan espectacular.

—¿Qué hora es?

—Las cuatro y media. Pensaba que querrías volver arriba antes de que se despierte nadie.

«Más —gritaba mi cuerpo—. Felix».

Miró tras de sí y me senté para verlo cara a cara.

—Vale.

Felix me acarició la mejilla, me pasó el pulgar por el labio y acercó su boca a la mía.

—Me ha gustado volver a verte. Siempre nos lo pasamos bien.

Mi carcajada fue una especie de resoplido mezclado con una risotada.

—Nos lo pasamos superbién.
—El mejor momento de todo el año. —Sonrió.
—Acabas de volver de Portugal. Seguro que el viaje ha sido lo mejor del año.
—Lucy... Lisboa... —Sus ojos brillaban, preciosos—. Cuesta decir qué experiencia es más memorable.
—En ese caso, creo que tendrías que mejorar tus itinerarios.
Me dio un golpecito en la nariz con la suya.
—Este itinerario me va la mar de bien.
Volvimos a besarnos y perdimos la noción del tiempo, de los sentidos, de nada que no fueran nuestros labios, manos y lengua. Cuando al fin nos separamos, no pudimos apartar la vista. Felix me puso una mano sobre la mejilla y enredó los dedos en mi pelo. Me pareció un gesto tierno, aunque nuevo, lo que me puso nerviosa.
—Estamos bien, ¿verdad? —susurré—. ¿Podemos comportarnos con normalidad cuando estemos juntos?
Felix me apartó la mano de la cara y esbozó una sonrisa.
—Sí —me aseguró—. Con total normalidad.

19

En la actualidad
Seis días antes de la boda de Bridget

Al despertarme en el antiguo cuarto de Felix y ver que el sol brilla con fuerza y el reloj marca las diez y media, mi primera reacción es entrar en pánico.

Llamo a Farah de inmediato.

—Más te vale que sea algo importante, Lucy —me dice al coger el teléfono—. Justo estamos terminando de preparar los envíos de hoy.

—Me he quedado dormida. Quería saber que no me he perdido nada.

La oí mascullar algo.

—¿Has concertado otra cita con Lillian para hablar del contrato de los restaurantes?

—Sí, mañana por la tarde. Llegaré a tiempo.

—Estupendo. Pues hasta entonces necesito que empieces a comportarte como si estuvieras de vacaciones. Disfruta del último día. Olvídate de nosotros y, por tu bien y por el mío, haz el favor de dejar de tocar los cojones.

Cuando me cuelga, me quedo mirando la pantalla. Creo que Farah nunca me había espetado nada parecido. La frustración no entra en el reducido rango de emociones que permite que presencien los demás.

Encuentro a Bridget y a Felix en la cocina, sentados uno frente al otro en la mesa, tomando la primera taza de té del día y hablando entre susurros. Felix es el primero en advertir mi presencia.

Anoche nos quedamos en la playa hablando hasta que comencé a sentir escalofríos. Si Felix no se hubiera dado cuenta, me habría pasado toda la noche ahí tumbada. Me habría quedado a su lado hasta que me castañetearan los dientes y se me congelaran los dedos. Eran casi las dos de la madrugada cuando me deseó buenas noches con un murmullo en la cocina.

—¿Qué pasa? —me pregunta ahora, y Bridget se gira en el asiento.

—¿Estás bien, Bee?

—Me he quedado dormida. Me he agobiado un poco al pensar en si había un incendio en la tienda, o nuestro mensajero nos había cancelado, o se nos había caído la web, o la nevera se había roto por la noche, o Farah se había puesto mala de la tripa, o en la multitud de desastres que podían ocurrir antes de las diez de la mañana.

Felix y Bridget me contemplan con preocupación. Los dos hermanos nunca se habían parecido tanto.

—Pero ¿estaba todo bien? —se interesa Bridget.

—Sí. —Respiro hondo y le sonrío. Mi amiga debe de ver más allá de la sonrisa, ya que se pone en pie y me rodea con los brazos.

—Pobrecita mía. —Me lleva hasta la mesa—. Venga, vamos a comer algo. Lobo se ha ofrecido a preparar el desayuno.

—¿Se ha ofrecido o tú te has negado? —Miro a Felix, que se está levantando.

—Un poco de lo primero y un poco de lo segundo —reconoce Bridget.

Ninguno de los dos se ha vestido todavía. Felix lleva unos pantalones que resultan obscenos si te fijas bien, y ella, unos pantaloncitos cortos y otra de las camisetas de su padre. En esta se lee: «Profesor de Historia. Sustantivo. Parecido a un profesor normal y corriente, pero más majo».

—No me importa preparar el desayuno —tercia Felix. Se ha acercado a la cafetera.

—Ya lo hago yo —digo extendiendo un brazo para cogerle la caja de filtros que tiene en la mano. Nos rozamos con los dedos y durante unos segundos nos quedamos quietos, sujetando la caja entre los dos. Es una diminuta porción de piel suya sobre una diminuta porción de piel mía, algo inocente, una mera caricia. Sin embargo, se me acelera tanto el corazón como la respiración. Felix mueve el índice para trazar una línea sobre el mío y suelta la cajita amarilla de filtros de papel. Sucede tan deprisa que creo que tal vez me haya imaginado que me ha tocado, pero también es posible que no se diera cuenta de que lo hacía, que sus dedos se hayan movido por voluntad propia. Quizá el cuerpo le traicione igual que a mí el mío. Pero ahora estoy de los nervios y me lo imagino desnudo y arrodillado delante de mí en el salón, y termino tirando los granos de café por la encimera y el suelo.

Después de limpiar el desastre, me lleno la taza y, al rascarme de forma inconsciente con una mano un punto entre el cuello y el hombro, noto que me está observando. Cuando me doy la vuelta, está más cerca de lo que esperaba; podría alargar el brazo y tocarlo. Enseguida miro de reojo para ver si Bridget se ha dado cuenta, pero no está a la mesa.

—Está en el cuarto de baño —me informa Felix, que señala mi hombro con la cabeza—. ¿Qué te pasa ahí?

—Que trabajo setenta horas a la semana.

—¿Quieres que te dé un masaje?

Paso del tono de piel habitual a un rojo hibisco en lo que tardo en decir:

—Mmm.

—No te voy a morder. —Le brillan los ojos. Son rayos de sol sobre olas de océano. A este Felix estoy acostumbrada. Se le da bien coquetear, es algo innato. Te atrae sin que te des apenas cuenta.

—No sería la primera vez que me muerdes —acabo diciendo.

Felix echa atrás la cabeza y se ríe.

—Otro día —le pido. Tener las manos de Felix sobre el cuerpo es una de las cosas que más quiero y menos necesito.

Bridget anuncia el plan de hoy mientras comemos los huevos revueltos con beicon que ha preparado Felix. Los tres visitaremos la casa que homenajea a la autora de *Ana, la de Tejas Verdes* en Cavendish y comeremos en el Blue Mussel Café de North Rustico. Yo voy a pedir cerveza, mejillones con limón y *poutine* de sopa de marisco. Bridget ya sueña con el pastel de marisco. Luego volveremos a Summer Wind a descansar un poco antes de dirigirnos a Tyne Valley con Zach para el campeonato de desbullar ostras.

Pero cuando nos hemos duchado y vestido, y llega el momento de marcharnos, Bridget está con el móvil.

—Me voy a quedar aquí —anuncia.

Felix y yo nos miramos a los ojos.

—¿Estás segura? —le pregunto.

—Estoy bien —dice exponiendo lo que no es para nada obvio.

—Bridget, quiero ir contigo. Por los viejos tiempos —intento convencerla.

—Ahora mismo no puedo. —Me mira—. Id sin mí.

—¿En serio? —interviene Felix—. Creo que no me gustará tanto discutir con Lucy como contigo sobre por qué en ninguna actuación superará Gilbert Blythe a Jonathan Crombie.

—Lo de Jonathan Crombie era magia —exclama ella.

—Vamos, Bridget —le suplico—. Será divertido. Recitaremos los diálogos de Ana y Diana. Dejaré que seas Ana. —Cuando era pequeña, leí tantas veces *Ana, la de Tejas Verdes* que me sé las mejores citas de memoria.

Se ríe, por lo que durante unos segundos creo que la he persuadido, pero al final niega con la cabeza.

—Luego vemos una peli juntos —nos propone—. El DVD está por alguna parte.

—Luego es cuando se celebra el campeonato —le digo.

—Bueno, pues ya la veremos en otro momento. —Un mensaje le ilumina el móvil y Bridget echa un vistazo a la pantalla—. Necesito ocuparme de esto. Id vosotros dos.

Y nos vamos.

20

En la actualidad

Felix no dice nada durante el trayecto. Se limita a tamborilear con los dedos sobre el volante. No es habitual que esté nervioso.

—Bridget estaba rara, ¿no?

Lo miro fijamente, pero no creo que me haya oído.

—¿Felix?

Pasa los ojos hasta mí.

—Perdona, estaba ido.

—Digo que Bridget estaba rara.

—¿Por el mensaje?

—Sí, por el mensaje, pero no me ha parecido que estuviera molesta. ¿Crees que lo están solucionando?

Felix se encoge de hombros y vuelve a tamborilear con los dedos.

—¿Va todo bien? —le pregunto cuando nos detenemos en el aparcamiento.

—¿Por qué no iba a ir todo bien? —Frunce el ceño.

Pom, pom, pom.

—Te veo nervioso.

En cuestión de segundos se le pone roja la punta de las orejas.

—Espero que no sea por mi culpa.

Felix apaga el motor y se vuelve hacia mí, clavándome los ojos.

—Tú no me pones nervioso, Lucy.

—Vale —digo. Sé que va a añadir algo más. Quiero bajar la vista, pero me resulta imposible apartarla. Me fijo en que la manchita marrón no es solo marrón, tiene un poco de verde: es un puntito avellana.

Se inclina hacia delante.

—Me pones de muchas maneras, pero nervioso no es una de ellas.

Me quedo boquiabierta. Felix se echa atrás con una sonrisa ladina.

—Es que cuando hay campeonato estoy un poco inquieto.

—O sea —contesto recomponiéndome—, yo no te pongo nervioso, pero las ostras sí.

—Eso es. —Se ríe y abre la puerta—. Nunca subestimes a un bivalvo.

La casa homenaje a Tejas Verdes es una granja blanca con tejado y postigos verdes situada en lo alto de una colina con hierba. Hay un establo y un caminito que atraviesa los árboles y las habitaciones de la casita están decoradas como a finales del siglo XIX, con florituras inspiradas en los libros de *Ana*. Era propiedad de los primos de Lucy Maud Montgomery. Cuando escribió *Ana, la de Tejas Verdes* en 1905, Lucy solo tenía treinta y un años, dos más que yo. Para ambientar la historia de Ana, se inspiró en las visitas que hizo de pequeña a la casa.

Se entra en la propiedad a través de una especie de oficina de turismo, donde Felix y yo nos tomamos nuestro tiempo para leer las placas que explican la vida de joven de la autora. Su madre murió de tuberculosis antes de que Lucy cumpliera dos años, así que prácticamente la criaron sus abuelos.

—Había olvidado lo triste que es su historia —le digo a Felix cuando salimos del establo, de nuevo bajo el sol. La mejor amiga de Lucy, su prima Federica, murió de neumonía a los treinta y cinco, y el matrimonio de Lucy con un pastor presbiteriano fue complicado: los dos tuvieron problemas de salud mental y desarrollaron una adicción a los medicamentos prescritos. Se cree que Lucy terminó suicidándose.

—Pero fíjate... —dice Felix. Contemplamos la granja. Hay gente por todas partes: mesas de pícnic donde las familias comen algo, una pareja turnándose para posar delante de la casa y un río de gente esperando para entrar en la granja. Felix señala con la cabeza a una adolescente larguirucha que sujeta contra el pecho un ejemplar de tapa dura de *Ana, la de Tejas Verdes* con cubierta azul grisácea y llora abiertamente—. Mira la de vidas en las que influyó. Es un final feliz.

Hay tanta claridad que he de ponerme una mano a modo de visera para verlo bien.

—Tienes razón —digo—. Me gusta más tu forma de pensar.

Esboza una sonrisa, una de oreja a oreja. Una con un solo y perfecto hoyuelo.

—Vamos a explorar.

Aun así, me siento un poco triste. He visto la película de CBC de los ochenta y la secuela por lo menos veinte veces, la mitad de ellas con Bridget. Me habría gustado que hubiéramos venido juntas. La echo de menos. Llevo echándola de menos desde que se mudó de nuestro piso.

—«Mañana es un nuevo día, todavía sin errores» —me susurra Felix al oído al entrar en la casa.

Sorprendida, me lo quedo mirando.

—He leído el libro —me cuenta—. Y, cuando éramos pequeños, Bridget me hizo ver las pelis mil veces.

Es increíble lo pequeñas que son las estancias y lo estrafalario que es el papel de las paredes. Aunque sé que las películas no se rodaron aquí, me imagino a Megan Follows como Ana y a Colleen Dewhurst como Marilla batiendo mantequilla en el establo.

—«Me encuentro sumida en la desesperación más profunda» —digo al llegar a la cocina.

—«Mi vida es un perfecto cementerio de esperanzas enterradas» —me contesta.

Enseguida me duelen las mejillas de tanto sonreír.

—¿Preferirías ser «divinamente hermoso, deslumbradoramente inteligente o angelicalmente bueno»? —le pregunto mientras subimos las escaleras.

Se echa a reír y responde:

—«Los espíritus afines no son tan escasos como solía pensar».

Las habitaciones están decoradas para que tengas la sensación de estar fisgoneando en la casa de los Cuthbert: en un dormitorio hay un chaleco y un sombrero de hombre; en el armario de otro cuelga un vestido con mangas abullonadas.

Una vez fuera, Felix y yo bajamos la colina, rumbo a Lover's Lane, y cruzamos el puente de madera hacia Haunted Wood. No hablamos, aunque no es un silencio incómodo. El sendero es lo bastante estrecho como para que, cada dos por tres, nos rocemos con el hombro, pero Felix no se sobresalta cuando nos tocamos, y yo tampoco.

No sé de dónde me vienen las ganas de cogerle la mano. Me sorprende lo poderosa que es esta sensación. Es casi lo único en lo que puedo pensar mientras caminamos por el bosque. Me siento como si volviera a tener doce años y estuviera en el campamento de verano, donde me enchoché de un monitor de dieciséis años. Se sentó a mi lado en el autobús que nos llevaba al río para nadar y yo me puse una mano en la rodilla, a su disposición. Cuando bajamos del autobús, sin que me hubiera cogido la mano, me soltó:

—Me ha gustado ir a tu lado, Lisa.

Diecisiete años más tarde me siento atraída por un tío por el que probablemente no debería sentirme atraída y me pregunto qué tendría de malo que extendiera el brazo y le cogiera la mano. Anoche me la tocó durante unos instantes y quiero que entrelacemos los dedos y notar su enorme palma contra la mía. Pero no va a pasar. Cogerle la mano a Felix sería más íntimo que todo lo que hemos hecho hasta ahora. Los que se cogen de la mano son los novios, no los examantes.

Para cuando empezamos a subir la loma en dirección a la casa, mi pie izquierdo monta un berrinche, aunque el derecho tampoco va demasiado bien. En un momento de rebeldía decidí no meter las zapatillas de deporte en la maleta; estoy cansada de llevarlas todos los días en el trabajo.

—¿Te importa si descansamos un poco? —Señalo una zona de césped debajo de un árbol.

Nos sentamos, con las piernas extendidas. Felix lleva vaqueros, como siempre, y yo un vestidito de tirantes amarillo con botones por delante y unos bolsillos enormes, lo que es genial.

—¿Cansada? —me pregunta.

—Mis pies sí. —Levanto un tobillo y meneo la sandalia con tiras plateadas—. Me encantan, pero yo a ellas no les caigo tan bien. Qué zapatos tan preciosos y horribles.

Felix ladea la cabeza, observándolas con atención.

—Son muy bonitas —comenta—. La hebilla rosa es un detalle muy chulo y te quedan bien con el vestido, pero supongo que no merece la pena que te amputen un pie por su culpa.

En el análisis que hace Felix de mi calzado hay algo que me parece graciosísimo.

—¿Qué pasa? —pregunta con una sonrisa de desconcierto al verme reír.

—Felix Clark, crítico de moda... No tenía ni idea.

—Soy una caja de sorpresas. —Señala mi pie—. Déjame verlo.

—¿Quieres comprobar la calidad de los acabados? —pregunto volviéndome hacia él, con las rodillas flexionadas y el pie cerca de su muslo.

—Más o menos. —Me agarra el tobillo y se coloca mi pie izquierdo en el regazo. Al desabrocharme la hebilla, me roza la piel con los dedos, haciendo que me estremezca, por lo que levanta la vista.

—Ha sido involuntario —le aseguro, y sonríe.

Me quita el zapato y lo deja sobre la hierba. Cuando me pone las manos en el pie y empieza a frotar el arco con los pulgares, le digo que mis pies dan asco. Están sucios después del caminito que hemos recorrido.

—Calla —me dice.

Y me callo. Me apoyo sobre los codos y dejo que me toquetee los pies. Cierro los ojos, alzando la cara hacia el sol, porque Felix está a punto de provocarle un orgasmo a mi pie y no puedo mirarlo ni ver lo que está haciendo con las manos.

—El otro —exclama al cabo de un rato al tiempo que me sujeta el tobillo derecho y me desabrocha la sandalia. Tengo los dos pies encima de su regazo y, aunque estoy haciendo un esfuerzo desmesurado por no estremecerme, hace mucho tiempo que no me notaba tan relajada. Llevo sin pasármelo bien desde... desde el día que pasé con Felix en la playa hace justo un año. Mis huesos son de oro líquido y la tensión de mi pecho se ha esfumado. No puede ser solo por el aire oceánico, ni por el masaje.

—Qué agradable —digo abriendo un ojo. Y, aunque sé que no debería, me imagino otro mundo, uno en el que él y yo estamos juntos, con sus manos diestras, con ostras en hielo, con noches entre sus brazos firmes.

Me mira con curiosidad.

—¿A la isla del Príncipe Eduardo?

Mmm.

—A la isla del Príncipe Eduardo —repito. Claro—. Y a descansar un poco. Me parece que estoy trabajando demasiado.

—En ese caso, ¿por qué no descansas?

—No puedo. —Miro al cielo entornando los ojos—. No es el momento. Me da la impresión de que estoy corriendo una maratón al ritmo de un velocista, pero no hay meta. —Hoy apenas hay nubes. Tan solo unas motas blanquecinas a lo lejos—. En el curro nos ha salido una oportunidad enorme, un contrato que supondría mucho para nosotras, pero organizarlo todo para que salgamos airosas será... complicado.

—Seguro que lo consigues.

Lo miro a los ojos. Lo dice muy serio, muy convencido. En eso se parece a su hermana.

—Seguro que sí.

—Pero no sabes si es lo que quieres.

—¿Cómo lo sabes?

—Te conozco, Lucy. —Se encoge de hombros—. Sé cómo te pones cuando algo te gusta.

—Sabes cómo me pongo cuando me excito.

—Sé las dos cosas. —Se echa a reír—. Y muchas más. —Me sostiene la mirada durante unos segundos—. ¿Qué pasaría si dijeras que no a ese contrato?

—Me sentiría fatal —repongo—. Es imposible. Me daría la sensación de que he fallado al negocio, de que le he fallado a Farah..., está muy emocionada al respecto. En In Bloom, siempre he querido demostrar mi valía, siempre he querido que sea un éxito, pero después de la muerte de mi tía todavía me pareció más importante. Como si al perder el negocio también la perdiera a ella del todo. —Noto que se me atenaza la garganta, así que sonrío. A veces ese simple gesto logra animarme un poco—. Pero no lo voy a perder. Tengo a Bridget a mi lado, y ella jamás permitiría que ocurriese.

—Tú jamás permitirás que ocurra. —Veo un destello de algo que no sé descifrar en sus ojos—. Seguro que Bridget te ha ayudado mucho, pero no la necesitas.

Cuando me dispongo a protestar, vuelve a cogerme el pie izquierdo.

—No tenía ni idea de que esto se te daba tan bien —murmuro cerrando los ojos de nuevo.

—Hay muchas cosas de mí que no sabes, Lucy —lo oigo decir.

Al marcharnos, pasamos por delante de una sucesión de tarjetitas blancas con mensajes de los visitantes sujetas con clips metálicos. Están en inglés, en francés, en japonés, en alemán, con letra infantil... Me detengo al leer una que dice: «Ahora estoy aquí y todo está bien».

Es como si lo hubieran escrito para mí.

De reojo veo que Felix coge un bolígrafo y escribe algo en una tarjeta en blanco. La cuelga de un clip: «Este es el final feliz de Lucy».

Lo miro a los ojos y luego contemplo las decenas y decenas de mensajes.

Ahora estoy aquí y todo está bien.

21

Otoño, hace dos años

Ese otoño, Bridget se mudó al piso de Miles y la transición fue más dura de lo que me esperaba. Como compañeras de piso, pasábamos incontables noches bailando descalzas en la cocina, hablando hasta que se nos quedaba la voz ronca y se nos caían los párpados. Yo preparaba cócteles *hot toddies* y untaba plátano machacado en una tostada cuando se encontraba mal; ella me sujetaba la mano mientras yo lloraba. Pero, de pronto, había conseguido un superpuesto de trabajo y un novio con el que irse a vivir. Con el futuro por delante, noté un hilillo de miedo recorriéndome la columna. Nos estábamos haciendo mayores, estábamos madurando: había llegado el día en el que ya no bailaríamos descalzas en la cocina.

Decidí recortar gastos —pedir menos comida para llevar, ir a menos cafeterías elegantes y hacerme menos la manicura— y quedarme en el piso. Sería complicado, pero lo lograría. Me convencí a mí misma de que me gustaba vivir sola; además, así podría convertir la habitación de sobra en un despacho. Sin embargo, cuando Bridget y Miles se marcharon con el camión de la mudanza, me tumbé en el suelo de su cuarto vacío y me eché a llorar.

Sin ella, me encontraba muy sola. Quería que alguien llenara el vacío que había dejado. Hasta entonces había abordado mi vida sentimental como si fuera un bufé: nada de comprometerse con un solo plato, nada de sentar la cabeza con una sola persona. Carter era amigo de Miles y ese año habíamos salido juntos unas cuantas veces, pero, después de que Bridget se marchara de casa, comenzamos a vernos más a menudo.

Tenía unos cuantos años más que yo y trabajaba en el Departamento de Ventas de una empresa tecnológica, un puesto que no le entusiasmaba, pero que le permitía ganar un sueldo lo bastante alto con el que no se quejaba. Tenía buenos modales, un reloj bonito y un asesor financiero. Y era guapo, el típico chico alto y delgado que irradia éxito. Mi madre lo aprobó, algo que me gustó más de lo que debería.

Stacy no entendía por qué pasábamos tanto tiempo juntos y así me lo dijo un día mientras comíamos espaguetis con albóndigas con Bridget. Estábamos sentadas en nuestro sitio habitual en la mesa de su cocina cuando, de la nada, soltó que no me imaginaba con alguien tan soso.

—No es soso —protesté—. Es majo.

—Es un poco soso —intervino Bridget con la boca llena—. En parte, me recuerda a tu padre.

—Qué asco —le dije—. No estás ayudando.

—Lucy, mereces mucho más que un tío que sea majo sin más —afirmó Stacy—. Deberías tener un novio que te haga ver las estrellas.

Enseguida visualicé a Felix.

—Ahora mismo no necesito eso —le dije—. Lo que necesito es tener compañía.

—Para eso existen los vibradores —comentó Bridget.

—Ja. No me refiero a eso.

—Ya lo sé. —Stacy me dio un beso en la frente.

Durante el resto de la velada fui incapaz de quitarme a Felix de la cabeza. Me quedé dormida pensando en cómo me había besado en Acción de Gracias y oyéndolo susurrar: «Eres maravillosa, joder».

Y fue entonces cuando se desató la tormenta.

Ese mes de septiembre, conforme el huracán Fiona se preparaba para arrasar la isla del Príncipe Eduardo, yo lo seguía con el móvil. Mi miedo crecía con cada artículo que predecía que sería el peor que había asolado nunca la zona atlántica de Canadá. Cortes de luz, avisos de aguaceros, viento y oleaje, posible erosión de la costa.

Como Summer Wind estaba ubicada junto al mar, Ken y Christine iban a irse de casa para quedarse con los abuelos de Bridget y Felix. Sin embargo, se suponía que la zona oriental de la isla, donde vivía Felix, se iba a llevar la peor parte, por lo que hasta Bridget estaba inquieta. La noche que Fiona tocó tierra, yo tenía entradas para un concierto sinfónico y, aunque la sala Roy Thomson Hall era enorme, me sentí atrapada. La música se me antojó siniestra, y la ropa negra de los músicos, funeraria.

Fue Bridget quien me contó que, durante la noche, la tormenta había zarandeado la casa de Felix. Estuvo semanas sin luz, pero se encontraba bien, y su casa también. Las cabañas de Salt Cottages estaban en proceso de construcción y también salieron indemnes. Había árboles caídos por todas partes, uno no se desplomó sobre su camioneta por los pelos, y el tejado de un vecino había salido volando. Felix fue afortunado.

Summer Wind no corrió la misma suerte. Las ventanas de la zona norte de la casa habían estallado y las habitaciones que daban al mar quedaron inundadas y con desperfectos por el agua. Las tejas de cedro cayeron por el lateral de la casa.

Cuando Felix recuperó la electricidad, Bridget le dijo que subiera el culo a un avión y le hiciera una visita.

Era una tarde de miércoles de octubre y, si bien no estábamos cenando comida tailandesa ni poniéndonos una mascarilla facial, Bridget y yo estábamos juntas. Nos encontrábamos en la bonita terraza de un bar de las afueras con Miles y Carter, una de las pocas ocasiones en las que las agendas de los cuatro se alinearon. El lugar estaba cerrado con cristaleras para los meses más fríos y lleno de plantas, como una especie de invernadero donde servían burrata de búfala. En nuestra mesa había una quinta silla vacía: Felix llegaría en cualquier momento.

Iba a ser la segunda vez que viajaba a Toronto. Ken y él habían acompañado a Bridget a la ciudad al empezar la universidad. Llevaron las cosas de ella hasta la residencia, comieron alitas de pollo en un pub cerca del campus, pasaron una noche en un hotel del norte y luego se marcharon pitando. Con el tráfico de hora punta, la recogida de basuras a última hora de la tarde y el caos que es siempre el primer año de uni, no se habían llevado muy buena impresión de Toronto.

Según Bridget, Felix estaba saliendo con una enfermera llamada Chloe. La noticia me había sorprendido, pues no tenía ninguna relación estable desde que Joy y él lo habían dejado cuatro años antes.

—Bee... —me dijo Bridget—, la pierna.

Me disculpé. No me había dado cuenta de que la estaba meneando. No debería ponerme nerviosa por volver a ver a Felix. Por primera vez desde que lo conocía, los dos teníamos pareja. Y, aunque la noche juntos en Acción de Gracias del año anterior me había parecido más significativa que nunca, al día siguiente recuperamos la normalidad y nos despedimos en el aeropuerto con un abrazo amistoso. Esa vez sería diferente. Diferente en plan bueno, me dije.

—¡Lobo, has venido! —exclamó Bridget mirando a mi espalda. Se puso de pie y le estrujó las mejillas. Felix dejó la mochila en el suelo. Hacía doce meses que no lo veía y tenía muy buen aspecto, más maduro. Seguía llevando la barba corta, y el pelo también, casi rapado a los lados, sin ondas cayéndole sobre la frente. Vestía una chaqueta de cuero que parecía nueva, una camiseta blanca y vaqueros por encima de las botas de ante. Comparado con nosotros, lucía un conjunto desenfadado —Miles llevaba traje, y Carter, un jersey de cachemira sobre la camisa—, pero en alguien tan atractivo como Felix era una demostración de poderío. Nos dimos un abrazo educado, le presenté a Carter y se sentó a mi lado.

—¿Cuánto tiempo te vas a quedar? —le pregunté, intentando por todos los medios no mirarlo fijamente. Me parecía magia: Felix estaba ahí, en la ciudad, en esa misma terraza.

—Unos cuantos días —respondió—. El sábado, por fin nos entregan los azulejos del cuarto de baño de las cabañas y me gustaría ponerlos pronto para sacarles fotos. Queremos que la página web esté preparada para cuando la gente empiece a reservar las vacaciones de verano.

No debí haberme puesto nerviosa. La cena fue muy bien, divertida y natural; no hubo momentos incómodos ni miradas lujuriosas. Felix nos contó el vuelo hasta Toronto, cómo brillaban las luces naranjas y blancas en el cielo nocturno y que se había fijado en los fuegos artificiales de toda el área metropolitana. La mujer a su lado en el avión le había contado que se debían al festival indio Diwali, pero él lo interpretó como una bienvenida especial. En un momento dado, cuando mi novio me pasó el brazo por los hombros, vi que Felix dirigía la vista a los dedos de Carter, que jugueteaban con las puntas de mi cabello.

Carter tenía una reunión con un cliente a primera hora de la mañana siguiente y se marchó cuando pedimos una última ronda.

—Mañana, si tienes tiempo, pásate por In Bloom —le dije a Felix al despedirnos y darnos las buenas noches delante del restaurante—. Estaré hasta que cerremos, a las seis.

—Claro —repuso—, igual me paso. —Cuando me abrazó, me estrechó un poco más fuerte que al vernos esa noche.

El día siguiente transcurrió sin rastro alguno de Felix, aunque no me sorprendió. Lo había invitado con poco entusiasmo y él me había contestado con una respuesta que no lo comprometía a nada. Farah se marchó pronto para preparar una presentación que iba a dar delante de un lujoso minorista de aceites esenciales en el Eaton Centre.

—Merecerá la pena —me aseguró.

Cerré la puerta a las seis, reconté el dinero y lo guardé en la caja fuerte. Cuando estaba a punto de empezar a barrer, oí que llamaban a la puerta.

Toc, toc, una pausa, toc.

Me quedé paralizada, pero no levanté la vista hasta que lo volví a oír.

Alcé los ojos. Felix se encontraba al otro lado de la puerta, con un gorro de lana calado hasta las orejas. Su aliento eran bocanadas neblinosas.

Antes de que conociera a Carter, había fantaseado con que lo nuestro comenzaría así, con Felix apareciendo en la tienda después de cerrar. Me había imaginado dejándolo pasar y a él besándome antes siquiera de que pudiera decirle hola. Lo llevaba hasta el despacho, le desabrochaba los pantalones y usaba la boca para enseñarle cuánto lo deseaba.

Levanté una mano y Felix imitó mi gesto, pero no me moví. Durante unos segundos me quedé ahí, mirándolo. No creía que fuera a pasarse.

—Aquí fuera hace frío, Lucy —lo oí decir a través del cristal, y sacudí la cabeza.

No dejamos de sostenernos la mirada mientras cruzaba la tienda hacia él. No sé si llegué a parpadear siquiera. Corrí el pestillo y Felix entró.

—Has venido —le dije.

—¿Te parece bien?

«Normal —me dije—. Actúa normal».

—Pues claro que sí. Pasa. —Hice un ademán invitándolo a entrar.

Después de haber cogido las riendas del negocio, redecoré el local por completo. Pretendía que tuviera el aspecto de una granja urbana, con paredes revestidas y pintadas de blanco, molduras negro mate y una gigantesca mesa de roble cerca del fondo. Disponía las flores en ramos de acero galvanizado ordenados por colores en la pared que daba a la puerta principal para que los clientes vieran nada más pasar un arcoíris florido. Cuando hacía sol, la luz entraba por las ventanas y, en mi opinión, no había ningún lugar más bonito en todo Toronto. Pero era aún más increíble cuando el cielo estaba gris, y la ciudad, desangelada.

—Conque esta es la famosa tienda. —Felix dio una lenta vuelta sobre sí mismo, observándolo todo—. Es preciosa, Lucy, es como entrar en la primavera.

Era uno de los piropos más bonitos que había recibido, pero tan solo se me ocurrió una manera de contestar:

—Gracias.

—¿Estos los has hecho tú? —Se encontraba junto a los ramos de flores. Quedaban dos. Las flores también se renovaron cuando In Bloom pasó a ser mío. Stacy prefería arreglos recargados y llamativos. Si había alguna cala por ahí, mi tía la metía en un jarrón. Mi tía era como los jardines Butchart, pero yo era un parterre inglés: simple y romántico.

—Ese sí —dije señalando el ramo de rosas y ranúnculos amarillos y naranjas.

—¿Cuánto cuesta?

—Ah. —Ya estaba como un tomate—. He cerrado la caja, pero todo tuyo. Tómatelo como un regalo de bienvenida a Toronto.

—Hecho —dijo—. En ese caso, a la cena invito yo.

—¿Cena?

—Sí, a no ser que tengas planes.

Sí que tenía, y nos estaba observando desde el escaparate con una ceja enarcada. Saludé a Stacy y le hice señas para que entrase; todavía disponía de un juego de llaves. Me fijé en cómo miraba Felix a mi tía. Stacy llevaba muy corto su pelo entrecano y los labios pintados de granate. Era la hermana mayor de mi madre, le sacaba cinco años y tenía los mismos pómulos que todas las mujeres de la familia. Se había vestido de rojo de la cabeza a los pies: pantalones, jersey de cachemira y abrigo de lana, todo del mismo tono escarlata. Estaba despampanante y, por la cara que puso Felix, él opinaba igual.

—Querida... —me saludó, dándome un beso en cada mejilla, con sus ojos castaños clavados en Felix—. ¿Os he interrumpido?

—Stacy, te presento a Felix, el hermano de Bridget. Stacy es mi tía —le dije a él.

—Anda, qué gracioso. —Besó el aire a ambos lados del rostro de Felix—. Tu hermana es mi sobrina postiza. Quiero mucho a esa muchacha. Un poco malhablada, pero una joya.

—Encantado de conocerla. Lucy me estaba enseñando la tienda, es una pasada.

—Sí que lo es —convino mi tía—. Aunque el mérito no es mío, es todo de Lucy.

—Es Lucy al cien por cien —convino él.

Stacy entornó los ojos con una sonrisa traviesa en los labios.

—Mmm.

Supe que estaba a punto de decir algo, posiblemente peligroso.

—Felix, mi tía y yo habíamos quedado para cenar, pero puedes apuntarte si quieres. —Le dirigí a Stacy una mirada con la que esperé convencerla de que necesitaba que se comportara de la mejor manera posible.

—Id vosotros dos a disfrutar por ahí sin que yo os dé la lata. —Stacy pasó la vista de Felix a mí.

—No nos importa —insistí—. ¿A que no?

—Para nada —dijo Felix—. Lucy habla muchísimo de usted.

Ladeé la cabeza. ¿Se había dado cuenta?

—Mmm. —Mi tía frunció los labios con gesto malicioso—. Es muy buen plan, pero esta noche no. Lucy, os veo a Bridget y a ti el domingo para cenar. He pedido lasaña.

—Allí estaremos —dije.

—Ha sido un placer conocerte —le dijo a Felix. Se volvió hacia mí—. Cariño, acompáñame hasta la puerta.

En cuanto salimos de la tienda, me soltó:

—Está como un queso. —Si Felix no nos hubiera estado mirando desde el local, creo que mi tía se habría frotado las manos y se habría relamido.

—Pues sí. —Era un hecho innegable.

—Os habéis acostado.

Me sonrojé al instante. No era una pregunta: mi tía lo sabía.

—No se lo he contado a Bridget.

—Pues deberías. —Dejó de sonreír.

—No fue nada serio y se ha acabado. ¿Para qué molestarla ahora con eso?

—Lucy, dudo muchísimo que se haya acabado. Entre los dos había tensión suficiente como para hacer botar una moneda. Ese apuestísimo muchacho está prendado y, por cómo te estás ruborizando, me parece que tú también.

—Que se ha acabado. Solo fue un amante, como dirías tú, nada más. No entiendo por qué estás haciendo una montaña de un grano de arena. No has dejado de oponerte a que salga con Carter.

—Me preocupa haberte influido tanto como para que ahora no sepas lo que quieres de verdad. —Stacy suspiró—. Yo he vivido según mis propias normas. Me encanta mi independencia y no creo en el amor para toda la vida, no para mí. Tú y yo tenemos muchas cosas en común, pero no creo que nos parezcamos en ese sentido. A ti te encanta la gente, te encanta cuidar de los demás y que los demás te cuiden a ti.

—Eso no significa que necesite a ningún hombre.

—Por supuesto que no. —Meditó unos segundos antes de proseguir—: Creo que te gustaría tener pareja, pero has elegido salir con un hombre del que nunca te vas a enamorar. Estar con Carter es perder el tiempo.

—No lo sabes —protesté, aunque sabía que no le faltaba razón.

—Sí lo sé. —Stacy me dio dos besos y me miró a los ojos—. Pase lo que pase, no le ocultes nada a Bridget. Hazme caso.

Cuando se marchó, volví al interior con Felix, afectada.

—Tengo que terminar de cerrar —le dije yendo directa a por la escoba—. Pero, si no te importa esperar, podemos irnos cuando esté.

Felix me siguió y me preguntó si podía ayudarme, así que le pasé la escoba mientras yo metía las flores en la nevera. Antes de que nos marcháramos, envolví su ramo con papel marrón y le puse una cinta de rayas blanquinegras.

Le entregué las flores y lo miré a los ojos por primera vez desde que había regresado a la tienda. Me alivió ver que no había ninguna electricidad. Mi tía se equivocaba con Felix. Él estaba con Chloe y yo con Carter. Quizá fuera el inicio de algo nuevo, de algo más seguro, más parecido a lo que debería ser.

—¿Estás bien? —me preguntó.

—Sí, estoy bien. —Me dio la impresión de que por fin estábamos en tierra firme.

Cogí el abrigo y echamos a caminar por Queen Street East, hacia la vinoteca a la que a Farah y a mí nos gustaba ir después de trabajar. Cuando pasamos por delante del escaparate de una librería independiente, Felix se detuvo.

—¿Entramos? —le propuse.

Echamos un vistazo por separado. Me dirigí a la sección de casa y jardín mientras Felix seguramente iba a buscar algo que se hubiera publicado antes de la invención del automóvil. Yo estaba hojeando las páginas del libro de jardinería *El jardín de flores de Floret Farm*, de Erin Benzakein, cuando me encontró. Llevaba en las manos las flores y una bolsa de tela con el logo de la tienda.

—Qué rápido —dije cerrando el libro. Felix contempló la fotografía de la cubierta. Aparecía una mujer caminando hacia un campo con botas de goma y un montón de dalias naranjas al hombro.

Leyó en voz alta el subtítulo:

—«Cómo cuidar flores de temporada, recogerlas y disponerlas». —Me miró a los ojos—. ¿Puedo?

Le tendí el volumen y él pasó las bonitas páginas.

—La autora es propietaria de una granja de flores en Washington —le conté—. Empezó siendo un jardincillo trasero, pero su esposo y ella lo transformaron en una gigantesca escuela y empresa de flores.

Los seguía en Instagram y miraba sus publicaciones con envidia y admiración.

Felix volvió al principio del libro y pasó los ojos a toda prisa por una página titulada «La clave para cortar plantas de jardín». Leía deprisa, ya me había dado cuenta el verano que lo conocí.

—Una granja de flores —murmuró al cabo de un minuto—. ¿Te gustaría hacer eso? —Me miró fijamente.

Pensaba que los ojos de Felix eran como contemplar un témpano de hielo, pero me equivocaba. Eran cálidos, no glaciales. Mirarlos era como flotar en un lago azul.

Me encogí de hombros.

—Es una tontería.

—A mí no me lo parece —replicó.

—Algún día, creo que me gustaría plantar yo las flores —dije. Nunca se lo había contado a nadie, ni siquiera a Bridget—. Me gustaría tener una granja.

Felix me sostuvo la mirada durante tres largos segundos. Me fijé en el puntito marrón de su ojo derecho.

—¿Lo ves? Una tontería.

—Que no —insistió—. Es perfecto. Ya te imagino en una granja rodeada de flores.

—Es solo un sueño.

—Es un sueño bonito —dijo, y se dirigió a la caja registradora. Le dio el libro al dependiente.

—No hace falta que me lo regales. No tengo ningún jardín y en mi balcón no entra suficiente luz como para que plante gran cosa.

—Sueña a lo grande conmigo, Lucy.

22

Otoño, hace dos años

Mientras nos encaminábamos hacia la vinoteca, le mostré algunos de mis lugares preferidos del barrio. El mural en el lateral de la carnicería, la cafetería con las mejores galletas con trocitos de caramelo salado. Felix llevaba una bolsa en una mano y el ramo de flores en la otra. Le quedaban muy bien.

—¿Qué has comprado? —le pregunté en cuanto nos sentamos en los taburetes, en una barra con forma de herradura.

Sacó de la bolsa un ejemplar de *Dientes blancos*, de Zadie Smith, y lo puso encima de la barra.

—No es propio de ti. Por lo general, siempre lees cosas escritas décadas antes de que nacieras.

Parpadeó, descolocado, como si le hubiera sorprendido que me diera cuenta.

—Estoy poniéndome las pilas con una lista de clásicos modernos.

—Ah —murmuré mientras examinaba la lista de los vinos.

—Tienen *vinho verde*. —Felix señaló la carta. Sonreí, suponiendo que él también se había percatado de algunas cosas de mí.

Pedimos tapas. Le hablé de Carter y él me habló de Chloe. Su novia era de Ottawa y hacía poco que se había mudado a la isla. Se conocieron en Charlottetown, cuando ella le había preguntado cómo llegar a la marisquería Water Prince Corner Shop, y llevaban un par de meses saliendo.

—Al final se te han acabado las turistas, ¿eh? —bromeé cuando el camarero nos sirvió dos copas de un refrescante vino blanco.

Pero Felix no se rio. Ladeó la cabeza.

—Tampoco fueron tantas.

—Venga ya —dije, y bebí un sorbo—. No me ofende no haber sido especial. Sé que utilizabas tu lista de recomendaciones para conseguir teléfonos.

Me observó de tal modo que me provocó hormigueos en el pecho.

—Esa lista se la he mandado a mucha gente. Empecé a elaborarla porque sabía que algún día iba a querer convertirla en un folleto para los huéspedes de las cabañas.

—De eso hace tres años. No creo que por aquel entonces Zach y tú estuvierais pensando en Salt Cottages.

—Sí —dijo—. Comenzamos a planearlo unos meses antes de conocerte a ti. Sé que te parecí un desbullador de ostras muy triste al que su novia había abandonado y vivía con sus padres, pero estaba ahorrando.

—No es así como te vi —le aseguré—. Para nada.

Felix se encogió de hombros, aunque no supe si era porque no me creía o porque en realidad le daba igual lo que pensara de él.

—En fin, que no me quedé sin turistas. No es lo que ando buscando. De hecho, nunca he sido uno de esos tíos a los que les gustan los rollos de una noche.

—Pero ¿Joy hizo que te desviaras?

—En parte sí —repuso con la vista clavada en la mía—. Y cuesta resistirse a una mujer vestida como un mantel que te dice que está abierta a todo. —Le brillaban los ojos, juguetones.

—Ja. Con una frase tan inofensiva, ¿cómo ibas a resistirte?

—No pude. Era imposible.

—¿Siempre te ha gustado tanto leer? —le pregunté. Recordé el ejemplar de *Ancho mar de los Sargazos* que había visto aquella primera noche en su mesita.

—¿Sabes que no fui a la universidad?

—Sí. ¿Por qué no?

—No le vi sentido. Creía que ya había decidido qué hacer con mi futuro. Zach estudió en la Universidad de Dalhousie, en Halifax, y cuando volvió tenía muchísimas cosas que contar: ideas nuevas, gente nueva, algunas trivialidades. Hasta su forma de hablar cambió un poco… Creo que le gustaba presumir de su vasto vocabulario. —Sonrió—. Pero me dio la sensación de que me lo estaba perdiendo, así que le pedí que me pasara las listas de lecturas. Me leí esos libros y luego seguí leyendo. Al principio era para no tener la impresión de que me dejaba atrás, pero enseguida descubrí que me encanta leer. —Su voz se había vuelto más grave, un pelín más ronca—. Mis padres tenían un trabajo y un sueldo estables, pero en la isla no es lo más habitual. Sin contar Portugal, no he viajado demasiado porque soy reacio a gastar dinero, pero me gusta que los libros sean capaces de transportarte casi a cualquier lado.

—¿Has pensado en escribir algo?

Me miró sorprendido por mi pregunta.

—Seguro que se te daría bien.

—Escribo un diario, pero la mayoría de mis escritos están en los márgenes de los libros.

—¿Profanando tus preciosas novelas? Felix Clark, me dejas de piedra.

Se rio y, cuando nos miramos a los ojos, me sonrojé por la intensidad. La chispa estaba ahí, pero era distinta. Era menos un crepitar peligroso y más un zumbido cómodo.

—Entonces, ahora que ya has ido a Portugal, ¿cuál es el siguiente destino que tienes en la lista?

—Imposible elegir. —Se pasó los dientes por el labio inferior—. Cualquier sitio. Francia o Italia. Una mochila, trenes, baguets, un buen libro en un parque grande. O Inglaterra: es un país con mucha historia literaria. Aunque hay historia por todas partes: Alemania, Turquía, la India. Me encantaría ir a Japón y ahora también a Australia, gracias a Miles. Escocia, Brasil.

Empecé a reírme.

—Estás enumerando todos los países que hay.

—Si pudiera, me encantaría visitarlos todos. Pero siempre volvería a casa, siempre volvería a la isla del Príncipe Eduardo.

Suspiré.

—Para mí tampoco hay ningún lugar que me guste más. Cuando vengo de visita, me da la sensación de que estoy en mi hogar.

—A lo mejor deberías mudarte. Podrías encontrar un buen terreno para tu granja. La isla no es tan cara como la ciudad.

Ya se me había ocurrido esa idea, pero solo como un capricho pasajero. Mi vida estaba en Toronto. La tienda, mi tía, mi mejor amiga. Nunca podría vivir lejos de ellas. Y no sabía nada en absoluto sobre gestionar una granja. Todavía me estaba costando adaptarme a la floristería.

—¿Me puedes hacer un favor? —le dije más tarde cuando terminamos un plato de queso manchego con un poco de miel. Las últimas horas con Felix habían sido un alivio. Quizá pudiéramos empezar de cero como amigos y dejar el pasado atrás.

Me miró de soslayo.

—Claro.

—No le cuentes a tu hermana lo de la granja de flores.

—¿Y eso? A ver, si no quieres no se lo digo, pero ¿por qué no quieres que lo sepa Bridget?

—¿Acaso no conoces a tu hermana? Si le menciono la idea, dentro de una semana me arrastrará a ver terrenos. Si se entera de que tengo un sueño, no me dejará en paz hasta que lo apueste todo para conseguirlo. —Me encantaba el entusiasmo de Bridget, pero debía hacer las cosas a mi ritmo.

—Muy bien. Te prometo que no le diré nada a Bridget sobre tu granja. —Sonrió de medio lado—. Se me da bien guardar secretos.

A la noche siguiente, Miles preparó una receta complicada que, sin duda, había precisado que acudiera a trece tiendas especializadas y a una elegante carnicería. Era su idea de paraíso. Felix y yo fregamos los platos. Estar los cuatro juntos resultaba fácil, como si fuéramos familia, amigos y algo más que no sabía cómo describir.

Vi de nuevo a Felix el viernes por la mañana. Quedamos para desayunar antes de que cogiera el avión. Bridget tenía clase de yoga a las seis y estuvo encantada de dejar a su hermano a mi cargo. Comimos huevos benedictinos mientras él me contaba todo el trabajo que había hecho en Salt Cottages. Quería que lo aconsejara sobre las redes sociales y su página web, y se tomó mis respuestas muy en serio, hasta sacó el móvil para anotar unas cuantas cosas y escuchó mi soliloquio sobre las reseñas de internet.

—Cuando vuelvas a la isla, ven a ver las cabañas —me dijo—. Están un poco lejos de Summer Wind, pero Bridget y tú podríais aprovechar para hacer una excursión; por ejemplo, a Basin Head y a Souris. Y luego preparamos una barbacoa en mi casa.

—Me gustaría —le respondí con una sonrisa. Era una amistad que empezaba a florecer. Brotes nuevos en madera vieja, como una hortensia en primavera—. Tú has visto a mi bebé. Yo también quiero ver el tuyo. Y me muero de ganas de cotillear tus estanterías de libros. Seguro que son épicas.

—Quizá el verano que viene. —Me dedicó una sonrisa cálida.

A la semana siguiente me llegó el primer paquete de semillas en un sobre amarillo. Llevaba mi nombre escrito, pero no contenía ninguna nota, solo un trozo de papel con una fotografía de dalias. Fui al despacho y saqué del estante el libro que Felix me había regalado. Examiné la mujer que aparecía en la cubierta de *El jardín de flores de Floret Farm* y el ramo de dalias naranjas que le colgaban del hombro.

Esa noche, cuando hubimos cerrado, me pasé por la librería. Merodeé por la tienda, sin saber qué andaba buscando. De pronto vi una preciosa edición de *Ancho mar de los Sargazos* encuadernada en tela. Al día siguiente la mandé por correo a la isla del Príncipe Eduardo. No escribí ninguna nota, no hacía falta.

Mi regalo decía «Estoy pensando en ti» por sí solo. Igual que el de Felix.

23

En la actualidad

Seis días antes de la boda de Bridget

—¿Qué probabilidades hay de que tu hermana haya aprovechado el tiempo a solas para arreglar sus problemas y que ahora nos lo cuente todo? —le pregunto a Felix cuando volvíamos de la casa de *Ana, la de Tejas Verdes*.

Llevamos todo el día charlando, como cuando hace dos años pasamos tiempo juntos en Toronto. Soy vagamente consciente de que me ha gustado demasiado disfrutar de sus risillas y de sus preguntas atentas. Su sonrisa, que ya no esconde, me hace sentir cosas en el pecho. Pero no es el Clark en el que debería centrarme.

Felix no ha contestado a mi pregunta, así que insisto:

—¿Crees que es posible que haya visto la luz? A lo mejor cuando volvamos está preparada para contarnos cuál es el problema y cómo pretende resolverlo.

—Eso espero, la verdad. —Felix me mira a los ojos.

—Si no, voy a tener que hablar con ella. Necesito finiquitar las cosas de la boda antes de que esta noche te veamos desbullar ostras como si no hubiera un mañana. —No quiero suplicarle a Bridget, pero se va a casar dentro de seis días, así que ha llegado el momento de la verdad. La subasta de las flores tendrá lugar dentro de menos de cuarenta y ocho horas, de modo que he de presionarla al respecto.

—Creo que es una buena idea —dice Felix—. Ya ha tenido tiempo suficiente.

En cuanto llegamos a Summer Wind, apaga el motor de la camioneta y se vuelve hacia mí.

—Cuando hayas hablado con Bridget, me lo cuentas, ¿vale? —Abre la puerta—. Quiero dormir un poco antes del campeonato. Anoche, alguien me mantuvo despierto hasta tarde hablando en la playa —añade bajando del vehículo con una sonrisilla.

Felix se dirige al sofá cama del salón y yo me encuentro a Bridget caminando de un lado a otro frente a la chimenea con el móvil en la oreja. Espero hasta que cuelga para atacar.

—Tenemos que hablar.

Nos dirigimos hacia el mar, cruzando las dunas, y, tan pronto como alcanzamos la arena, nos quitamos los zapatos y los dejamos sobre una roca para pasear.

—Me duele que no me hayas contado lo que está pasando —digo. Bridget se mira los pies—. Y no te puedo obligar, aunque, si nos intercambiáramos los papeles, tú me lo sonsacarías.

Me mira con los ojos entornados.

—¿Seguro?

La pregunta flota entre ambas.

—¿No crees que, si me estuvieras ocultando algo, respetaría el hecho de que haya una buena razón para ello y te dejaría que me lo contaras cuando estuvieras preparada?

Noto un nudo en el estómago. Es una sensación conocida, la que experimento cuando pienso en los secretos que se acumulan entre las dos. Si Bridget se entera algún día de que me he acostado con su hermano, y no solo una vez por accidente, el lapso de tiempo que se lo he escondido no hará sino empeorar las cosas. A estas alturas, ya debería habérselo dicho.

—Creo que me tentarías con la paella de Miles y con una copa de vino para sacármelo.

—Puede.

—Fijo. —Bridget no me dejaría irme de rositas si sospechara que le oculto algo—. Solo quiero saber si tengo que pedir las flores de la boda, por lo menos dime eso.

—Sí —responde en voz baja—. Pídelas.

—Vale, bien. —Me la quedo observando, aunque no hay ni rastro de su chispa habitual—. ¿No?

—Sigamos caminando. —Bridget enlaza el brazo con el mío. Mientras andamos en silencio, me pego más a ella.

Antes nos lo contábamos todo, pero entre nosotras se ha formado una grieta, así que me resulta más sencillo obviarle algunas cosas: lo de la granja de flores, lo de Felix… Tampoco le confesé mis dudas sobre Carter porque sabía que pasaría al ataque. Dejé de contarle las minucias de mi día a día; consideré que un envío de flores retrasado era algo insignificante como para molestarla con eso. Sin embargo, ahora veo que todo lo que le he ocultado ha hecho mella en nuestra relación y nos ha arrebatado la intimidad desprovista de complicaciones del pasado. Me pregunto si Bridget también ha evitado hacerme partícipe de algunas cosas de su vida.

La estrecho con fuerza.

—Cuando estés preparada, aquí me tendrás —le digo.

Pero no abre la boca.

Y no puedo volver a casa hasta que me lo cuente. Nuestra amistad está fracturada y necesito repararla. No hay nada más importante que Bridget; ni un contrato con un grupo de restauración, ni mi estrés, ni las flores siquiera. Y eso significa que no puedo irme hasta que me cuente la verdad. No puedo irme hasta que yo también se lo cuente todo a ella.

24

En la actualidad

Felix no parece él. Está nervioso y hace gala de una torpeza impropia. Cinco minutos antes de que salgamos hacia Tyne Valley, vuelca el cactus de Navidad de Cristine, rompe un vaso de agua y pierde las llaves.

—El día de la competición, siempre se pone así —me dice Bridget mientras registramos el comedor—. También tiene unas supersticiones muy raras, como ponerse una gorra y camisa concretas.

Miro a Felix. Está tumbado bocabajo, buscando las llaves debajo del aparador. Cuando se levanta, advierto que la camisa gris que lleva es casi transparente. Apenas consigo ver las letras blancas descoloridas, pero estoy convencida de que una de esas palabras es OSTRA. La gorra de béisbol de color verde también luce una pátina de antigüedad; tiene una especie de redecilla por la parte de atrás y el nombre de la marisquería McInnis escrito sobre la visera. Gracias a mi vasta investigación por las redes sociales, sé que es la empresa de la familia de Joy.

—Lobo llevaba esa gorra cuando ganó el campeonato júnior de desbullar ostras hace un millón de años —añade Bridget.

—Hace once —la corrige él.

—Creo que te la pusiste para hacer llorar al padre de Joy —dice Bridget—. Eras el hijo que siempre había querido tener.

Felix la taladra con la mirada.

—Las he encontrado —exclama Zach desde la cocina sosteniendo las llaves en alto—. Estaban en el armario, junto a las copas.

Felix tropieza con la esquina de una alfombra al ir a cogerlas.
—Hoy estás más torpe que de costumbre, Lobo —le suelta Bridget.
—Yo diría que igual que siempre —comenta Zach.
Felix le lanza a su hermana una mirada medio encabronada.
—Es algo importante para mí.
—Lo sabemos —repone ella—. Es lo tuyo, lo único que tienes.
—No es verdad —dice Zach—. Tiene dos cosas: las ostras y los libros.
—Tengo más de dos cosas.
—Haznos una lista —lo provoca Bridget.
—Que me dejes en paz. —Se vuelve hacia mí riendo. Me dedica una mirada cálida que me hace sentir que estoy nadando en el paraíso—. ¿Algo que quieras añadir?
—Intenta no apuñalarte.
—No prometo nada. —Me guiña un ojo.

—¿Por qué no me dejas conducir a mí? —le propongo a Felix mientras nos dirigimos a su camioneta, pero niega con la cabeza.
—Estoy bien.
No lo está. Se pasa los cuarenta y cinco minutos del trayecto hasta Tyne Valley tamborileando con los dedos sobre el volante. Frena cada dos por tres para saludar al coche que se acerca o para levantarse la gorra, menearla en el aire y volver a ponérsela.
En el parque de bomberos han organizado una cena comunitaria, donde nos atiborramos a ostras fritas, ensalada de patata y col y tarta de limón. Bueno, al menos Bridget, Zach y yo. Felix se dedica a mover la comida por el plato.
Cuando cruzamos la calle en dirección al estadio, donde la gente está entrando a borbotones, Felix va tan distraído que tropieza con sus propios pies.
—Ten cuidado, hijo —exclama un hombre muy alto sujetándolo del brazo para que no pierda el equilibrio.
—Ray... —dice Felix dándole un abrazo—. Me alegro de verte.

Ray tiene una barba cobriza con hebras blancas, piel morena y ojos miel. Lleva una camiseta del mismo tono verde que la gorra de Felix. Tardo unos instantes en ver la palabra McInnis en el pecho y otros instantes en atar cabos. Ray es el padre de Joy.

—Mira quién está aquí —dice Felix.

La sonrisa de Ray se ensancha al ver a Bridget.

—Cuánto tiempo, hija. Pero qué delgada estás —exclama—. ¿En Toronto no te dan de comer o qué?

Bridget se da una palmada en la tripa.

—Allí la comida no es tan rica como en casa.

Ray suelta una carcajada profunda, como si procediera del fondo de un pozo.

—Me alegro de ver a los jóvenes Clark aquí. Me traéis recuerdos —añade Ray después de que Felix me lo presente—. Nunca olvidaré la noche que fuiste el desbullador júnior. ¿Cuántos años tenías, dieciocho?

—Diecisiete —dice Felix.

—Diecisiete. —Ray menea la cabeza y le pone una mano enorme a Felix en el hombro—. Verte ganar fue uno de los momentos de más orgullo de mi vida.

—De la mía también —afirma Felix con solemnidad.

—Bueno, más vale que vaya a buscar a mi mujer; se pone nerviosa antes del concurso. Buena suerte, hijo.

—Gracias, Ray —responde Felix—. Mucha mierda.

—Así que ese era el padre de Joy —le digo a Felix mientras entramos en el estadio detrás de Bridget y de Zach.

—Ajá. —Está preocupado, recorriendo a la multitud con la vista.

—Y el miembro fundador de tu club de fans. Le caes muy bien.

—Sí. —Me mira a los ojos—. Ray es majísimo.

El estadio ya está por la mitad cuando entramos. Todo el mundo está reunido en la superficie de hormigón, que en invierno se cubrirá de hielo. Hay un escenario en un extremo, con un centenar de sillas plegables dispuestas justo delante y, al fondo, varios puestos con toldos: bebidas, ostras. Por los altavoces suena Guns N' Roses y los voluntarios van de un lado a otro con camisetas rojas del festival de ostras de Tyne Valley.

Me he arreglado demasiado. La mayor parte de la gente lleva camisetas de algodón y pantalones cortos con chanclas o zapatillas de deporte. Yo, en cambio, me he puesto un precioso vestido de seda con estampado de amapolas enormes que había metido en la maleta por la improbable posibilidad de que Bridget quisiera salir una noche por Charlottetown, y hasta llevo maquillaje.

—¿Por qué no me habías dicho que era un evento informal? —le digo a Bridget al cruzarnos con una joven con diadema y una banda que dice «Miss Perla de Ostra»; incluso ella lleva vaqueros y camiseta de tirantes. Bridget lleva puesto algo parecido, pero yo creía que simplemente era su estilo.

—¿Qué parte de un festival de desbullar ostras en un estadio comunitario te ha hecho pensar que no sería informal? —Tuerce el gesto—. ¿Qué más te da? Estás igual que siempre que sales por ahí.

Es verdad. Muchas veces soy la persona más arreglada de donde vamos. Es una especie de talento innato que nunca me había molestado.

—Tienes razón —reconozco—. Me da igual. —Pero quizá no. Este es el mundo de Felix y, en parte, me pregunto si encajaría en él.

A Felix lo detiene una persona y luego otra. Un hombre un poco más joven que su padre le da una palmada en la espalda y se interesa por sus abuelos. Un tío de nuestra edad le pregunta por qué esta semana no lo ha visto por el gimnasio. Una pareja, que por las gorras idénticas con una patata dibujada deduzco que tienen una granja de tubérculos, lo invita a cenar a su casa un día de la semana que viene. La mayoría de quienes lo detienen son mujeres, y muchas son muy guapas. Al ver a una morena ponerle una mano en el pecho, encima del corazón, se me forma un extraño nudo en el estómago. ¡Menuda tontería! No tengo ningún derecho sobre él.

El maestro de ceremonias ya se ha subido al escenario —un hombre barbudo con gorra de béisbol y una camisa con la frase «Vamos a desbullar»— y está repasando las normas.

—Después del turno de los júnior viene el concurso de clasificación —me explica Bridget. Felix ha desaparecido entre el gentío—. Y luego se celebrará el campeonato nacional de desbulladores de ostras. Faltan un par de horas para que compita Lobo.

—¿Qué hacemos hasta entonces? —pregunto justo cuando lo veo reaparecer con tres latas de cerveza.

Nos da una a cada uno.

—Beber.

—¿Y tú?

—No bebo alcohol antes de desbullar —me informa—. Después..., mucho.

—Yo me encargo de llevar el coche —se ofrece Zach—. Cuando me termine esta cerveza, no tomaré nada más.

La veo por encima del hombro de Felix antes de que le dé un golpecito. Tiene el pelo de un tono rojizo muy suave, casi rubio. Le llega hasta media espalda y sus rizos son perfectos. Joy está mucho más guapa todavía que cuando la conocí, hace tres años.

Contengo la respiración al ver a Felix abrazar a su ex. Nunca los he visto juntos y es asombrosa la naturalidad con la que se comportan. En cuanto se separan, Bridget abre los brazos y se dispone a... ¿estrechar a Joy?

—¡Joy! Me alegro mucho de verte aquí. —Hace un gesto hacia el cronómetro que lleva al cuello—. Lobo no nos había dicho que ibas a ser una de la voluntarias. —Es como si me hubiera adentrado en una dimensión alternativa, una en la que mi mejor amiga no sería la principal sospechosa si alguien descubre que a Joy la han asesinado mientras duerme.

—Sorpresa —exclama Felix dedicándole a Joy una sonrisa con hoyuelo.

—Tenéis delante a una de las cronometradoras oficiales de la presente edición del Campeonato de Desbulladores de Ostras de Canadá —anuncia Joy hinchando el pecho con orgullo.

—Tú también deberías desbullar —dice Felix con cariño.

—Sí, papá. —Pone los ojos en blanco.

Yo he hecho casi del todo las paces con mis curvas, pero Joy está tan fibrada que parezco un alce metido en un vestido descomunal. Se ha recogido el pelo en una coleta alta y lleva una blusa roja de voluntaria y pantaloncitos cortos de ciclista que tratan a sus muslos con la adulación que merecen.

—Hola, Lucy. —Se me acerca para abrazarme. Buf, también huele genial, a helado de azúcar y mantequilla, pero de los caros, de esos que en Toronto cuestan veinte dólares—. Me alegro mucho de volver a verte.

—Lo mismo digo —repongo, aunque la verdad es que habría preferido que no me recordaran lo perfecta y encantadora que es la mujer con la que Felix quería casarse, ni ver lo relajados que están uno en compañía del otro.

—Tengo que ir yendo. —Señala con la cabeza el escenario—. Lucy, luego te quiero hacer una pregunta sobre peonías, si tienes un segundo. Las mías están tristonas.

Madre mía, es maravillosa.

—Sí, claro.

—La señora Stewart te está buscando. —Se vuelve hacia Felix—. Quiere emparejarte con su nieta, que vive en Borden-Carleton.

Como la mira consternado, ella se echa a reír.

—Solo te aviso —añade.

—Gracias —contesta Felix con una mueca.

Los observo con una sensación que no dista mucho del miedo, o quizá sean celos. No se trata de la idea de que a Felix lo emparejen con nadie, ni siquiera se trata de Joy. Es por percatarme de que cuenta con un motivo para temer a la nieta de la señora Stewart, y no tengo ni idea de por qué. Pero Joy sí lo sabe, porque Joy conoce a Felix. Él tiene amigos que lo entienden y ex con las que se topa de vez en cuando. Tiene gente a quien ve durante todo el año —no solo cuando hace buen tiempo—, que se lo encuentra en el gimnasio y sabe cuándo se salta la rutina; gente que lo puede invitar a cenar un miércoles por la noche cualquiera.

—Bueno, más vale que me marche —dice Joy, y se va meneando la coleta.

Debo de tener escritos en la cara mis sentimientos, ya que Felix me lanza una mirada interrogativa. Sonrío, lo ignoro y me vuelvo hacia Bridget.

—Nunca pensé que os vería a las dos tan amigas. ¿Me lo explicas?

—Se puso en contacto conmigo hace tiempo.

—¿En serio? Qué guay. ¿Por qué no me lo contaste? —Es otra cosa que se ha quedado en el tintero entre nosotras.

—No es para tanto, Bee. Nos hemos mandado algún que otro mensaje.

Me esfuerzo por sonreír.

—Luego voy a tener que leer vuestra conversación. Sí que es para tanto.

Tomamos asiento justo cuando les piden a los desbulladores adolescentes que suban al escenario; son dos chicos y una chica. Hay un cronometrador detrás de cada uno, incluida Joy, uno por desbullador. Felix menea la pierna arriba y abajo cuando empiezan y se tamborilea en la rodilla con los dedos.

—Para —le dice Bridget.

—Me pone nervioso verlos —replica él.

—Vete a dar una vuelta. Bee, acompáñalo. A ti tampoco se te da bien quedarte quieta sentada.

No podemos dar tres pasos sin que alguien se acerque a saludar a Felix. Estrecha manos y charla con la gente como si fuera un político. Las conversaciones son breves, pero todas suponen un recordatorio: Felix Clark no deja de existir cuando yo me marcho de la isla. Ya lo sabía, claro, pero me ha resultado más fácil imaginármelo encerrado a salvo en su cabaña del bosque, ocupado con el trabajo, como In Bloom consume mis días en Toronto. Pero Felix tiene toda una vida de la que no sé nada.

—Vaya, estás hecho el rey de la graduación —le digo después de que hayamos terminado de hablar con unos amigos de sus padres.

Estamos contemplando una mesa con baúles de ostras de madera que han decorado niños —un jardín de un pulpo, una peluquería de color rosa, un trío de tiburones bebé vestidos para el cole—. Un violinista ha subido al escenario. Los jóvenes han terminado y los jueces están puntuando las ostras.

—Lo fui. —Felix sonríe.

—Para sorpresa de nadie. —Joy y Felix, la pareja perfecta—. Aunque no pensaba que fueras de esos a los que le encanta ser el centro de atención.

—Y no lo soy, pero mi comunidad es muy importante para mí.

—¿Por eso te apuntas al concurso?

—Sí. —Me muestra un hoyuelo—. El ego quizá también tenga algo que ver.

—Pero te encanta.

—Me encanta. —Mira alrededor del estadio—. Aunque a veces me da la sensación de que, al estar aquí, tengo diecisiete años.

—¿Y eso es malo? Me parece recordar que con diecisiete años fuiste campeón.

—Con diecisiete años era gilipollas. —Suelta una risotada.

—Perdona que lo dude. —Le doy un codazo—. Ray ha dicho que verte ganar fue uno de los momentos de más orgullo de su vida.

—Sí. ¿Sabías que hace tiempo trabajé para él?

Felix y yo no hemos hablado demasiado de su historia con Joy y su familia.

—No me suena.

—Ray me enseñó todo lo que sé sobre ostras, incluido cómo abrirlas. Era mi jefe, pero también fue mi mentor. Hubo años en los que pasaba más tiempo con la familia McInnis que con la mía. —Se encoge de hombros—. Cuando gané, participaba en nombre de su negocio familiar. Fue muy importante para él.

—¿Durante cuánto tiempo trabajaste en su empresa?

—Pues más o menos todo el tiempo que Joy y yo salimos juntos, así que casi siete años. —Se recoloca la gorra—. A media jornada cuando iba al instituto y a jornada completa después. Cuando Joy se marchó a estudiar a la universidad, yo veía más a sus padres que ella.

—Vaya. —Se me antoja injusto que perdiera a su prometida y el trabajo el mismo día—. ¿No pensaste en quedarte en el curro?

—No. —Felix niega con la cabeza—. Habría sido demasiado duro y necesitaba pasar página de esa parte de mi vida.

Asiento con la cabeza.

—Me sorprende que Joy y tu seáis amigos.

—Nos propusimos hacer un esfuerzo y actuar como dos personas civilizadas. Conocemos a la misma gente. —Da un paso hacia mí, sosteniéndome la mirada con una intención que hace que me revuelva—. Y pensaba que la vida sería más fácil si podíamos estar en una misma habitación.

Antes de que le pueda responder, otra persona le da un golpecito en el hombro.

Encontramos nuestros asientos justo cuando empieza la fase de clasificación. Por lo visto, ver a gente ordenando un montón de ostras por tamaño no le da taquicardias a Felix. No dejo de desplazar la vista hasta Joy, que está en el escenario, y no se me escapa que ella nos lanza miradas entre una ronda y otra. Tendría sentido que fueran pareja. Comparten un pasado. Además, sé que sus familias se llevaban muy bien. Son más que dos personas civilizadas: son amigos. Viven en la misma provincia, se mueven en los mismos círculos, Joy forma parte de la comunidad que Felix tanto quiere.

Zach y Bridget están animando a la madre de Joy, una mujer rubia bajita que les está pegando una paliza a sus compañeros de ronda.

—¿Has llegado a pensar en darle otra oportunidad a lo tuyo con Joy? —le susurro a Felix.

Me recorre el rostro con los ojos entornados, como si estuviera intentando leer un mapa del revés. Se le iluminan al haber desentrañado el laberinto de mi mente y se me acerca para que nadie pueda oírlo.

—¿Estás celosa, Lucy?

Me arde el pecho cuando Felix se aparta. Lo miro a los ojos, tratando de interpretar lo que me dicen, pero entonces Bridget se inclina sobre mi regazo.

—Creo que ha llegado tu momento, Lobo —dice—. Los desbulladores se están reuniendo ahí. —Señala hacia donde se está agolpando un gran grupo, en el fondo del estadio.

Felix me lanza una última mirada, como si conociera todos los sueños, dudas y pensamientos peligrosos que oculto bajo la piel. Y, al poco, se levanta y se va.

25

En la actualidad

Al fondo del estadio empieza a sonar una gaita, haciendo que todos nos volvamos en nuestro asiento. El músico va caminando lentamente por el pasillo hacia el escenario. Tiene veintipocos años, lleva una gorra de repartidor de periódicos y una camisa de manga corta a cuadros, y lo siguen unas cuarenta personas más o menos. Justo detrás de él, un hombre sostiene en lo alto un gigantesco trofeo de madera con una ostra descomunal en el centro.

—No pensé que fuera a haber tantísima gente —le digo a Bridget al tiempo que observo a Felix. Él está cerca del final de la procesión, con la cabeza agachada de tal forma que la gorra le tapa casi toda la cara. Ray camina a su lado, con un brazo por encima de sus hombros.

—Es un evento importante —me informa Bridget—. Los desbulladores vienen de todo el país y el ganador participa en el campeonato mundial, que se celebra en Galway.

—En ese caso, si gana, ¿tu hermano se iría a Irlanda?

—En teoría sí, pero no lo hará —contesta—. No me mires así..., ya sabe que no va a ganar. No se trata de eso, es una tradición, es orgullo.

—Es comunidad —murmuro cuando Felix pasa por delante de nosotros, girando la cabeza en nuestra dirección.

Bridget se pone las manos alrededor de la boca y grita:

—¡Te queremos, Lobo!

—Nos desbullamos por ti —exclama Zach.

Bridget y Felix no tienen tiempo para que yo haga alguna broma relacionada con las ostras, pero, si estuviéramos jugando a los chupitos con todas las que se dicen aquí esta noche, terminaríamos desplomados de tanto beber.

—¿Qué ostras pasa?

—Te quiero desbullar.

—Ay, ostras.

Cuando alcanza el escenario, Felix tiene las orejas muy rojas. Los competidores se reúnen para una foto de grupo y Ray saca el móvil para hacerse selfis con Felix, los dos señalando el logo de la empresa de los McInnis.

Cuando la multitud se dispersa, el maestro de ceremonias repasa las normas. Cada desbullador recibirá veinte ostras y elegirá dieciocho para abrirlas lo más rápido que pueda. Después, los jueces analizarán los bivalvos y añadirán tiempo de penalización por cada error.

—Hay una penalización de treinta segundos por cualquier ostra que no esté en la concha —anuncia—. Si en una ostra hay sangre, también se penalizará con otros treinta segundos.

—No sabía que las ostras sangraran —le digo a Bridget.

—Se refiere a la sangre del desbullador —me responde, y pongo una mueca.

—Muy bien, Tyne Valley —exclama el maestro de ceremonias—. ¡A desbullar se ha dicho!

Llama a los cuatro primeros competidores, Ray entre ellos. Estos seleccionan las cajas de ostras y las ordenan antes de comenzar. Un cronometrador se sitúa detrás de cada uno. A Joy le asignan una mujer con una pequeña plataforma de madera para colocar las ostras, dos desbulladores llevan un guante en una mano y Ray ha puesto un trapo de cocina doblado en su sitio. Jamás pensé que hubiera tantos métodos distintos. Felix usa las manos desnudas y la mesa.

—Cronometradores, ¿estáis preparados? —dice el maestro de ceremonias. Los desbulladores se acercan a la mesa, con las manos por encima de la cabeza, y los cronometradores asienten con la cabeza—. Desbulladores, ¿estáis preparados?

Ninguno de ellos alza la vista.

—Tyne Valley, ¿estáis preparadooooooos?

Los asistentes lanzan vivas y hurras.

—En ese caso, hagamos la cuenta atrás. Tres..., dos..., uno. ¡A desbullar!

Veo a Ray todo afanado. Coloca la ostra sobre el paño y hunde el cuchillo en ella, mueve la muñeca para abrirla y luego pasa el cuchillo por el interior de la concha superior para quitarla con un rápido movimiento.

Observo a Felix, que está detrás del escenario, al lado de la madre de Joy, con los brazos cruzados.

En cuanto Ray sitúa la ostra número dieciocho en una bandeja llena de sal, golpea la mesa tres veces con el mango del cuchillo. Es el primero en terminar.

—Dos minutos veintidós segundos para Ray McInnis —anuncia el maestro de ceremonias—. Buen tiempo.

Ray baja del escenario y se dirige hacia su esposa y Felix, pero no la abraza a ella, sino que lo estrecha a él y los dos se echan a reír.

—Se llevan muy bien, ¿eh?

Bridget sigue mi mirada.

—Antes sí —repone—. Lo siento por él.

—¿Por tu hermano?

—Por Ray —responden Zach y Bridget al unísono.

—Contaba con Lobo para trabajar en la empresa de su familia —me informa Bridget—. Creo que tras la ruptura se quedó tan abatido como mi hermano. Dios, parece que haya pasado toda una vida, ¿verdad?

Hago memoria. El mes de octubre de hace muchos años, cuando Bridget y yo nos fuimos a vivir juntas, antes de que conociera a Felix. Bridget acababa de volver a la ciudad después de visitar a su familia por Acción de Gracias y, al darme cuenta de que estaba triste, quise animarla, así que salimos de fiesta.

Bridget aparta la vista del escenario y se concentra en mí.

—¿Recuerdas el bar al que fuimos?, ¿el bar tiki?

—Nos tomamos un cuenco de ponche tan grande como un volcán.

—Y me contaste tu cena de Acción de Gracias con tu familia. Me parece recordar que tu tía y tu madre discutieron, ¿no?

—Mi madre quería que Stacy se quitara los zapatos de tacón al entrar en casa.

—Y nos reímos a carcajadas porque tu tía...

—Amenazó con untarse el zapato con salsa y ponerlo encima de la mesa. Dijo que era demasiado fabuloso como para no valorarlo. —Sonrío—. Y de pronto tú te echaste a llorar. Fue la primera vez que te vi llorar.

Bridget me contó toda la historia entre lágrimas e hipidos.

—Fue una época horrible... para Lobo y para mí. Pero, ahora que soy mayor, entiendo que también debió de serlo para Joy.

Siempre lo he pensado, aunque me sorprende que lo diga ella. Zach, que está sentado a su lado, me mira por encima de la cabeza de ella con los ojos como platos.

—Madre mía —articula con los labios sin pronunciar palabra.

—Joy perdió a su novio y a su mejor amiga —comento—. Debió de ser horrible, sí, pero a lo mejor podéis empezar de cero.

Bridget me observa con la cabeza ladeada.

—Pensaba que te parecería una mala idea —dice—. Por eso precisamente no te conté que nos hemos estado escribiendo.

Bridget ha malinterpretado del todo mi reacción.

—Creo que sería positivo para las dos que arreglarais lo vuestro. No es demasiado tarde.

—A lo mejor no. —Suspira y se inclina hacia mí—. Ningún tío vale tanto la pena como para perder una amistad por el camino.

Miro a Felix, a un lado del escenario, y luego a Zach. Este me lanza una mirada acusadora.

—No —le digo a Bridget—. Ninguno.

No llaman a Felix hasta la octava y última ronda de desbulladores. Solo unos pocos terminan con tiempos de un minuto y medio, que es su objetivo. Hasta ahora, una cocinera de Vancouver ha sido la más rápida, con un minuto veintisiete segundos.

Cuando Felix cruza el escenario, se me forma un nudo en el estómago. Joy está a su lado, justo a la derecha. Es su cronometradora.

Felix repasa su caja de ostras antes de empezar con manos firmes; ya no hay rastro de nervios. Zach y Bridget lo están animando a voz en grito, pero no sé si los oye. En cuanto ha colocado los bivalvos en filas ordenadas, se gira la gorra.

Hay algo en ese movimiento, en ese gesto infantil y en la familiaridad de sus dedos, que me revuelve. Se inclina sobre su puesto, con las manos por encima de la cabeza y la vista baja.

Cuando el maestro de ceremonias pregunta a los cronometradores si están preparados, Felix levanta los ojos. Me encuentra de inmediato, haciéndome viajar de golpe al restaurante donde nos conocimos hace cinco años, donde, al mirarme desde la otra punta del local, me lanzó una corriente azul eléctrico.

—Desbulladores, ¿estáis preparados?

Seguimos observándonos mientras me invade una sensación tan intensa que me llevo la mano al pecho. El corazón me está chillando. «Él —me dice—. Más».

—Tyne Valley, ¿estáis preparados?

Felix agacha la vista cuando el público comienza a gritar la cuenta atrás.

Abre una ostra, luego otra, y otra. Nunca lo había visto ir tan rápido. Bridget le está chillando a pleno pulmón, pero al poco se queda callada.

—Hostia puta —la oigo murmurar. Sé que ella tampoco lo ha visto jamás desbullar tan deprisa.

Aparto los ojos de él durante unos instantes para mirar a Joy. Tiene los ojos clavados en las manos de Felix y las mejillas coloradas.

—Vamos, vamos, vamos —le está diciendo.

Cuando ha transcurrido un minuto, Felix ha abierto más de la mitad del total.

Coloca la última ostra en la bandeja de sal y golpea una sola vez la mesa con el mango del cuchillo. Joy suelta un gritito y le enseña el cronómetro al maestro de ceremonias.

—Felix Clark ha terminado en un minuto treinta y tres segundos —anuncia este, y Felix abre muchísimo los ojos.

Nos levantamos del asiento, aplaudiendo y gritando, mientras Felix alza las manos por encima de la cabeza. Mira al techo y esboza una sonrisa deslumbrante, y Joy se abalanza sobre él como si fuera un mono. Felix da una vuelta lenta sobre sí mismo, sujetándole los muslos a ella. Los dos se están riendo.

Se me detiene el corazón. «Mío», dice.

Creo que también lo he dicho con los labios, pero no lo he oído por culpa de los vítores del público.

Joy baja de Felix y lo arrastra por el escenario. Los padres de ella lo saludan, así como algunos otros competidores. Él avanza entre tambaleos, atónito. Bridget nos lleva hasta ellos.

—Lo has conseguido, Lobo. Joder, lo has conseguido —dice.

Me quedo rezagada mientras los demás se turnan para felicitar a Felix. Cuando me toca a mí, le doy lo que pretendía que fuera un abrazo leve, pero me estrecha contra él, así que terminamos pecho contra pecho, cadera contra cadera. Miro a Joy por encima del hombro de él. La veo enarcar una ceja, sorprendida.

—Vamos a buscar algo de beber —propone, y se lleva a Bridget. Veo alejarse a las que tiempo atrás fueron mejores amigas, abriéndose paso entre el gentío cogidas de la mano, y me vuelvo hacia Felix.

—¡Enhorabuena! Lo has hecho genial —le digo al apartarme de él—. Deberías estar sorbiendo ostras del ombligo de una serpiente y dando volteretas en una piscina de champán.

Felix sonríe de medio lado.

—No he ganado, Lucy.

—Te equivocas. Has batido tu mejor tiempo. Si eso no pide una celebración, que baje Dios y lo vea. —Señalo con la cabeza en dirección al bar—. Vamos.

Felix se traga tres latas de cerveza como si fueran vasos de agua y estuviese perdido en el desierto sin nada que beber. En un momento dado veo que la morena de antes le susurra algo al oído que lo hace reír y, luego, niega con la cabeza.

Zach me ve echar chispas por los ojos. Sigue mi mirada hacia Felix y la morena, que se está mordiendo el labio inferior.

—Interesante —comenta.

Para cuando los jueces han terminado las puntuaciones, Felix rodea a Zach con un brazo y con el otro a un tío con el que fue a la escuela. Tiene los ojos entornados, pero se yergue cuando anuncian a los diez mejores. Cuando el desbullador que ha quedado en sexto lugar sube al escenario, es evidente que, a no ser que Felix haya acumulado una buena penalización, figura entre los cinco mejores.

Cuando anuncian al quinto clasificado, una chef de Vancouver sube al escenario a recibir su placa.

Cuando dicen el nombre del cuarto clasificado, todos nos quedamos paralizados menos Felix, que se me acerca tanto que terminamos uno al lado del otro.

Me roza la mano con la suya y luego entrelaza los dedos con los míos. Tomo una bocanada de aire temblorosa. Odio lo estupendo que es tener su palma contra la mía, odio no querer que jamás toque a una mujer que no sea yo y, sobre todo, odio que los líos de Felix no me hayan molestado tanto como para darme cuenta de que da igual si encajo o no en su mundo, ya que solo soy una invitada. Mi lugar no está aquí.

—En tercer lugar —anuncia el maestro de ceremonias—, con dieciséis segundos de penalizaciones y un total de un minuto cincuenta y un segundos, Felix Clark, de la isla del Príncipe Eduardo.

Bridget da saltos sin parar y Zach aplaude con los brazos alzados, pero Felix permanece inmóvil.

—Venga —le digo—. Sube al escenario.

Se vuelve hacia mí y, llevándose nuestras manos unidas a la boca, me da un beso en los nudillos con los ojos fijos en los míos. Todo desaparece, los vítores, el grito ahogado de Bridget, hasta mi pulso, ensordecedor, se silencia. Mis sentidos se limitan a mis dedos, a la porción de piel bajo los labios de Felix. Tan solo dura un segundo, pues Felix se aleja enseguida.

Bridget me mira con ojos desorbitados. Lo que su hermano acaba de hacer es más íntimo que si me hubiera dado un pico.

—¿Qué ha sido eso? —me pregunta.

No tengo ni idea. Observo a Felix, que está cruzando el escenario para recibir la placa.

—Creo que ha bebido demasiado.

Felix se pasa la hora siguiente de celebración. Cada dos por tres, nuestras miradas se encuentran entre la marea de gente y me sonríe igual de abiertamente. El hoyuelo no desaparece en ningún momento. Su desbordante felicidad es embriagadora. A su alrededor, todo el mundo disfruta de su simpatía.

Cuando la fiesta empieza a decaer, Felix se sube con torpeza a la parte trasera de la camioneta, mientras que Bridget se sienta delante. Zach y ella están sumidos en una acalorada discusión sobre una partida de Trivial Pursuit a la que imagino que debieron de jugar cuando eran adolescentes. Habrá olvidado que en los coches me mareo.

En la oscuridad del asiento trasero, noto los ojos de Felix clavados en mí. Cuando lo miro, se mueve y entrelaza los dedos con los míos. Echa la cabeza atrás y se queda dormido al cabo de unos segundos. Me quedo contemplando nuestras manos unidas. Sería demasiado fácil dejarme llevar por la sensación que me despierta su mano sobre la mía, acostumbrarme a ella y echarla de menos cuando me marche. Pero, después del verano pasado, sé lo que se siente cuando él te dedica toda su atención y luego te quedas sin ella. Todo lo que Felix me ofrezca, todo lo que yo me permita disfrutar no son más que otras cosas a las que deberé decir adiós. Porque, aunque Felix no fuera el hermano de Bridget, no formo parte de su mundo, y eso no va a cambiar nunca.

De ahí que aparte la mano, ignorando las protestas de mi corazón.

«Él —me dice—. Más».

A la mañana siguiente, soy la primera en despertarme. Para cuando Zach se levanta del sofá, ya he preparado café, pero Felix sigue despatarrado en él, todavía con la ropa puesta.

Durante unas cuantas horas, ayer descansé un poco del constante estrago del estrés laboral. Apenas consulté la bandeja de entrada del correo. Pero ahora el confuso beso que me dio Felix en la mano y lo cerca que está el día de la boda de Bridget hacen que quiera arrancarme los ojos.

—Gracias —me dice Zach cuando le doy una taza—. Te veo molesta, Lucy.

—Solo cansada.

—Ya —murmura—. ¿El ceño fruncido no tiene nada que ver con Courtney?

—¿Courtney?

—La mujer a la que anoche te vi taladrar con la mirada —responde—. Pelo castaño, guapa.

Estoy a punto de decirle a Zach que no sé a qué se refiere, pero cambio de opinión. Me he despertado cascarrabias y no pienso abandonar ese papel.

—¿Con cuántas mujeres se ha acostado en el último año?

—¿Te refieres al último año en el que Lobo y tú no habéis sido pareja? —Me mira pestañeando.

Aprieto los dientes. Buena puntualización.

—Sí.

—No soy quién para darte esa información, pero no es ningún monje, Lucy. Ha salido con chicas buscando a alguien con quien se viera en el futuro.

Se me atenaza la garganta. No tengo ni idea de qué quería oír, pero eso no.

Zach suaviza la mirada.

—¿Quieres que hablemos? Si quieres desahogarte, no se lo contaré. Soy el mejor guardando secretos.

Niego con la cabeza.

—Pero gracias. —Zach es buen tío, aunque si hay alguien con quien debería hablar, esa es Bridget.

Zach encoge solo un hombro, como los Clark.

—Como quieras. Hace años que los dos perdéis el tiempo como un par de gilipollas. ¿Quién soy yo para deteneros?

—Gracias otra vez.

Bridget baja las escaleras y nos pide que nos vistamos para la excursión a North Cape.

—¿Y esa cara, Bee? —me pregunta antes de ir al salón para despertar a Felix. Está animada, mandona y sonriente, y su cambio de humor empieza a afectarme. No sé qué está pasando y, a pesar de lo que asegura, dudo que se vaya a casar dentro de cinco días, y estoy a punto de perder miles de dólares con sus flores.

Salgo de la casa para llamar a Farah. Mañana se va a tener que ocupar de la subasta. Le he mandado mi lista de pedidos, incluido lo que necesito para la boda de Bridget. Detesto delegar una tarea tan crucial, pero no me queda otra. No puedo volver a Toronto sin arreglar las cosas y contarle a Bridget lo de Felix.

Farah responde el teléfono como siempre:

—Más te vale que sea importante.

—Sé que te dije que hoy cogería un vuelo, pero...

—¿Vas a huir con el hermano de Bridget y no volverás nunca?

Después de que mi tía conociera a Felix hace dos años, le contó a Farah, con todo lujo de detalles, lo guapo que era. «Qué gracia —comentó—. Lucy no me había dicho que fuera un buenorro».

—No es eso —le digo ahora.

—No me parece que hayas descansado demasiado —repone—. Hablas como una rata de alcantarilla.

—No sé lo que significa eso, pero anoche me acosté tarde. Estoy cansada.

—Sabes que, cuando no duermes suficiente, eres un desastre con patas.

—¿Qué tal está Sylvia? La echo de menos. —Preguntarle a Farah sobre su perrita es la mejor manera de cambiar de tema.

—Es una diosa —contesta, y la pone al teléfono para que la salude.

Después de colgar, llamo a Lillian. Ya le he mandado un mensaje para decirle que necesito volver a retrasar la reunión, pero quiero saber en qué punto estamos.

—Lo siento —digo, paralizada al ver a una mofeta cruzar el césped y esconderse entre los matojos—. Supongo que te estarás preguntando si soy de fiar, pero te prometo que sí.

—No pasa nada, Lucy. Lo entiendo —me asegura, aunque por su tono sé que no es así—. Todos tenemos vida personal.

Le describí el repentino viaje como un «asunto personal urgente».

—Sí, ya, pero es que, si pudiera, ahora mismo estaría volando a Toronto. Este es el último lugar en el que quiero estar.

—¿Por qué no me avisas cuando hayas regresado y ya haremos planes entonces?

—Vale —contesto con un nudo en el estómago. Cuando quedé con Lillian, estaba entusiasmada por la idea de que trabajáramos juntas, pero noto que la confianza que había depositado en mí va menguando—. De verdad que lo siento, Lillian. En cuanto esté de vuelta, tendrás toda mi atención. El trabajo es mi única prioridad. —Pero la verdad de esa afirmación me deja un poco vacía por dentro.

—Perfecto. Hablamos pronto.

Cuelgo y, al darme la vuelta, me sorprende ver a Felix en el umbral de la puerta. Con vaqueros azules, camiseta blanca, pelo aplastado, recién afeitado. ¿Por qué anoche le dio por besarme los dedos y cogerme la mano? No creo que fuera su intención confundirme, pero lo logró. Estoy cabreada conmigo misma, y también con él.

—Buenos días —me saluda.

—Hola. —Miro por encima de su hombro.

—¿Estás bien? ¿Tienes resaca?

—Estoy bien.

—A mí no me lo parece —replica—. No debes de haber dormido bien. Sé que estás cansada por la cara que tienes.

—¿Por qué esta mañana todos tenéis un problema con mi cara?

—Lucy... —Ladea la cabeza—. ¿Qué pasa?

Por fin lo miro a los ojos. Qué hombre más peligroso y maravilloso.

—Nada —le digo.

—Vamos, algo te preocupa —dice dando un paso hacia mí—. ¿Quieres que hablemos? A lo mejor te puedo ayudar.

—No. —Levanto la barbilla—. En realidad no puedes.

26

Verano, el año pasado

Mi vida se desmoronó en tres actos. Al llegar una mañana a In Bloom, vi que el escaparate estaba hecho añicos y nos habían saqueado la tienda. Las flores estaban volcadas en la nevera y había agua por todas partes; el estante con los jarrones, derribado; el suelo, lleno de esquirlas de cristal y porcelana; mi despacho, patas arriba. Sollocé cuando vi las copas de vino de mi tía rotas en el suelo. La policía sospechó que habían sido unos gamberros, pero a mí me pareció un ataque personal, una violación del negocio en el que había invertido mi vida.

A la mañana siguiente, Carter rompió conmigo. Me dijo que no le había demostrado ni la mitad de la dedicación que a la tienda.

—Sé que no me quieres tanto como a la floristería, pero ¿te caigo bien por lo menos?

Sus palabras me dolieron. No fue que me dejara, sino el porqué.

No amaba a Carter, no lo necesitaba. Y lo había tratado como si fuera una silla de salón, un lugar mullido al que recurrir, una parte de la decoración de mi vida, totalmente prescindible. No me había dado cuenta, pero él sí.

Tres días más tarde recibí la llamada de mi tía. Ya estaba en el hospital: el cáncer avanzaba deprisa.

—Por lo menos me iré siendo joven y bella —me dijo mientras le ponía lápiz de labios con un pincel muy fino, como ella me había enseñado. Le eché una buena cantidad de colorete en las mejillas; su piel se había vuelto opaca y gris. Farah me cubrió en la tienda y me pasé las horas de visita junto a la cama de mi tía, con una lata de *ginger ale* en las manos mientras ella bebía con una pajita, demasiado débil como para sostenerla por sí misma.

Una semana después de que Stacy ingresara en el hospital, me sorprendió oír la carcajada de mi madre y el graznido de respuesta de mi tía, procedentes de su habitación. Nunca se reían demasiado juntas. Me quedé frente a la puerta, escuchando a Stacy contarle a mi madre una historia sobre el último hombre con el que había salido, al que pilló delante de la nevera llenando una cuchara con salsa *hoisin* y *sriracha* como picoteo de medianoche. A la mañana siguiente, Stacy encontró manchas naranjas y marrones por todo el suelo, «como una pésima pintura abstracta».

—Aunque era bueno en la cama —añadió.

—Qué divertido. —Oí suspirar a mi madre—. Qué bien te lo has pasado.

—Pues sí. —Hubo un movimiento de sábanas y, entonces, oí hablar a mi tía en voz baja—: No llores, Cheryl. Soy yo la que se está muriendo.

Se hizo un largo silencio.

—Tenías razón, ¿sabes? —dijo mi madre.

—Ya lo sé.

Al oír una silla chirriar contra el suelo, asomé la cabeza. Mi madre estaba inclinada sobre la cama de Stacy, abrazándola. Mi tía tenía lágrimas en las mejillas.

—Aun así no deberías habérmelo dicho el día antes de mi boda —repuso mi madre con voz queda. No tenía la más mínima idea de qué estaban hablando.

—He de reconocer que elegí mal el momento. —Al verme en la puerta, Stacy me dedicó una sonrisa triste—. Debería habértelo contado antes.

Murió al cabo de cuatro semanas.

Me dejó una nota. No la había escrito ella; una de las enfermeras debía de haberla ayudado.

Te he querido como si fueras hija mía.

Bridget lloró el fallecimiento de Stacy como si fuera de su familia. Asimiló la pena ayudando a mis padres con los preparativos del funeral. No supe cuándo llamó a su hermano, si fue cuando mi tía estaba aún en el hospital, apagándose ante mis ojos, o tras el funeral, cuando me encontró llorando en el suelo de la ducha. Y no supe cómo consiguió Felix dejar libre una de sus cabañas para mí; según Bridget, tenía todas reservadas. Ken y Christine trabajaban en la renovación de Summer Wind después de los daños de la tormenta, así que no estaban preparados para tener invitados.

—Te voy a llevar a la isla —me dijo Bridget entre lágrimas—. Ojalá pudiera ir contigo, pero no puedo ausentarme del trabajo. Lobo y yo lo hemos preparado todo, así que no tienes que hacer nada. Solo ve a allí. Necesitas un poco de aire fresco, Bee, necesitas tiempo para recuperarte.

No había visto a Felix desde el otoño anterior, pero todos los meses me llegaba un sobre amarillo con semillas. Ya tenía diez paquetes: cinias, bocas de dragón y margaritas. Y todos los meses yo le mandaba un libro: uno de autoayuda sobre convertirse en un magnate de los hoteles en coña, un libro infantil ilustrado llamado *Felix tras la lluvia*, que resultó ser más emotivo de lo que me había imaginado, etcétera. Me pregunté qué pensaría de los libros Chloe, su novia. Yo no sabía qué significaba nuestro intercambio ni era capaz de explicarlo. Era una especie de lenguaje secreto, algo solo para nosotros. No sabía cómo encajaba en nuestras normas, aunque quizá ya no las necesitáramos.

Felix me esperaba en la terminal. Entre nosotros había un avión lleno de gente, pero por entre los hombros de los desconocidos vi los puntos azules más bonitos del mundo. Me estrechó entre sus brazos y me meció adelante y atrás como si fuera un barco sobre aguas tranquilas.

—Lo siento mucho —me susurró.

El trayecto de Charlottetown a Salt Cottages pareció durar una eternidad. En realidad, Felix y yo tardamos una hora en llegar, pero, a medida que el mar se alejaba y el bosque se volvía más denso, me iba dando la impresión de que nos dirigíamos hacia el fin del mundo. Le dije a Bridget que alquilaría un coche, pero me contestó que Felix insistía en recogerme, y en esos instantes me alegré de que lo hiciera.

No era como el camino hasta Summer Wind, cuyo paisaje estaba lleno de establos, iglesias y ganado, con las carreteras repletas de señales de vida —un camión con patatas por aquí, un tractor por allá, una camioneta subiendo una barca a un tráiler por acullá—. Tenía la visión borrosa por las lágrimas que había derramado en el avión. Era como si viera las píceas y los abedules distorsionados a través de una botella de cristal.

Apenas pronunciamos palabra, pero cada pocos minutos notaba la mirada de preocupación que me dirigía Felix.

—¿Por qué no cierras los ojos un rato? —me propuso, así que apoyé la frente en la fría ventanilla.

Intenté dormir, pero se me revolvió el estómago, pues ese día no había comido nada, quizá tampoco el anterior. Cuanto más al este íbamos y cuanto más nos adentrábamos en Kings County, peor me sentía. Me entraron tales náuseas que tuve que pedirle a Felix que detuviera la camioneta. Me sujetó las trenzas con una mano mientras con la otra me frotaba la espalda.

—Ya está —me murmuraba mientras yo vomitaba sobre los matojos del margen de la carretera.

Cuando pasamos el cartel de Salt Cottages, me sentí un poco mejor, o por lo menos con menos ganas de devolver.

—Ya hemos llegado, Lucy —me dijo.

Me erguí cuando viró hacia un largo camino de entrada. A lo lejos se alzaban cuatro casitas idénticas en fila. Estaban alejadas del océano y tenían tejado de metal negro en forma de pico y revestimiento de madera pintado de blanco. Unos senderos de gravilla y piedras planas, que sabía que el mismo Felix había colocado, conducían hasta cada entrada, donde había helechos en tiestos negros junto a las puertas. Felix aparcó junto a la cabaña más a la izquierda y bajamos de la camioneta.

Llevó mi maleta a la casita y me dijo que me dejaría descansar, pero negué con la cabeza. Sabía lo importantes que eran las cabañas para él.

—¿Me haces una visita guiada?

Mientras me enseñaba la casa, noté una extraña sensación en el pecho. Las ventanas daban al porche y se veían los prados del entorno y el océano. En la cocina había unas encimeras de madera espectaculares y electrodomésticos de última generación. La ducha estaba alicatada con cristales turquesa, de un tono parecido al de los ojos de Felix. Había tres habitaciones —no enormes, pero con suficiente espacio para resultar cómodas—, decoradas en blanco espuma de mar.

Felix señaló todos los detallitos con los que estaba más satisfecho: la elegante alcachofa de la ducha, los interruptores para atenuar todas las luces, la disposición de las ventanas —que permitía admirar las vistas y disfrutar de intimidad—, los paneles que había instalado en la cocina.

Yo no dejé de decir «Hala» una y otra vez. La pena y el mareo del coche habían quedado temporalmente en el olvido. Sabía que Ken era un manitas y que le había enseñado a Felix a usar una sierra y a poner parqué, así como la importancia de la precisión. Bridget me contó cuánto trabajo había hecho el propio Felix, pero me quedé anonadada. Era muy hábil.

Felix señaló la mesa del comedor, en cuyo centro había una cesta de bienvenida. Contenía una bolsa de patatas fritas marca Covered Bridge, cuadraditos de patata y caramelo, un mapa de la isla del Príncipe Eduardo como el que yo tenía en casa, dos sidras Red Island y un cuadernillo atado con un cordel azul en cuya cubierta de cartón decía *La guía de un isleño*. Hojeé las páginas y leí las sugerencias de restaurantes, platos, tiendas, cafeterías, helados, actividades para niños, playas, cervezas artesanales de la zona, quesos y jabones. En cada una se incluía un par de frases meditadas que explicaban por qué era especial. Felix era un escritor maravilloso. Pasé a la primera página y leí el párrafo que daba la bienvenida al lector a la isla y comentaba los lugares preferidos de Felix, recomendaciones que había reunido durante los veintisiete años que hacía que vivía en la isla del Príncipe Eduardo.

Me lo quedé mirando.

—Te lo dije —dijo con suficiencia.

—Sigo sin creerme que no usaras tu lista para seducir a decenas de turistas cada año.

—Solo a una o dos. —Me sonrió.

Igual que en Summer Wind, había una puerta corredera que daba a un porche. Nos quedamos ahí los dos, contemplando las vistas. Ese día, el cielo estaba indeciso y cambiaba cada pocos minutos. Nubes, lluvia, sol, un arcoíris a lo lejos, el océano brillando plateado.

—Me gustaría mejorar la zona exterior: instalar una chimenea y unos cuantos jardines —dijo Felix—. Supone más trabajo, pero me da igual. En Navidad, también lo vamos a dar todo: pondremos luces por todas partes y se me ha ocurrido construir una pista de patinaje ahí. —Señaló el prado—. Le pediremos al fotógrafo que vuelva. Quiero cimentar nuestro negocio de invierno. ¿Qué opinas?

Me lo quedé mirando mientras él observaba el verdor que se extendía ante nosotros. Muy orgulloso y guapo, muy listo, talentoso y convencido. Desde que lo conociera cuatro años antes, se había convertido en todo un hombre. Y vivía la vida que él mismo se había creado, más sólida que nunca. Había terminado de crecer hasta ser la persona en que debía convertirse. Ya no era un joven taciturno de veintitrés años que se lamía las heridas después de que Joy lo dejara. Ya no era un ligón.

—Perdona —dijo con las orejas como un tomate—. Te encuentras mal y te estoy aburriendo.

—No. —Le puse una mano en el brazo, ignorando lo caliente que noté su piel. Era una chimenea humana—. Perdóname tú. Quiero que me lo cuentes todo, ha pasado mucho tiempo, pero es que ahora mismo no soy una buena conversadora —reconocí—. No he dormido ni comido, y eso empeora el mareo del coche. Es como si me hubiera atropellado un camión.

—¿Qué te parece si te preparo algo? Esta mañana he ido a hacer la compra y la nevera está llena. ¿Un sándwich, quizá? He comprado la mantequilla que tanto te gusta.

—Gracias, pero no te molestes. Ya has hecho suficiente por mí.

Felix me miró fijamente con la cabeza ladeada.

Esbocé una sonrisa.

—Podemos hacer algo antes de que vuelva a Toronto. Te invitaré a cenar como agradecimiento. —Chloe podría prescindir de él durante una noche—. ¿Qué opinas de Inn at Bay Fortune? Siempre he querido ir.

Pareció decepcionado.

—Me puedo quedar si quieres y te hago compañía.

—Felix, no hace falta que seas mi canguro. No quiero ser más carga de la que ya he sido.

—No eres ninguna carga, Lucy.

Me empezaron a escocer los ojos. Estaba demasiado sensible como para soportar su amabilidad.

—Gracias —susurré.

—Además, mi hermana ha amenazado con hacerme daño físico si no me ocupo de ti.

Solté una risotada y me enjugué las mejillas. No me podía creer que estuviera llorando delante de Felix. Durante su estancia en Toronto habíamos abierto la puerta a la amistad, pero no habíamos alcanzado el nivel de consolarnos el uno al otro en momentos de crisis.

—Lo siento..., ahora mismo estoy supersensible, no soy una compañía demasiado divertida. Tú ve a hacer tus cosas y te escribiré cuando me encuentre mejor. —Bridget me había guardado el número de Felix en el móvil.

Después de asegurarle nuevamente que estaba bien, me dejó sola. Me quedé mirando el mar y oyendo cómo cobraba vida su camioneta, y luego el ruido del motor al alejarse. A continuación me desplomé en el sofá y lloré sobre un cojín.

En cuanto se me secaron las lágrimas, recorrí la casa. Me sentía sola. Se me ocurrió mandarle un mensaje a Felix para saber si le importaría quedar conmigo, pero no fui capaz de preguntárselo. Tenía novia y, si yo hubiera sido ella, no me habría hecho demasiada gracia.

Inspeccioné la cocina. Había un paquete de café en la encimera procedente del mejor comercializador de Charlottetown, una botella de *vinho verde* en la puerta de la nevera, huevos, queso de Avonlea, una gama de productos, una hogaza de pan de centeno, una caja con mis barritas de cereales preferidas y un paquetito con la mantequilla de Cows Creamery. No sabía si Bridget le había enviado a Felix la lista de la compra o si en los cuatro años que hacía que nos conocíamos él había ido memorizando lo que a mí me gustaba comer, tal como yo había ido memorizando lo que a él le gustaba leer. Cené una rebanada de pan con mantequilla de pie frente al fregadero.

Cuando Felix llamó a la puerta a la mañana siguiente, me sorprendió verlo. Yo llevaba la ropa del día anterior y no me había mirado al espejo, pero me notaba los ojos hinchados. La boca me sabía como si hubiera chupado el metal de un mástil y hacía días que no me lavaba el pelo. Al alojarme en Summer Wind, lo primero que hacía era maquillarme para que Felix no me viera con la cara tal cual, pero no me había molestado en meter en la maleta nada más que el cacao y no encontraba la energía necesaria para darle importancia.

Sin embargo, sí reparé en cosas sobre él en las que no me había fijado el día anterior. Llevaba otros vaqueros de un color azul muy oscuro, sus zapatillas eran de piel nuevas y se había puesto una camisa negra gruesa de algodón con cuello en forma de uve, diferente a su camiseta blanca de manga corta habitual. Además se había hecho algo en el pelo para mantener las ondas en su sitio.

Felix llevó a cabo una inspección visual parecida y frunció el ceño.

—¿Por qué no vas a darte una ducha, Lucy? —me dijo—. Yo preparo el desayuno.

No me molesté en pedirle que se marchara. Tuve la impresión de que no se iría aunque se lo pidiera, y tampoco quería que lo hiciese. Todavía no me había acostumbrado a vivir sola y me gustaba tener a alguien cerca. Me gustaba tener a Felix cerca.

Se pasó el día conmigo. Comimos huevos fritos y sándwiches de queso *cheddar* con el pan de centeno y vimos *The Great British Baking Show*, mi programa de cocina preferido para hallar consuelo. Por la tarde fuimos a pasear por la playa. Me sentí un poco revitalizada por el viento, la sensación de la arena bajo los pies y el oleaje, pero enseguida me cansé. Me quedé dormida, con la cabeza en el regazo de Felix, en algún punto entre la prueba técnica del programa (bocadillos) y la principal (esculturas de pan en tres dimensiones), y me desperté a oscuras con la mejilla sobre su muslo y una manta a mi alrededor. Felix me mandó a la cama. A la mañana siguiente me lo encontré dormido en el cuarto anexo al mío.

Me sentí culpable por monopolizarlo, así que, después de que me preparara el desayuno por segundo día consecutivo, se lo dije. Le prometí que estaba bien. Me gustaba su compañía y sabía que lo echaría de menos cuando se fuera, pero le dije que me estaba recuperando.

Y era cierto. Leí en el porche, di largos paseos por la playa y por el bosque, a veces llorando y a veces sonriendo bajo el sol. Entre los árboles había un montón de pájaros: colirrojos reales, reinitas amarillas y vireos. Me acostumbré a sus trinos y, acompañada por ellos, no me sentí tan sola. Recogí flores silvestres y llené la cabaña de toda clase de arreglos desestructurados que mi tía habría estado encantada de tildar de «comunes». Al trastear con las flores, la notaba a mi lado. Y, día tras día, la tensión que me oprimía el pecho iba cediendo. Sin embargo, sabía que me costaría volver a la ciudad. Iba a estar más sola que nunca.

No sé si quiero volver a casa

Lobo debe de estar
tratándote bien

Pues sí, pero odio la idea de volver
a mi piso vacío. Sin ti, sin Stacy

Yo siempre estaré ahí

Si me hubiera podido quedar eternamente en la isla, creo que lo habría hecho. Estar allí siempre lograba que mi vida pareciera más sencilla: respiraba con más facilidad, dormía mejor, me relajaba de una forma que en la ciudad era imposible.

A lo largo de los siguientes días, vi a Felix por las cabañas, podando plantas, interesándose por los invitados, dando vueltas subido a una cortacésped, sin camiseta y con su piel bronceada perlada de sudor. Jugó al fútbol con los niños de la cabaña de al lado y me saludó desde la hierba. Todos los días se pasaba para asegurarse de que yo estaba bien. Una noche llegó con una caja de ostras y un cuchillo, y nos las comimos en el porche al atardecer con *vinho verde*.

Felix me contó que Zach y él estaban buscando otro terreno. Él prefería la zona oriental, mientras que su amigo optaba por la costa del norte, pero quería saber qué opinaba yo al respecto. Me preguntó por la tienda, por mis flores preferidas y por Farah, a quien le habría encantado saludar durante su estancia en Toronto, dado que no conocía a ninguna poeta florista.

A veces, al mirarnos a los ojos, el aire crepitaba y me acordaba de cuando me había dicho «Quiero que me llames Felix» tres años antes. Pero entonces uno de los dos apartaba la vista y la chispa se extinguía, aunque no pasé por alto que Felix no mencionó a su novia ni una sola vez, y yo no le pregunté por ella.

En mi penúltimo día apareció subido al Mustang.

Sonreía de oreja a oreja y yo también. A Felix le encantaba ese coche y a mí me encantaba ese maldito hoyuelo suyo.

—¿Y eso?

—Vamos a dar una vuelta. Se me ha ocurrido que te gustaría conducirlo con estilo. —Me pasó las llaves.

—No puedo, soy una causa perdida. Bridget ya intentó enseñarme a conducir un coche con cambio manual.

—Yo te enseñaré a hacerlo. —Sonrió.

—Ja. En serio, es que mis padres no querían que me sacara el carné; estaban convencidos de que estrellaría su Volvo. Me propusieron duplicarme la paga si retrasaba lo del carné. —Cuando mi tía se enteró, mi madre y ella tuvieron una pelea épica. Al final, Stacy condujo desde Toronto hasta St. Catharines para darme clases de conducir ella misma.

—Menuda chorrada. —Felix endureció la mirada—. Cualquiera que es capaz de convertir unas plantas en una obra de arte a gran escala puede conducir un coche con transmisión manual.

Diez minutos más tarde bajábamos por el camino de entrada. Felix me indicaba cuándo pisar el embrague y cambiar de marcha. Yo gritaba con cada tumbo que daba el coche, aterrada por si me lo cargaba, hasta que terminé lográndolo, conduciendo por el interior y recorriendo campos y granjas.

—A lo mejor debería tener un perro —dije con una sonrisa.

—¿Cómo? —me preguntó desconcertado.

—Cuando era pequeña, quería uno, pero mis padres no me dejaron. —Al final me limité a atar una cuerda de saltar al cuello de mi caniche de peluche y a arrastrarlo por toda la casa. Le rascaba la barriga, le daba de comer pienso invisible y metía su naricilla en un cuenco con agua—. Me dijeron que no era lo bastante responsable, pero tampoco quisieron que me sacara el carné, y mírame ahora.

—¿Vamos a una tienda de animales? Te compraré un perro ahora mismo.

—Creo que no me queda espacio en la maleta. —Me reí.

—Yo empecé a conducir antes de ser mayor de edad —me contó—. Convencí a mi padre para que me enseñara. Íbamos arriba y abajo por el camino de entrada, una y otra vez, una y otra vez. A los catorce ya sabía aparcar en línea.

—¿Por qué tenías tanta prisa por aprender?

—Me parecía divertido, pero también quería poder pedirle una cita a una chica en cuanto me sacara el carné y llevarla por ahí sin que nuestros padres tuvieran que acercarnos. Se me ocurrían muchas ideas sobre chuscar en los asientos traseros.

—Ya imagino. —Lo miré fijamente—. ¿Y lo conseguiste? —Felix debía de salir con Joy cuando se sacó el carné.

—Quizá un par de veces. —Sonrió.

—Mmm —murmuré, aunque sonó más bien a gruñido.

Fuimos hasta el faro de Point Prim, el más antiguo de la isla. De los numerosísimos faros que había visitado con el paso de los años, ese se convirtió en mi preferido —alto, circular y pintado de un blanco potente— y Point Prim me pareció uno de los lugares más bonitos de la isla del Príncipe Eduardo: una península de tierra preciosa que se adentraba en el océano.

—Podría vivir aquí —le dije a Felix mientras comíamos en un restaurante de pescado situado junto a la orilla rocosa, al lado del faro.

Él se reclinó en la silla, observándome de tal forma que me dio un vuelco el corazón.

—Lo veo —repuso—. La isla encaja contigo.

—¿A Chloe no le importa que pases tanto tiempo conmigo? —le pregunté al día siguiente cuando íbamos a la playa. Esa vez cogimos la camioneta.

—Ah, no. —Felix se aclaró la garganta y miró en mi dirección—. Chloe y yo lo hemos dejado.

—¿Qué? ¿Cuándo? Bridget no me lo había dicho.

—No hace tanto. Ella quería volver a Ottawa y yo no quise acompañarla. Ninguno de los dos quería una relación a distancia. Me dijo que, de todas formas, cuando vivíamos juntos, yo tampoco le abría del todo el corazón. —Se encogió de hombros—. Quizá fuera verdad.

—Lo siento. Creía que os iba bien, no tenía ni idea.

—No pasa nada. Te han sucedido tantas cosas... Seguro que por eso Bridget no te lo ha comentado.

—Supongo. Carter también me dejó a mí el mes pasado.

—Lo sé —dijo desplazando la vista hacia mí—. Qué pena.

Felix me contó lo mucho que le gustaba la costa oriental de la isla. Decía que era más tranquila que la del norte, más salvaje, y que las playas eran preciosas. La de Souris era ideal para buscar vidrios de mar y Bothwell era una de sus favoritas, pero nos dirigimos a Basin Head, donde había unas casitas de madera junto a la orilla con vestuarios y una cantina.

La arena era de un blanco pálido y se extendía hasta donde llegaba la vista rumbo al norte, con dunas de hierba ondulantes y algún que otro pino a lo largo. Al sur había un escarpado acantilado rojizo con árboles de hoja perenne. Nos quitamos los zapatos y caminamos hasta la orilla, donde había más paz. La arena emitía unos extraños crujidos bajo nuestros pies.

—Se llaman «arenas cantoras» —me informó Felix. Moví los pies adelante y atrás para intentar tocar una melodía, que sonó como una foca desafinada.

Pusimos una manta en el suelo e hicimos un pícnic formado por pan, queso *cheddar*, jamón, aceitunas y sidra Red Island. Busqué algún trocito de vidrio de mar en los montones de algas que habían aflorado, pero no encontré ninguno, como de costumbre.

—Empiezo a pensar que lo del vidrio de mar es una broma que los isleños gastáis a los turistas —dije dejándome caer a su lado.

Felix sonrió.

—Casi lo olvido —exclamó al tiempo que se metía una mano en el bolsillo del bañador y sacaba una piedra blanquecina que parecía un trocito de cuarzo—. Es para ti, lo vi el otro día. Debes de dar buena suerte, porque hacía siglos que no encontraba ninguno.

Me puso un vidrio de mar en la palma de la mano.

—El blanco no es tan infrecuente como algunos de los demás colores. Hoy en día cuesta mucho encontrar uno naranja, rojo o azul.

Examiné el pequeño tesoro y alcé la vista. Hubo un chispazo eléctrico entre sus ojos y los míos. Algo ocurría entre nosotros, pero no sabía de qué se trataba. Sabía que a Felix le gustaba coquetear, aunque no era eso. Estaba siendo tierno, estaba siendo encantador.

Le di las gracias, sonreí y solté una carcajada nerviosa. Después saqué la crema solar.

—Dame —dijo Felix cuando terminé de untarme los hombros—. Te pongo en la espalda, que el vestido te la deja al descubierto.

—Vale —respondí con voz ronca—. Gracias.

Me volví y Felix me pasó la trenza por el hombro. Cuando empezó a acariciarme la piel, cerré los ojos. Era injusto que sus manos me provocaran una sensación tan agradable, así como también lo era que sus caricias me mandaran un torrente sanguíneo de la cabeza a la entrepierna. Pero necesitaba ignorar las cosas que su cuerpo le hacía al mío. No quería cargarme lo que había entre nosotros. Esa amistad indefinida que había empezado con su visita a Toronto, que en mi opinión había crecido con cada libro que le había enviado y con cada paquete de semillas que él me había mandado a mí.

Nos pasamos horas leyendo tumbados bocabajo, meneando los pies en alto, yo devorando un montón de revistas y Felix con la nariz entre las página de *Beloved*, de Toni Morrison.

Hacia media tarde, se levantó, se quitó la camisa y me tendió la mano. Yo me había olvidado el bañador, pero hacía tanto calor que me levanté el vestido y me mojé hasta las rodillas mientras él nadaba. La playa estaba llena, aunque, cuando salió del agua, olvidé a todo el mundo que nos rodeaba. Caminaba entre el oleaje con el agua recorriendo su torso moreno y el bañador naranja pegado a sus fuertes muslos. Pensé que nuestra supuesta amistad habría sido mucho más fácil si Felix no hubiera tenido ese aspecto. Me lo quedé mirando y se me escurrió el vestido de los dedos al verlo acercarse. Él contempló la tela lila que ondeaba junto a mis piernas y luego dirigió la vista a mis ojos, sonriendo al reparar en el intenso rubor que me cubría el pecho.

Nos secamos, nos tomamos la sidra y Felix me preguntó por mi tía. Le hablé del jardín de Stacy, el lugar donde más feliz me sentía cuando era pequeña. Le conté que había sido la única persona de mi familia que me entendía. Le dije lo mucho que Bridget echaba de menos la isla cuando la conocí y que Stacy la había introducido en nuestra pequeña familia. Veíamos películas clásicas, comíamos pasta en el restaurante de nuestra calle, mi tía nos sermoneaba para que viviéramos la vida al máximo y, a veces, íbamos al teatro.

Me enjugué las lágrimas con el dobladillo húmedo del vestido y Felix me pasó un brazo por los hombros. Permanecimos así, pegados, observando un barco a lo lejos y, al final, apoyé la cabeza en su hombro.

Estábamos contemplando un gran danés intentando atrapar las olas con la boca cuando me preguntó:

—¿Qué ha pasado con Carter?

Solté una exhalación.

—Creía que las cosas iban bien, pero me dijo que no me había visto ni la mitad de interesada en él que en el robo de la tienda.

Dudé antes de contarle el resto. No quería que me viera de otra forma.

—Me dijo que era —hice el gesto de unas comillas con los dedos— «una novia de mierda».

—Será capullo —exclamó Felix.

—Ya lo sé, pero en cierto sentido tenía razón. Sí que me importaba más el negocio que él.

—Pues claro, forma parte de ti. Debería haberse dado cuenta de lo afortunado que era.

Me incorporé para mirarlo a los ojos. Estábamos tan cerca que pensé que a lo mejor era capaz incluso de contar todas sus oscuras pestañas. Felix alargó un brazo hacia mi trenza y me la pasó por detrás del hombro para que me cayera por la espalda.

—No era el chico adecuado para ti.

Me deslizó los dedos por la columna muy suavemente, dejándome sin aliento al notar sus caricias, al ver cómo me miraba, con el deseo bien expuesto para que lo tomara.

—A veces me pregunto si es que no quiero encontrar al adecuado —susurré. Era algo que me preocupaba. ¿Y si había salido con Carter porque sabía que lo nuestro no duraría? Mi tía siempre me había dicho que debía abrirme a una relación seria, pero el único hombre por el que por lo visto me sentía atraída una y otra vez estaba sentado a mi lado, y vivía a miles de kilómetros de mí y parecía tan reacio a comprometerse como yo. Nunca podría tenerlo—. Creo que a lo mejor estoy rota.

—Lucy... —No dijo nada más. Solo mi nombre, pero lo sentí por todas partes.

Algo había cambiado entre nosotros desde que había llegado a la isla, algo de lo que era consciente y que ya me resultaba imposible ignorar. Felix se había convertido en mucho más que un rollo de una noche, pero no sabía qué hacer con esa información. Lo único que podía hacer era abordar mi necesidad más estrepitosa y urgente: llevaba deseando los labios, las manos y la piel de Felix desde que nos habíamos visto. Me sentía como una botella de champán sacudida, a punto de estallar.

—No estás rota —aseguró. El espacio que nos separaba se redujo—. Eres per...

Planté los labios sobre los suyos.

—Te necesito —susurré.

Él sonrió ante mi boca y me pasó una mano por la trenza.

—Yo a ti también.

—Sí —le dije.

«Más».

27

Verano, el año pasado

Cuando me desperté, Felix estaba tumbado a mi lado. La luz del sol le pintaba mechas doradas en su pelo oscuro. Me tomé unos instantes para disfrutar de aquella escena —desnudo, con el pecho al descubierto y la sábana alrededor de la cintura— y, después, me incorporé y observé el entorno. Estaba en el dormitorio de Felix Clark, en su casa.

Había el espacio justo para una cama de matrimonio, dos mesitas de noche y una cómoda de cuatro cajones situada debajo de una ventana que daba a la parte trasera del terreno. A pesar del tamaño, la habitación era elegante, con una gama cromática precisa que no creí que fuera decisión suya. Las paredes lucían dos tonos, un negro mate desde el suelo hasta la altura de la cintura y marrón claro en la parte superior, mientras que la ropa de cama era gris, y los cojines, oscuros. A ambos lados de la cama había lamparitas extensibles y en la pared, en un precioso marco, estaba colgado un mapa antiguo de la isla del Príncipe Eduardo. Lo único que no combinaba del todo era una de las mantas de remiendos de su abuela, doblada a los pies de la cama.

Apenas había prestado atención al cuarto cuando Felix me había llevado allí el día anterior. Fuimos directos desde la playa y nos pasamos el resto del día y de la noche entrelazados como un número ocho. Estábamos cubiertos de arena y, después de la segunda ronda, Felix me envió a la ducha mientras él cambiaba las sábanas antes de meterse conmigo en la ducha. Ya nos habíamos acostado antes, claro, pero esa vez fue distinta. Estábamos conociéndonos como nunca habíamos podido. La primera vez fue lenta, con la frente de Felix sobre la mía y sus besos como si fueran confesiones, igual que sus palabras.

«Tú —no dejaba de decir—. Tú».

«Felix —no dejaba de decir yo—. Más».

Me dolía el pecho por volver a tenerlo al fin y, al verlo arrodillarse en la ducha, con mis manos en su pelo, tuve el ligero presentimiento de que me había metido en un buen lío. Pero era imposible detenernos. Fuimos escandalosos, ávidos y frenéticos. Me sentí como una ardilla; si antes de regresar a la ciudad no conseguía introducirlo en mi sistema, no iba a sobrevivir al invierno.

Me lo quedé mirando. Dormido parecía casi inocente, pero tenía los labios hinchados, y yo los muslos un poco irritados donde me había rozado con la barba.

Con las tripas rugiendo, me levanté de la cama, me puse una de sus camisetas y recorrí el pasillo hasta la cocina. Su casa era pequeña, pero estaba bien cuidada. Contaba con un inteligente revestimiento de pizarra gris que él mismo había sustituido y un estanque a un lado, con unos manzanos larguiruchos más allá. No había casas vecinas a la vista. Felix había reformado el cuarto de baño, cambiado las ventanas y el mobiliario y repuesto las tejas, aunque todavía no había llegado a la cocina. Todo eso me lo contó en el trayecto desde la playa.

—No es gran cosa —me había advertido tamborileando con los dedos sobre el volante. Estaba nervioso.

—Seguro que está genial. —Le coloqué una mano en el muslo—. Pero dejemos la visita guiada para más tarde.

Ya nos estábamos arrancando la ropa antes incluso de cruzar la puerta.

Puse una rebanada de pan en la tostadora y, mientras esperaba, observé una fotografía de la nevera en la que aparecían Felix y Zach delante de la entrada de una de las cabañas. Zach le rodeaba el hombro a Felix con el brazo y los dos sonreían de oreja a oreja. Fui hasta el comedor. Estaba pintado de verde musgo y los muebles eran de color caramelo. En un rincón había una preciosa chimenea de hierro colado. Me pregunté si Chloe había sido su decoradora de interiores, o quizá Joy. Sabía que su ex lo había ayudado con Salt Cottages y sabía que Felix y ella eran amigos, aunque me sorprendía la ansiedad y la incomodidad que me hacía sentir esa realidad.

Había una gran librería que no podía contener todos sus libros, así que estaban amontonados formando pilas ordenadas sobre cualquier superficie. Cogí un ejemplar de *Dientes blancos* de una mesita de teca y lo hojeé. Felix había escrito en los márgenes, marcando con tinta negra sus pasajes preferidos.

La tostadora saltó, pero me había quedado prendada de la estantería. Estaban todos ahí: *Ancho mar de los Sargazos*, *Felix tras la lluvia*, *Grandes esperanzas*, el ridículo libro de autoayuda sobre hostelería…, los diez libros que le había mandado formaban una hilera. Ocupaban un estante propio, expuestos como tesoros entre sujetalibros de latón.

Pasé un dedo por los lomos con el corazón acelerado. Vi *La luz que perdimos*, de Jill Santopolo, que había comprado en abril porque mi librera preferida, Addie, me dijo que debería leer algo escrito este siglo y pensaba que me gustaría. Al leer la contracubierta, deduje que a Felix quizá también. En mayo había elegido *Un lugar feliz*, de Emily Henry, porque me encantaba la idea de que Felix sostuviera esa novela de un rosa tan intenso y porque no se me ocurría ningún lugar más feliz que la isla del Príncipe Eduardo. También había seleccionado *Grandes esperanzas*; era una edición preciosa de tapa dura que le mandé porque un día le oí decir que le encantaba ese libro. Le di la vuelta y lo abrí por una página al azar. Me quedé sin aliento al leer la frase que él había subrayado.

«La amaba contra la razón, contra la promesa, la paz, la esperanza, la felicidad, contra todo el desencanto que pudiera haber en ello».

Enseguida lo devolví al estante, con la sensación de que me habían pillado leyendo el diario de Felix.

—Buenos días.

Me giré. Felix llevaba unos pantalones holgados de algodón por la cadera y no se había puesto camiseta. Una marca de la almohada le iba de la sien a la mejilla y se perdía bajo la barba. Clavó los ojos en los míos, pero no fue una chispa lo que me sorprendió, ni siquiera el crepitar de la electricidad. Fueron todos los momentos que habíamos compartido, todas las cosas suyas en las que me había fijado y las que admiraba.

Yo guardaba en una cajita de cristal los diez paquetes de semillas que me había mandado junto con mi mapa de la isla, pero también había recopilado todos los retazos que conocía sobre él para almacenarlos sin siquiera pretenderlo. De repente todos encajaban, una sucesión de recuerdos que se extendían hasta el infinito: las miradas encubiertas; los besos robados; los libros que se metía en los pantalones; su tranquila ambición; el modo en el que se bebía el té por la mañana, soplando la taza para enfriarlo; la velocidad con la que era capaz de desbullar una docena de ostras; cómo había acariciado mi cuerpo la noche anterior, como si fuera precioso, como si fuera suyo; cómo me había escuchado, con la cabeza ladeada y los ojos ligeramente entrecerrados; sus manos callosas; la manera en que se le movían los músculos de la espalda debajo de la camiseta; cómo ayudaba a cocinar y a limpiar, e iba al súper a por un vino portugués cuando Bridget y yo nos quedábamos sin él; su relajada confianza y las preciosidades que salían por su boca.

Lo había conocido con veintitrés años —con el corazón roto, intentando recomponer la vida— y lo conocí de nuevo con veintisiete, un hombre decidido y firme, el más amable al que había visto nunca.

Me lo quedé mirando sin aire en los pulmones.

—Lucy... —dijo Felix, y parpadeé sorprendida. Cruzó la estancia, me puso las manos en las caderas y buscó mi mirada—. Me ha parecido que durante un segundo no estabas aquí.

Contemplé el estante de los libros que le había enviado, embargada por el pánico. Oí la voz de mi tía la noche que había conocido a Felix: «Ese apuestísimo muchacho está enamorado».

Pero no podía ser. Habíamos ido con cuidado, habíamos dejado los sentimientos fuera de lo nuestro. Yo había tenido que hacerlo, al menos, porque mi tía ya no estaba y debía proteger In Bloom. Debía estar concentrada, no podía tener nada más. No entonces, y no a Felix precisamente. Él vivía en la isla del

Príncipe Eduardo y yo no tenía tiempo para una relación, y mucho menos una a distancia. Además, aunque fuera el caso, era el hermano de Bridget. Visualicé las lágrimas que había vertido mi amiga mientras me contaba que Felix había roto con Joy y pensé en la noche en la que me había comunicado las reglas para nuestras primeras vacaciones en la isla.

«No te enamores de mi hermano. No podría soportar perderte, Bee».

Bridget era la persona a la que más quería, la persona a la que necesitaba más que nunca tras la muerte de mi tía, la persona por la que habría hecho cualquier cosa.

En mi vida había dos pilares fundamentales: In Bloom y mi amistad con Bridget. Tal vez me gustaba más Felix que cualquier otro hombre al que hubiera conocido antes, pero era del todo imposible.

—Tú... —murmuró Felix con una vaga sonrisa—. Tu pelo. —Me lo pasó detrás del hombro y me dio un beso en la sien. Me recorrió el cuello con los labios y me sorbió la carne de debajo de la oreja. Gruñó—. Tu piel. Creo que nunca tendré suficiente.

Me daba la impresión de que no podía respirar. Lo que había entre nosotros se me estaba yendo de las manos, pero ¿y si no solo me estaba pasando a mí?

—¿Lucy? —Felix volvió a mirarme a los ojos pasándome el pulgar por la mejilla—. Ayer no comimos demasiado, debes de estar muerta de hambre. Te voy a preparar pan tostado con mantequilla y beicon.

Mi desayuno preferido.

¿Qué había dicho al visitar Toronto? «Nunca he sido uno de esos tíos a los que les gustan los rollos de una noche».

Mi corazón era un cohete.

—Me tengo que ir —dije—. No puedo estar aquí.

—¿Cómo? ¿Por qué? ¿Va todo bien?

—No. —Negué con la cabeza y eché mano de la primera mentira que se me ocurrió—. Es el trabajo, nuestro sistema de pedidos por internet se ha roto. ¿Me puedes llevar a las cabañas? Necesito usar el portátil.

Felix se me quedó mirando durante un buen rato, escrutándome con el ceño fruncido. Nunca me había observado con esa clase de intensidad, con unos ojos tan oscuros. Sin embargo, asintió y luego, como si hubiera encendido un interruptor, volvió a desprender la luz de siempre.

—Pues claro. —Dio un paso atrás—. Sin problema. Ahora mismo te llevo.

Si Felix supo que le había soltado una mentira, tuvo la gentileza de guardárselo para sí mismo. Nos vestimos y, durante el breve trayecto en coche, él no paró de mirarme. Pero yo no podía hacer lo mismo. Necesitaba no estar junto a Felix, no olerlo, no desearlo, no preocuparme. Mis sentimientos estallaban en mi interior como si fueran fuegos artificiales, una explosión de respeto, cariño y anhelo. Pero ¿para él lo nuestro también había pasado a ser algo más?

—Me voy a pasar todo el día enfrascada en esto —le dije cuando aparcó—. Pero nos vemos mañana, ¿vale? Podemos ir a desayunar antes de que me lleves al aeropuerto. Yo invito. —Salté de la camioneta.

Ya iba por la mitad del camino hacia la puerta cuando Felix me llamó. Se encontraba junto al vehículo.

—Te olvidas del bolso.

Lo sostenía en alto.

—Ah.

Felix vino hasta mí y me pasó el asa del bolso por encima del hombro.

—Todo listo.

—Siento la interrupción. —Me sentía como si estuviera cayendo por un acantilado en dirección al océano y tuviese dificultades para coger aire. Pero Felix sonrió con los ojos brillantes.

—No hace falta que te disculpes, Lucy. —Me guiñó un ojo—. Me lo he pasado bien. Es lo que hacemos siempre, ¿no?

Fue como si me hubiera arrojado una jarra de agua fría. «Pasarlo bien». Eso hacía Felix conmigo, eso y nada más. Él no había perdido el control. Yo sí.

Me esforcé por sonreír.

—Sí, yo también. Ha sido divertido.

—Siempre lo es.

Me dio un beso en la mejilla.

—Te recogeré mañana antes de que salga el vuelo —me dijo, y se asomó por la ventanilla de la camioneta antes de marcharse—. Cuento contigo para desayunar.

Pero no fue Felix quien se presentó al día siguiente en la cabaña.

—Ha surgido un imprevisto —me contó Zach cuando abrí la puerta—. Lobo no puede venir.

28

En la actualidad
Cinco días antes de la boda de Bridget

Estamos recorriendo la costa siguiendo los acantilados. A nuestra derecha, la tierra desciende de forma abrupta hacia el golfo y, a lo lejos, se alzan molinos de viento blancos. Junto a los establos y a las construcciones anexas hay multitud de trampas para bogavantes.

El viaje a North Cape, el cabo de la zona más occidental de la isla, dura una hora, demasiado tiempo para que Zach lleve las piernas encogidas en el asiento trasero. Así pues, voy mirando por la ventanilla para intentar evitar que se me revuelvan las tripas, pero la majestuosidad del entorno se me escapa, aunque Bridget dice que las vistas merecen la pena. Después iremos a comer algo; han comentado que en Tignish sirven un estupendo bocadillo de bogavante.

—En la isla hay sesenta y un faros y farolas —anuncia Zach desde el asiento del copiloto.

—¿A qué te refieres con farolas? —murmuro con voz inexpresiva. Estoy cabreada con todos. Con Bridget por haberme arrastrado a la isla y haberme obligado a cancelar la reunión con Lillian. Con Felix por besarme la mano, por querer encontrar a alguien con quien construir un futuro en la isla y por el emoticono de pulgar hacia arriba que me envió y el año de silencio que le siguió. Con Zach por ser tan listo. Y conmigo por ser tan pero tan tonta.

—Son una especie de faros más pequeños que se utilizan para marcar la entrada a un puerto, así que siempre hay dos. En la isla hay veinte pares.

—Gracias por la información, Zachary —interviene Bridget, y Zach se da la vuelta para mirarla batiendo las pestañas.

De vez en cuando, Felix me observa por el retrovisor, pero yo no lo miro a los ojos. Me he permitido caer en la órbita de Felix, le he permitido que se colara por debajo de mis defensas. Está siendo igual que el año pasado, así que he de guardar las distancias.

Miro por la ventanilla y respiro hondo. Las náuseas no solamente me las provoca el mareo.

—¿Estás bien? —me pregunta Felix.

—No voy a vomitar en tu camioneta, si es lo que quieres saber.

—Avísanos si cambias de opinión.

Zach saca la caja de barritas de nueces que ha traído Felix.

—Lobo es un *boy scout* excelente. Hemos venido preparados.

Aparcamos delante de un enorme edificio situado en la punta de la península. Es el Centro Interpretativo de Energía Eólica de North Cape. En cuanto bajo del vehículo, entiendo por qué se llama así. Mi vestido veraniego ondea sobre mis pantorrillas y tengo que apartarme el pelo de la cara al cruzar las rocas rojizas hacia la orilla. A lo lejos, se alza un faro octogonal con la pintura blanca descolorida. Hoy está nublado y el viento huele a lluvia.

—Tiene más de ciento cincuenta años —nos informa Zach—. Lo construyeron en 1865. No es el más viejo de la isla. El más viejo es el de Point Prim, que es uno de los dos faros circulares de ladrillo de todo Canadá.

Point Prim. Al recordar el julio pasado, cuando Felix y yo visitamos el faro, y el día siguiente, en el que pasamos horas enredados en su cama, me arde el pecho. Sé que me está observando, pero mantengo la vista clavada en el agua.

—Que sí —salta Bridget dándole un golpecito a Zach en el brazo—, que lo pillamos. Eres un cerebrito.

—¿Te has fijado en las mareas? —me pregunta Zach.

Miro hacia donde está señalando.

—Ahí abajo hay un arrecife de roca, el más largo de todo Norteamérica.

—De ahí la necesidad de los faros —explica Bridget—. Con la marea baja puedes pasar caminando sobre él, pero ahora mismo... ¿Lo ves?

—¿Las olas? —Se mecen suavemente, rompiendo unas contra otras sobre una línea que se extiende desde la orilla—. ¿Qué es eso?

—Aquí llegan y se encuentran las mareas de dos direcciones opuestas —dice Zach—. El golfo de St. Lawrence y el estrecho de Northumberland.

Me pongo una mano sobre los ojos a modo de visera.

—Nunca había visto nada parecido. —Al dar un paso adelante atisbo una línea de rocas entre las mareas. Me quedo contemplándolas, embelesada, durante minutos—. Es increíble —termino diciendo—. Pero resulta raro... Las mareas no deberían chocarse así. —Parece una ilusión óptica.

—Pero así es —murmura Felix cerca de mi oído.

Solo al mirar por encima del hombro me doy cuenta de que Zach y Bridget se dirigen hacia la playa. Estamos Felix y yo solos.

—Se atraen irremediablemente —añade en voz baja con los ojos clavados en los míos—. No lo pueden evitar.

La piel de los brazos se me pone de gallina y, durante unos segundos, no puedo apartar la vista. Al final niego con la cabeza y señalo a Zach y Bridget.

—Voy a ir con ellos.

Doy media vuelta y me encamino hacia la orilla, dándole la espalda.

El agua se desliza por el parabrisas formando una cortina húmeda. Felix apaga el motor de la camioneta y los cuatro nos quedamos sentados en el interior, empañando los cristales. La distancia hasta la puerta principal de Summer Wind parece mucho mayor que cuando el cielo no se abre en canal sobre el mundo.

Bridget se ha pasado todo el trayecto de vuelta de North Cape escribiéndole a Miles, al tiempo que Felix me lanzaba miradas por el retrovisor y Zach intentaba rebajar la tensión explicando la dinámica de poder de su liga de baloncesto imaginaria. Estoy harta de los tres. Quiero salir de la camioneta, quiero irme de la isla.

—La lluvia no parará hasta dentro de un rato —dice Zach al oír un trueno—. Deberíamos echar a correr y ya.

A Bridget le suena el móvil. El nombre de Miles aparece en la pantalla.

—Hola —lo saluda—. Te llamo dentro de nada, ¿vale?

Me la quedo mirando boquiabierta cuando le cuelga y ella me devuelve el gesto.

—Bueno —le digo a Bridget.

—Bueno —repite ella.

Fuera estalla un relámpago, igual que mi paciencia.

—Tu boda tendrá lugar dentro de menos de cinco días y estamos sentados en una camioneta en medio de una tormenta en la isla del Príncipe Eduardo. —Mi voz va subiendo de volumen—. Tengo una vida, ¿sabes? Y no está aquí.

—Ya lo sé —repone en voz baja.

—Por el bien de mi salud mental, ¿puedes hacer el favor de contarme de una vez qué coño está pasando?

Bridget se ha puesto roja como un tomate, pero no parece un ángel cabreado. Parece estar a punto de echarse a llorar.

—Te dejo que vuelvas a Toronto, Bee —dice trasteando con el móvil—. Si es lo que tanto te preocupa, compro nuestros billetes ahora mismo.

—Ya sabes que no es eso lo que tanto me preocupa.

Me ignora, concentrada en la pantalla.

—Mañana no hay ningún vuelo.

Me aprieto el puente de la nariz. Mierda.

—Pero hay uno el miércoles por la mañana.

—Gracias a Dios, tengo que largarme de aquí.

—Eso ha dolido —murmura Zach.

—No quería que este viaje saliera así —musita Bridget.

—¿Cómo querías que saliera? —salto—. Dímelo, por favoooor, me muero por saberlo.

Levanta la vista del móvil con los ojos vidriosos.

—Solo quería que pasáramos un tiempo juntas.

—¡Podemos pasar tiempo juntas en Toronto!

—Lo siento —susurra sin discutir. Esta no es la Bridget a la que conozco. Con una última mirada suplicante, abre la puerta y echa a correr hacia la casa.

Ahora mismo no puedo respirar el mismo aire que ella. Ni que Felix.

—Me voy a dar una vuelta —anuncio.

Sin esperar a que me contesten, salgo a la tormenta. La lluvia cae con tanta fuerza que se me clava en la piel, aunque me sienta bien. Es como si el tiempo se hubiera adecuado a mi estado de ánimo. Mi vestido tarda solo unos segundos en empaparse, pegándoseme a las piernas, y el barro rojizo me salpica las pantorrillas. Estoy llegando a la orilla cuando lo oigo.

—Lucy, para.

—¡Déjame en paz! —grito. Me da la sensación de que el relámpago parte el cielo y de que el trueno zarandea la tierra. Soy una nube negra preparada para explotar. Giro a la izquierda y sigo andando.

—El terreno está demasiado encharcado como para caminar por aquí. —Se me acerca.

Logro dar una decena de pasos antes de que me sujete la muñeca. Doy media vuelta. Felix tiene la camiseta pegada al pecho y le caen gotas de agua de las pestañas y de las puntas del pelo.

—¿Estás bien? Cuéntamelo, Lucy.

—Eres la última persona con la que quiero hablar. —Felix se encoge, pero no le doy tiempo para responder—. ¿Por qué me sigues? ¿Por qué finges que te importa? No necesito que seas majo conmigo, Felix. Necesito que me dejes en paz.

—¿Qué te hace pensar que finjo? —Se le forma un surco entre las cejas—. Acabo de seguirte hasta la tormenta. —Se señala la camiseta empapada como prueba—. Me importas, Lucy.

—Te importa follarme. —Es lo que siempre termina pasando.

—Me importas tú, Lucy.

Otro relámpago fractura el cielo. Recuerdo el mensaje que me mandó el año pasado.

—Por favor. Sé que para ti solo soy una diversión, no finjas que soy algo más.

Aprieta los labios mientras me mira fijamente.

—Y eso te molesta.

Parpadeo. Una vez, dos, tres. Felix se me aproxima. No puedo apartar la vista de él. Quiero responder, pero no me creo capaz de hablar con voz firme.

—Te molesta —insiste—, ya lo veo, pero quiero saber por qué. Pensaba que se trataba de pasarlo bien sin más, Lucy. —Da otro paso adelante—. Es lo que aceptamos desde un principio. Es lo que tú querías.

—Bueno, pues para mí ya no es divertido. —Me enjugo la lluvia de los ojos.

Él me aparta un mechón de pelo de la cara y yo giro la mejilla.

—Lucy... —Dice mi nombre con suma suavidad. La palabra hace eco a nuestro alrededor, reverbera sobre los campos y retumba con el trueno.

—No me vengas con esas. No pronuncies mi nombre así.

—¿Cómo quieres que lo pronuncie?

—Sinceramente, como si fuera un rollo, como si fuera la persona a la que mandaste ese absurdo emoticono del pulgar arriba, como si no significara nada para ti. —Se me quiebra la voz, delatándome.

—¿Estás molesta por un emoticono? —Está reprimiendo una sonrisa, que no hace sino conseguir que me enfade más—. Lucy —vuelve a decir. Esta vez con esperanza. Esta vez suena muy parecido a alegría.

—Que no —protesto—. Que no pronuncies mi nombre así, como si fuera importante, como si te hiciera feliz, como si fuéramos amigos. Sé que soy irrelevante. ¡Sé que has salido con otras mujeres y tal! Me da igual. —Levanto las manos para hacer énfasis en la mentira—. Nos hemos pasado un año sin hablarnos. No somos amigos, lo pillo. No somos nada.

Felix da otro paso adelante, ocupando mi espacio, serio de repente.

—Amigos —musita—. ¿Es lo que creías que éramos?

Me lo quedo mirando, con la respiración entrecortada, sin saber cómo interpretar el ardor que desprende su mirada. Tiene los ojos clavados en los míos, como si fuera la última pieza de un rompecabezas. Trago saliva.

—Pensaba que podríamos llegar a serlo.

—Lucy. —Es un gruñido, una vibración que sale de lo más profundo de su pecho—. No quiero ser tu amigo.

Echo la cabeza hacia atrás, pero Felix me rodea la cara con las manos y captura mis labios con los suyos. Me aferra la muñeca y tira de mí hacia él, mordisqueando mi labio inferior con un gruñido. A pesar del sentido común, ese ruido es mi perdición. Separo los labios y le permito entrar. Le paso los dedos por el pelo, sujetándolo contra mí, y nuestro beso se convierte en una colisión urgente de lenguas ardientes, piel mojada y dedos frenéticos. La calidez de su boca, así como su sabor, me estremece todo el cuerpo. Se aparta lo justo para apoyar la frente en la mía, con los ojos cerrados. Me roza la nariz con la suya a la vez que me acaricia las mejillas con los pulgares.

—¿A qué ha venido eso? —susurro—. ¿Qué está pasando ahora mismo, Felix?

—Lo siento —dice—, lo siento mucho. Pensaba que te habías dado cuenta. Pensaba que por eso te habías marchado tan de repente hace un año. Aquello me dolió, por eso no te llevé al aeropuerto. Por eso en este último año no he salido con ninguna mujer que no fueras tú. He intentado olvidarte, Lucy. Significas tanto para mí que, cuando estamos juntos, no puedo pensar, no puedo ni siquiera respirar como Dios manda.

Respira hondo por la nariz para recomponerse. Noto cómo se tensa, como si se estuviera conteniendo. Clava los ojos en los míos con una mirada ardiente.

—Dime que quieres estar conmigo para que pueda volver a besarte —me pide, flexionando los dedos en mis costados.

—Quiero estar contigo —digo—. Ya lo sabes.

Niega con la cabeza ligeramente mientras el agua le gotea por la frente.

—No, dime que quieres estar conmigo de verdad, no solo acostarte conmigo. Estar conmigo.

—¿Estar contigo?

—Eso es.

—¿Para ti lo nuestro no es solo un poco de diversión? —De pronto caigo en la cuenta.

—No, para mí no es solo un poco de diversión. —Me pone las manos sobre las mejillas y fija los ojos en los míos—. Si te digo la verdad, es probable que hace tiempo que dejara de serlo. El verano pasado creía que a lo mejor sentías algo por mí, pero, como te fuiste así..., supuse que me había estado engañando. Creía que sabías lo que sentía por ti, por todo el tiempo que pasamos juntos, por ese día en la playa y esa noche en mi casa. Lucy... —añade acariciándome la mandíbula con el pulgar—, dime que no soy el único que lo siente. Dime que tú también.

Repaso el verano anterior desde una nueva perspectiva. Felix dejó libre una de las cabañas para mí, llenó la nevera, compró el vino que me gusta, me abrazó en el aeropuerto, me sujetó el pelo cuando me puse mala, se quedó conmigo y se aseguró de que estuviera bien, por no hablar de las horas que pasamos juntos en su cama. «Tú», no dejaba de decirme.

He enterrado mis sentimientos por Felix en un jardín secreto bien profundo en mi pecho. No pensaba que él hubiera hecho lo mismo.

—Sí —susurro—. El año pasado también lo sentía. No eres el único —le aseguro—. Quiero estar contigo, Felix.

Me pasa los dedos por el pelo esbozando una sonrisa y me da un beso suave.

—Durante más de una sola noche, Lucy —dice—. Quiero estar contigo durante más de una sola noche.

—¿Durante dos? —Sonrío.

—Más.

—Más —convengo. En cuanto esa palabra sale de mi boca, acerca sus labios a los míos. Pero un beso no es una forma lo bastante fuerte de describir el modo en el que Felix se apodera de mi boca. Me sorbe y me muerde, su lengua es indecencia pura, mientras me agarra con más fuerza la espalda para atraerme hacia él.

—Tú —murmura—. Es como si estuvieras hecha para mí.

Un trueno sacude la tierra mientras bajo la mano a su cinturón.

—Más. —Esa palabra significa muchas cosas al mismo tiempo.

—¿Aquí? —Oigo su risilla a la vez que lleva los dedos hasta el lazo del hombro de mi vestido, aunque se detiene, mirando alrededor—. Quizá aquí no.

Felix me coge de la mano y me lleva hasta donde la roca y los acantilados crean una cueva privada para los dos. Enseguida nos estamos besando de nuevo. Vamos calados hasta los huesos, pero no tengo frío. Creo que jamás volveré a notar el frío. Podría saborear eternamente la lluvia en la lengua de Felix.

Le desabrocho los pantalones y él deshace el lazo de mi vestido. Está empalmado: duro, grueso, perfecto. Lleva los labios a mi cuello, me los baja por el pecho y, tras lanzar mi sujetador a la arena, me chupa un pezón y luego el otro, como a mí me gusta. Después, más fuerte y, luego, con los dientes. Me sube el vestido hasta los muslos. Yo lo ayudo. Me quito la ropa interior mientras él se saca un preservativo del bolsillo.

—Siempre preparado —dice rodeándome una pierna con un brazo para sujetarme abierta ante él. Y qué sensación más maravillosa cuando me penetra lentamente, qué felicidad. Me arqueo hacia atrás, alzando la barbilla. Pero cuando empieza a mecerse es demasiado: me falla la otra pierna.

—No puedo hacerlo de pie.

—Muy bien —repone. Me agarra del culo para levantarme del suelo. Suelto un grito y le rodeo la cintura con los muslos.

—No vas a poder aguantar en esta postura. —Nos resbalamos mucho.

—Ponme a prueba.

Lo estrujo con las piernas como si fuera una pelota antiestrés. Me da miedo caerme en la arena.

—Relájate, Lucy. Te tengo.

—Más te vale —murmuro destensándome. Felix se recoloca y, a continuación, se hunde tan adentro de mí que cojo una bocanada de aire por la sorpresa. Cuando me embiste otra vez, me veo obligada a cerrar los ojos.

—¿Estás bien?

—Fantásticamente —balbuceo.

Suelta una risa tensa a modo de respuesta. Apoyo la cara en su cuello y lo estrecho contra mí. Cada vez que suspiro sobre su piel, me aprieta más con los dedos. Me parece surrealista, como siempre que hemos estado juntos, pero de otra forma, más primitiva, implacable. Es demasiado y, a la vez, no es suficiente. Me corro tan rápido que me cabreo un poco conmigo misma.

—¿Y esa cara? —me pregunta aminorando el ritmo y besándome con suavidad.

—Demasiado pronto —repongo.

—¿Te apetece llenarte de arena? —murmura.

Acto seguido se tumba sobre la arena mojada y me pongo encima de él para besarlo, para saborearlo, para redescubrir cada centímetro de su cuerpo. Sigue lloviendo, pero ya menos. El agua está caliente. Cuando me vuelvo a correr, Felix también estalla, con los labios sobre mis lunares.

Sin aliento, me tumbo encima de él como si fuera una sábana. Me pasa una mano por la piel de gallina del brazo.

—Volvamos a la casa. Así te secas un poco.

Felix me ayuda a incorporarme, me abrocha el vestido y me arrima a su costado. Regresamos a Summer Wind. Vamos contentos, riéndonos y cubiertos de arena.

29

En la actualidad

La casa está vacía. Felix y yo llamamos a Bridget, pero no está en su habitación, ni en el cuarto de baño, ni en la cocina. Tampoco está viendo la televisión. No está en ninguna parte. Miro el camino de entrada: la camioneta de Zach ha desaparecido, y la de Felix también.

—Eh... —digo volviendo a entrar—. Creo que nos han abandonado.

Felix se encuentra junto a la mesa de centro, empapado y hecho un desastre. Nos hemos sacudido lo mejor que hemos podido, pero aun así hemos traído la mitad de la playa con nosotros. Creo que mi vestido se ha echado a perder. Empiezo a reírme, pero entonces veo el trozo de papel que sujeta en una mano.

—¿Qué es eso?

Felix me lo entrega. Aparece mi nombre escrito arriba del todo, con la letra de Bridget.

—No lo he leído —me asegura.

Bee:

Sé que estás molesta conmigo, y lo siento. Sé que te he pedido que pusieras en pausa tu vida al venir aquí por mí, cosa que te agradezco mucho. He comprado nuestros billetes para el miércoles por la mañana, los pago yo. El avión sale a las diez.

He quedado con Miles en Charlottetown, aterriza esta noche. Hay algunas cosas que debemos resolver en persona, pero te prometo que te lo explicaré todo cuando volvamos mañana.

Eres la mejor amiga del mundo y te quiero mucho.

B

P. D.: Dile a Lobo que le he cogido prestada la camioneta.

Cuando he terminado de leerla, se le entrego a Felix. Conforme va desplazando los ojos por la hoja, se le va endureciendo la mirada y le tiembla un músculo de la mandíbula. Sin embargo, al alzar la vista y encontrarse conmigo, el hielo se derrite. Me pasa un brazo por el hombro y me atrae hasta él, poniéndome los labios sobre la frente. Es un gesto cariñoso y desenfadado, y la tranquilidad con la que lo ha hecho resulta un pelín sorprendente.

—Espero que no te importe que esta noche estés atrapado aquí conmigo —le digo.

—Se me ocurren cosas peores. —Vuelve a observar la nota—. ¿La llamamos?

—No. Dejémosla en paz. —Me confunde a qué se refiere con «todo», aunque también albergo la esperanza de que, si ha quedado con Miles, entonces la boda sigue en pie—. La quiero, pero este viaje ha sido un caos.

—No todo ha sido malo. —Me roza el labio inferior con el pulgar.

Felix clava los ojos en los míos. Conozco esa mirada, ese fuego azul.

—¿Vamos a la ducha? —me pregunta.

—Vamos a la ducha.

Nos pasamos la tarde tan entrelazados que no sé a ciencia cierta dónde termina Felix y dónde empiezo yo. Cuando me rugen las tripas, me levanta de su antigua cama.

—Salgamos por ahí.

Tras vestirnos, Felix me lanza las llaves del Mustang, pero tropiezo con la alfombra al intentar cogerlas.

Él las recoge del suelo y me las tiende.

—Conduces tú.

Después de unos cuantos trompicones por las marchas y unos cuantos recordatorios por parte de Felix, le vuelvo a pillar el truquillo. La lluvia ha amainado, pero sigue habiendo nubes lúgubres; el sol del atardecer se pone entre ellas. Las sombras se alargan y en los campos refresca mucho. El mar está oscuro y centellea, prometedor. El perfil de Felix está bañado en tonos anaranjados y dorados. Tras subir una colina, nos encontramos ante las espectaculares vistas de los acantilados. Suelto una gran exhalación.

Sigo las instrucciones de Felix para detenerme ante un puesto de *fish and chips* de la carretera y doblo las toallas que él ha cogido de casa para ponerlas sobre la mesa de pícnic, que está húmeda. Nos sentamos uno junto al otro, dándonos besos con los muslos y entrelazando los tobillos.

Sin preguntar, Felix abre un par de bolsitas de kétchup y lo vierte sobre mis patatas fritas. Es como me gusta comerlas, con gotas irregulares de salsa roja y unos bocados más dulces que los demás. Son los detalles que hemos almacenado uno sobre el otro.

Cuando ha terminado, poso los labios sobre los suyos.

—Gracias.

—¿Por el kétchup?

—Por el kétchup.

Abro tres bolsitas más y las vacío formando un charquito para mojar las patatas al lado de su ración, como a él le gusta.

—No me puedo creer que tengas que marcharte dentro de dos días —dice—. Acabo de recuperarte.

—Ya lo sé. —Pero estoy sonriendo. «Acabo de recuperarte». No sé qué hay entre nosotros, aunque ya me gusta.

—A finales de semana iré a Toronto para la boda.

—Soy consciente de ello.

—He reservado habitación en un hotel. —Sus ojos forman la pregunta.

—Cancélalo —le digo—. Quédate conmigo.

—¿Tu cama es de color rosa? —Su sonrisa es magnífica.

—¿Es importante el color?

—Me gustan tus rosas. —Baja la vista hasta mis labios.
—Lo dices como si fuera algo sucio.
—Quizá lo sea.
—Bueno, pues la cama es blanca. Las paredes están pintadas de rosa claro.
—Perfecto.
—Felix Clark entre las farolas de las calles, el tráfico y los rascacielos. Estás hecho para la Costa Este, pero me gusta imaginarte en la ciudad.

Titubea y me limpia con el pulgar un poquito de kétchup que me manchaba la comisura de los labios. Después se chupa el dedo.

—Estoy hecho para muchas cosas.

Voy a echar de menos este lugar. Voy a echar de menos a este hombre.

Al regresar a Summer Wind, nos detenemos en un mercado y Felix compra ostras para el postre.

—Nunca te cansas de ellas, ¿eh? —exclama cuando me he zampado ocho. Estamos acurrucados en el sofá exterior, con velas de citronela titilando en frascos por todo el porche.

Estrujo una rodaja de limón sobre la novena.

—Nunca.

—Sigues comiendo como si no fueras de aquí —añade con cariño.

—Es que no soy de aquí.

—Has estado tantas veces en la isla que ya eres prácticamente una isleña.

—Creo que las leyes de la isla estipulan que debes pasar por lo menos tres inviernos en la isla del Príncipe Eduardo antes de ganarte ese título.

—En realidad, son cinco. —Felix sonríe—. Me gustan las ostras, pero no es mi comida favorita.

Echo atrás la cabeza con los ojos como platos.

—¿Perdona? Creo que no tienes permiso para hablar así. A lo mejor no te dejan competir el año que viene.

—Prefiero el pescado y el marisco cocinado. Soy más de *fish and chips*.

—Me parece sumamente ofensivo, rozando lo escandaloso. No me extraña que hayas tardado tanto en confesarlo.

Felix se ríe, pero se prepara una ostra y vierte salsa picante por encima.

—Hay muchas cosas que todavía no sabemos el uno del otro.

—Mmm..., es verdad. Cosas importantes. Por ejemplo, tu color preferido.

—El rosa.

—Ese es mi color preferido.

—El mío también —dice—. Rosa como tu maleta, rosa como tus labios, rosa como el vestido de rayas con los botones y las hebillas de tus sandalias, rosa como el lazo de tu camisón: rosa Lucy.

No pienso siquiera que esté bromeando.

—Rosa Lucy. Eres... —Niego con la cabeza—. Te gusto.

—Sí.

—Voy a tardar un poco en acostumbrarme a eso. —Respiro hondo—. Es como...

—¿Como un sueño?

—O como una fantasía explícita.

Se echa a reír.

—¿Tu número preferido? —le pregunto.

—Uy, empezamos con las preguntas difíciles. El seis.

—¿Y eso?

—Cuando cumplí seis años, anuncié que era mi número preferido y mi padre me dijo que, cuando cumpliera siete, el siete sería mi número preferido. En ese momento decidí que jamás renunciaría al seis.

—Qué entregado. El mío es el trece. Siento la necesidad de darle amor.

—Muy generosa, muy Lucy.

—¿Segundo nombre?

—Edgar.

—Felix Edgar Clark —repito—. No me suena nada mal.

—¿Y el tuyo?

—Beth. No es tan emocionante como Edgar.

—Lucy Beth Ashby. —Arquea una ceja—. Sí que suena emocionante.

—Ja. Si pudieras ir a cualquier lugar del mundo, solo a uno, ¿dónde sería?

—A Australia. —Contempla el agua—. Miles me ha contado muchas cosas y me gustaría verlas con mis propios ojos. —Se le ha suavizado el tono. En cuanto vuelve a mirarme, parece..., no lo sé, ¿triste?, ¿vacilante?

—Es un vuelo muy largo —digo.

—Pues sí. A lo mejor podrías hacerme compañía. Algún día podríamos ir juntos y estar en una playa diferente, delante del Pacífico.

—Algún día. —Me gusta la idea de imaginar un futuro con Felix en él—. ¿Te puedo hacer una pregunta más personal?

—Vale. —Felix me devuelve la atención.

—He oído la versión de Bridget de tu ruptura con Joy, pero no la tuya, y tengo curiosidad.

Se desliza una ostra entre los labios y la mastica lentamente.

—¿Hay algo en particular que quieras saber? —dice al cabo de un minuto.

—Lo que quieras contarme.

—Supongo que ya debes de conocer la mayor parte de la historia. —Se rasca la nuca. Noto su reticencia y advierto que esa herida no se ha curado por completo—. Cuando empezamos a salir, yo tenía quince años, y Joy, dieciséis, pero nos conocíamos de toda la vida. Para cuando cumplí los doce, supe que me gustaba. Joy jugaba al hockey de una manera... —Deja la frase a medias y menea la cabeza como si todavía lo sorprendiera.

»En cierto sentido —prosigue—, creo que ese fue nuestro problema. Cuando Joy y yo comenzamos a salir, enseguida se convirtió en una relación seria. La forma en la que progresó fue más una inevitabilidad que una decisión nuestra; seguimos el camino que creíamos que debíamos seguir. Ella decidió irse a estudiar a la universidad y yo me quedé en la isla. Nos pasamos los fines de semana visitándonos cuando podíamos y los dos dejamos pasar algunas cosas. No estoy diciendo que no nos quisiéramos. Sí que nos quisimos. —Se encoge de hombros—. Pero crecimos.

—Y la ruptura fue dura.

—Dura no, lo siguiente. Mi madre y mi padre estuvieron presentes en la pedida, y los de Joy también. Los cuatro organizaron una fiesta enorme para todos nuestros amigos y familiares y me arrodillé delante de todos. Joy se echó a llorar; me pareció que por la alegría. Me dijo que sí y rompió conmigo poco después. Fue impactante... y dolorosísimo.

Está sumido en los recuerdos, en el dolor latente.

—Lo siento mucho.

—No pasa nada. —Felix me apoya una mano en la rodilla—. Entre nosotros ya no hay nada. Joy sale con alguien y... —Me da un beso—. Y quizá yo también.

Lo suelta como si tal cosa.

Quizá. Quizá lo nuestro funcione.

—¿Qué es lo que estás buscando? —le pregunto—. De esto, de nosotros.

Felix deja el plato, me quita el mío de las manos y lo pone sobre la mesa de centro. Se inclina hacia mí y me encierra la cabeza con los brazos.

Me da un beso.

—Esto.

Otro.

—Pero ¿no solo esto?

Niega con la cabeza y lleva la boca sobre mi oreja.

—No, más que esto.

Ladeo la cabeza cuando baja los labios a mi pecho.

—Creo que tengo que ir poco a poco —le digo. Y está más claro que el agua que tengo que contárselo a Bridget—. No se me da bien. No se me da bien el más.

Felix alza la cabeza y clava los ojos en los míos. Firmemente.

—A mí sí.

Nos pasamos el resto de la tarde en el sofá de la sala, debajo de una manta. Llevo una de las sudaderas de Felix, negra con capucha y cordones blancos, y nada más, aparte de mis bragas más bonitas y un par de calcetines gruesos. Él viste solo ropa de deporte, ya me he vuelto adicta a verlo con ella. Me he vuelto adicta a verlo con cualquier cosa.

Felix ha puesto *The Great British Baking Show*, pero en realidad no lo estamos viendo. Nos sonreímos, nos besamos, enlazamos los dedos.

Es como si estuviéramos jugando, probando cómo sería una relación, pero estoy muy tranquila, muy cómoda.

Como si hubiéramos pasado mil noches como esta.

Me llevo la manta a la nariz y aspiro hondo. Quiero recordarlo todo de este instante.

—¿Qué te pasa con las mantas?

—Uf, son lo mejor que hay. La lana es supersuave, y mira el color. —Es de un amarillo limón—. Me encanta que huelan igual que la casa.

—Las confeccionan en la isla —me dice señalando la etiqueta. Esta procede de la fábrica de lana de los Macausland—. Por Bloomfield. Mañana te puedo llevar si quieres.

—Sí. ¿En serio?

—Claro. Nunca he visto a nadie tan emocionado por una manta.

—Voy a tener que pedirte que te revuelques en ella para que absorba todo tu olor.

—¿Perdona? —Se ríe.

—Estoy enganchada a ese aroma —le aseguro—. Podría embotellarlo y ganar una fortuna.

—Eres una mujer muy rara —me dice—, pero estaré encantado de revolcarme en tu manta.

—Así me gusta.

Nos besamos, nos susurramos al oído, nos cogemos de la mano.

—No sé si me gustas más con barba o sin ella —comento entornando los ojos—. Así estás demasiado bueno. —Felix sonríe y le acaricio el hoyuelo—. Pero me da la sensación de que la barba hace que tus ojos destaquen todavía más.

—Mi rasgo más poderoso.

—Son letales. —Suelto un suspiro exagerado—. Son un auténtico enigma.

—Avísame cuando lo resuelvas. Estaba probando a afeitarme para la boda, pero quería tener tiempo para volver a dejarme la barba por si era un error.

—Eso es muy vanidoso para venir de ti, Felix Clark.

—Bueno, es que iba a verte a ti. —Tira de mí, subiéndome sobre su regazo, hasta que quedo a horcajadas encima de él. Me estruja los muslos por detrás—. Quería tener el mejor aspecto posible.

—Yo me compré un vestido muy sexy, con una abertura altísima en el muslo, pero el cuello llega hasta aquí. —Me señalo por encima de la clavícula—. No quería que me vieras...

—¿Ruborizada? —termina la frase por mí.

—Exacto. —Noto cómo me sube la temperatura en el pecho.

—Te estás ruborizando ahora, ¿verdad? —Mete una mano por debajo de la sudadera y me sube los dedos por el estómago.

—No. —Me acaricia el pezón con el meñique.

Después pone la mano sobre mi esternón.

—Noto lo caliente que tienes la piel y te late rapidísimo el corazón.

—Son imaginaciones tuyas —digo al tiempo que el rubor se va extendiendo bajo sus dedos.

—¿En serio? —Enarca una ceja—. Brazos arriba, pues.

Me quedo quieta unos instantes, aunque acabo obedeciendo. Lentamente, Felix me quita la sudadera mientras coge aire entre dientes. Presencio cómo me analiza: primero, con los ojos; luego, con las manos, siguiendo el rubor con los dedos.

Agacho la cabeza para besarlo en la mejilla, en la boca y en el cuello. Cuando le aparto el cuello de la camiseta para saborear su piel, suelta un murmullo.

—Yo te lo he enseñado a ti. —Lo agarro del dobladillo.

Cuando le quito la prenda, me aparto de su regazo, llevándolo conmigo. Me tumbo de espaldas, ya que quiero sentir su pecho desnudo contra el mío. Me encanta que esté tan duro donde yo estoy tan blanda. Me recorre los lunares, me besa la marca de la base del cuello y luego me mira a los ojos mientras se coloca entre mis muslos. Aunque sigue medio vestido, por el modo en el que lo tengo pegado a mí —todo su cuerpo sobre el mío—, y aunque estoy molida por el polvo de la playa y el de la ducha, ya estoy excitada.

—Quiero dejar algo muy claro. —Menea las caderas encima de mí.
—¿Mmm? —digo con los ojos cerrados.
—Mírame, Lucy.
Lo miro a los ojos.
—Tú y yo… Se nos da muy bien esto, pero somos más que esto.
—Vale —musito.
Me acaricia la mejilla con el pulgar, y luego, el labio inferior.
—Iré todo lo lento que quieras. —Me da un beso y me roza la nariz con la suya.
—Gracias —le contesto. Le rodeo las caderas con las piernas y le doy un beso largo—. Pero ahora mismo no me interesa ir lento.

30

En la actualidad
Cuatro días antes de la boda de Bridget

A las cuatro y media no suena ninguna alarma. No nos escabullimos. Felix y yo estamos en un cuarto de baño moteado por la luz del alba. Está enredado con mi cuerpo, desnudo. Los recuerdos de anoche vuelven a mí en cuanto Felix me da un beso de buenos días en el hombro.

Su lengua y la mía, manos sobre la piel, las suyas en mi cintura.

«He esperado mucho tiempo para esto».

«Joder, eres una maravilla».

Músculos temblando, cruce de miradas, éxtasis, alivio.

—Quédate —me dice—. No hay prisa, no tenemos nada que hacer, no hay sitio al que ir.

Vuelvo a dormirme, pero, cuando me despierto de nuevo y me pongo el camisón, él ya no está en la cama. Noto músculos del vientre que creía que no existían hasta que pagabas a un entrenador personal para que te los identificara. Me duelen los muslos. Ayer la cabeza y las caderas de Felix estuvieron entre ellos en innumerables ocasiones.

Lo encuentro en la cocina cortando fresas. En la encimera hay un jarrón vacío y unas cuantas flores.

—¿Y todo esto?

—Buenos días a ti también. —Me acerca una fresa a los labios. Saboreo la fruta, ese estallido de verano, y luego su dedo—. Lucy... —Al verlo morderse el labio, pienso en que ponerme de rodillas a primera hora de la mañana parece una forma estupenda de empezar el día, pero me dice—: Más tarde. Te he traído provisiones. Las he sacado del jardín de mi madre y necesitan agua.

Le suelto el dedo y examino los delfinios, las bocas de dragón, los guisantes de olor y las margaritas.

—A tu madre no le hará ninguna gracia —le aseguro. Nuestro amor por la jardinería es algo que nos unió a Christine y a mí. Cuando visité la isla hace tres años por Acción de Gracias, la ayudé a separar peonías y replantarlas, pero sé que prefiere ver sus flores en el exterior, no encima de una mesa.

—Si fuera yo quien mete sus flores en un jarrón, me mataría. Pero ¿tú? Estará encantada.

—¿En serio?

—En serio. —Me da un beso en la sien—. Se me ocurre una idea. —Una frase muy típica de los Clark.

—Ay, ay.

Sonríe de medio lado.

—Se me ha ocurrido que esta noche podríamos cocinar algo para Bridget y Miles. Tengo la sensación de que lo van a arreglar, y así les podemos contar lo nuestro. Y brindar por el futuro.

—Eres un hombre muy considerado —le digo dándole un beso—. Había olvidado que Bridget y Miles existen. Había olvidado que el resto del mundo existía. —Pero existe y Felix y yo vamos a estar juntos en él. Vamos a contarle la verdad a Bridget, no queda nada que ocultar. Me cuesta imaginar lo diferentes que serán las cosas.

Vuelvo a contemplar las flores.

—Gracias por traerlas.

—De nada. —Felix me aparta el pelo para besarme el cuello—. Voy a preparar pan tostado con mantequilla y beicon —añade.

—Cómo no.

—¿Qué quieres decir? —Sonríe.

—Pues que es mi desayuno favorito.

—Ya lo sé.

—Y eso quiere decir que eres perfecto.

—Qué va.

Empiezo a recogerme el pelo para apartármelo de la cara, pero Felix me pide que me dé la vuelta, así que me sitúo frente a los armarios. Me acaricia la espalda con los dedos al cogerme el cabello con las manos y noto un suave tirón.

—¿Qué haces?
—Te ayudo. —Más tirones. Me está trenzando el pelo.
—¿Cómo es posible que sepas hacer trenzas?
—Por las Barbies.
—¿Por las Barbies?
—Mmm. Crecí con una hermana mayor muy mandona.

Me da un último tirón y, acto seguido, desplaza los dedos hasta mi muñeca para quitarme la goma de pelo que llevo.

—Así mejor —exclama, y me da un beso en la mejilla. Señala las flores con la cabeza—. Ahora ponte a trabajar.

Mientras él me prepara un café, corto los tallos. Cuando empieza a cocinar, ya he llenado el jarrón, pero Felix me ha traído muchísimas flores, así que voy a por algún otro jarrón de vidrio de los que Christine guarda en el cobertizo. Preparo media docena antes de que él termine el desayuno. Me encanta la sensación de tener las podadoras en las manos, lo satisfactorio que resulta cortar cada tallo a ojo por la longitud adecuada, equilibrando los arreglos hasta tener la disposición que quiero. Silvestres y vaporosas, caen contra el borde del jarrón como si no hubiera forma alguna de contenerlas, pero lo hago. Las estoy conteniendo. Son mis pinturas, y yo, la ilustradora. Son mi arcilla, y yo, la escultora.

Estoy aquí y en ningún otro lugar. Estoy aquí con estas flores que Felix ha seleccionado para mí. No hay ninguna novia a la que me preocupe complacer, no hay ningún cliente al que intente impresionar, no estoy dándome prisa para terminar antes de que aparezca la furgoneta de los envíos.

Esto es lo que me encanta hacer: crear, dar forma, elaborar arreglos florales.

Por primera vez en muchísimo tiempo me dejo llevar por mi imaginación. Me visualizo con un jardín de mi propiedad, como hacía antes, yendo y volviendo del trabajo con el coche, dibujando en mi cuaderno.

Cuando he terminado, dispongo los arreglos sobre la mesa; el más grande en el centro y los demás alrededor. No se acerca en absoluto a mi conjunto más elaborado, pero puede que sea el más bonito. Miro a Felix, que está delante de una sartén en la que chisporrotea el beicon, y pienso: «Más. Felix».

—¿A qué hora aterriza tu vuelo el viernes? —Lo abrazo por detrás. Él sigue ante los fogones y yo recuesto la cara en su espalda, aspirando su aroma con ganas.

—A las once y algo —responde—. ¿Todo bien por ahí?

—Creo que no podría vivir sin este olor.

—Lucy... —Se da la vuelta para darme un beso en la sien—. La de cosas que salen por esa boquita tuya.

—La de cosas que entran en esa boquita mía. —Le muerdo el lóbulo de la oreja.

Se echa a reír, pero la carcajada se transforma en un gemido.

—Para —me dice—. Estoy intentando darte de comer.

Le acaricio el torso con una mano.

—Lucy... —Gira la cabeza y me mira por encima del hombro, pero bajo más la mano.

Felix apaga el fuego y se da la vuelta, aferrándome la cintura con fuerza para atraerme contra su cuerpo. Lo envuelvo con los brazos.

—Ya había imaginado esto —me confiesa recorriéndome la espalda con las manos—. A ti y a mí juntos en la cocina.

—¿Cocinando? —le pregunto mientras le aparto un mechón rebelde de la frente.

—Cocinando, besándonos, follando encima de la mesa.

—Me gustan estas historias tan bonitas que cuentas —le suelto—. ¿Lo de tener una cabaña en el mar es algo típico de la Costa Este?

—Pues claro. Todos los isleños tenemos un picadero en el mar. —Lleva los labios a mi oreja—. Aunque en mi versión no estamos en la cocina de mis padres.

—Vale. Sigue con el desayuno, anda.

Comemos en el porche con los platos sobre el regazo. Él se ha sentado en su butaca, y yo, en mi hueco del sofá. El sirope de arce es de los buenos y el pan tostado con mantequilla sabe mejor cuando es Felix el que lo prepara. Hay un cuadrado de la mantequilla de Cows Creamery derritiéndose sobre la gruesa rebanada. El sol brilla tanto que sume el perfil de Felix en las sombras; tan solo diviso su gloriosa silueta. No veo lo que dicen sus ojos, pero no me hace falta. Ya lo sé.

Es un día precioso: el cielo está azul; la hierba, verde; los acantilados, rojos. Cantan los pájaros, canta la brisa, un zorro camina por el césped sin preocuparse por nuestra presencia.

Es el sitio que más me gusta.

Esta mañana he hablado con Farah para asegurarme de que todo salió bien en la subasta de las flores y le he mandado un mensaje a Bridget para preguntarle cuándo llegará con Miles, pero no me ha contestado. Me pone nerviosa contarle lo de Felix, mucho más ahora que es posible que estemos juntos. Yo quiero que estemos juntos, pero también tengo la sensación de que llevo cinco años con un gran peso a la espalda y quiero liberarme de él. Quiero hablar con mi mejor amiga sobre el chico que me gusta.

—¿Cómo vamos a hacerlo? —le pregunto cuando hemos acabado de desayunar. Me da que Bridget se pondrá histérica. Espero que no decida que no quiere saber nada de mí. Si ese no es el caso, va a querer conocer nuestro plan.

Felix arquea una ceja.

—Lo nuestro —aclaro.

Se levanta sigilosamente y se sienta a mi lado. Tras ponerse mis pies sobre los muslos, empieza a masajearme la planta del pie izquierdo con los pulgares.

—¿Cómo quieres que lo hagamos?

—No lo sé, pero tu hermana nos lo va a preguntar. Me ha parecido inteligente tener una respuesta.

—A ver, en primer lugar, sé lo bien que os lleváis Bridget y tú, pero no tienes que darle una respuesta si no la tienes.

Recapacito sobre sus palabras.

—Pero quieres tener una respuesta —añade Felix observándome.

Asiento con la cabeza.

—Una aproximada.

—Vale.

—Quiero saber si vas a seguir conociendo a gente.

—¿Tú vas a seguir conociendo a gente?

Me muerdo el carrillo.

—¿En qué estás pensando, Lucy?

—Estoy intentando decidir lo sincera que debería ser contigo.

—Del todo sincera —repone—. Podré encajarlo.

Veo cómo me acaricia el arco del pie con los dedos.

—Hace mucho tiempo que no estoy con nadie.

—Define «mucho tiempo». —La mirada de Felix es abrasadora.

—En el último año no he estado con nadie más, pero yo no soy tú —me apresuro a añadir.

—Lucy, quiero que sepas que en el último año he salido con dos mujeres. Intentaba pasar página. —Me lanza una mirada cargada de significado—. Nadie te llega a la suela del zapato.

—Pero pongamos que conoces a una persona que te interesa.

—¿Qué te parece si no vamos por ahí? No me interesa nadie más.

—A mí tampoco.

Sonríe.

—Muy bien —dice dándome un apretón en el pie—. Nuestras reglas están muy caducadas. Esta podría ser la primera de las nuevas: solo estaremos tú y yo.

—¿Y qué les contamos a nuestros amigos y familiares?

—Pues que estamos juntos. Y les pedimos que no nos atosiguen mientras averiguamos cómo va a funcionar nuestra relación.

Me parece radical.

—Eres un tío fantástico —le digo tocando el surco de su barbilla—. Ojalá fuera como tú.

—Ya hay uno como yo. Necesitamos que tú seas tú al cien por cien.

—¿Eres real? —Me lo quedo mirando.

Baja la vista para mirarse.

—Creo que sí. —Se da una palmada en el pecho—. Me siento real.

—Bueno, pues no pareces ni suenas real, Felix Clark.

—Si quieres, te demuestro lo real que soy.

—¿Aquí mismo?

—Ahora mismo. —Le arden los ojos.

—Qué atrevido.

—Mucho.

—Pero también eres el hombre más considerado, leal y excesivamente atractivo que he conocido nunca.

—¿Excesivamente atractivo? —Le tiemblan los labios.

—Sí —contesto, y le doy un golpecito con los dedos de los pies—. Es hasta de mala educación. Lo pensé la noche que nos conocimos.

Felix alza las comisuras de los labios.

—Puedo ser más mal educado.

—Demuéstramelo entonces.

Se levanta y me lleva con él. Me desnuda con cuidado, como si fuera un regalo delicadamente envuelto, me pasa la trenza detrás del hombro y me desata el lazo del cuello con los ojos clavados en los míos. Esa mirada... la noto entre las piernas. Abre uno a uno todos los botones del camisón y me lo quita, dejándolo caer sobre la madera del porche. Estoy desnuda, vestida solo con la luz del sol. A lo lejos hay casas, ubicadas sobre los acantilados, pero, a no ser que tengan prismáticos, disponemos de intimidad.

Alargo un brazo hacia su camiseta, pero Felix niega con la cabeza.

—Túmbate, Lucy.

A media mañana paseamos hasta la orilla del mar. Felix lleva una colcha vieja, la que los Clark usan como manta para la playa, y descansamos sobre la arena, agotados por el sexo.

No quiero volver a trabajar, nunca lo he visto tan claro como en estos instantes. Quiero hacer arreglos florales, pero me olvidaría ahora mismo encantada de todo lo demás —la reunión con Cena, los interminables correos, los puestos que debo cubrir—. No me había dado cuenta hasta este momento, pero estoy quemada.

Felix y yo estamos tumbados frente a frente mientras él me acaricia el brazo con los dedos.

—Cuéntame tus defectos —digo—. Debes de tener alguno.

—Tengo muchos.

—Por ejemplo...

—No siempre se me da bien gestionar las emociones. A veces me abruman y me parece más fácil ignorarlas o fingir que lo que siento no existe. —Hace una pausa—. Y no me van mucho los riesgos.

—¿Qué clase de riesgos?

—Todos. No me gusta ninguno. Como bien sabes, en el pasado salí escaldado y, aunque reconstruí mi vida, no puedo volver a hacerlo, así que me aseguro de hacer bien las cosas a la primera. Ir lento a mí también me parece bien.

—Esa podría ser nuestra segunda regla —digo—. Iremos poco a poco.

Me da un beso suave.

—Tengo una idea.

—Uy.

—Sobre cómo hacer que lo nuestro funcione, que antes nos hemos desviado. Es muy directa. ¿Quieres que te la cuente?

—Pues claro.

—Cuando vaya a Toronto para la boda, estaremos cuatro noches juntos. Tú has pasado mucho tiempo en mi mundo, quiero pasar más en el tuyo.

—¿De verdad? Si odias la ciudad.

—No la odio. Quiero que me enseñes tu piso, quiero saber dónde guardas las semillas que te he ido mandando.

—En mi escritorio, en una caja de cristal, en el antiguo cuarto de tu hermana.

—Quiero ver la caja en tu escritorio, quiero ver cómo preparas arreglos florales y luego ir a la vinoteca contigo. En lugar de decirte adiós por la noche, volveremos a tu piso y nos despertaremos juntos por la mañana. Quiero ver qué cafetera tienes.

—¿Cafetera? —Me estoy riendo.

—Sí, quiero poder imaginar exactamente dónde estás cuando no estemos juntos.

—Te enseñaré mi cuaderno, en el que he dibujado todas mis ideas para la granja.

—Eso es lo primero que quiero ver.

—Me gusta este plan.

—Genial. Así que iré a Toronto para la boda y luego ahorraremos para poder viajar. Tú vendrás aquí en septiembre y yo iré allí en octubre.

—Pero me encanta la isla en octubre. Quiero disfrutar de otro festín de Acción de Gracias con la familia Clark.

—Pues yo iré a Toronto en septiembre. —El hoyuelo reaparece—. Y tú vendrás aquí en octubre. A mis padres les encantará.

Podría funcionar. Nos mandaremos mensajes, hablaremos, nos enviaremos desnudos de buen gusto, nos enviaremos desnudos de mal gusto.

—¿Nos veremos una vez al mes?

—Si podemos permitírnoslo, sí. Si no, tan a menudo como podamos, que es un vuelo breve. Tú me traerás un libro y yo te llevaré un paquete de semillas. Pasaremos unos cuantos días juntos. No conoceremos a nadie más.

—¿Qué les vas a decir a tus padres?

—¿Qué debería decirles?

—Creo que deberías decirles que estamos saliendo. —Le aparto un mechón de pelo de la frente.

—Saliendo. —Sonríe.

—Saliendo. —Le devuelvo la sonrisa.

—Creo que deberías estar presente cuando se lo cuente. Quiero que veas la cara que pone mi madre.

—¿Y eso?

—¿No lo sabes? —Se queda sorprendido—. Christine Clark es la presidenta de tu club de fans.

—Mmm. —Le doy un beso en la oreja—. Creo que a lo mejor sí lo sabía, porque un día me envió un cuchillo. —Me llegó después de mi primera visita a la isla, un Henckel gigantesco. «Úsalo», rezaba la nota. Me pareció raro porque Bridget ya tenía uno, pero supongo que Christine sabía que no íbamos a ser compañeras de piso siempre.

—Ya lo sé. ¿Has llegado a sacarlo de la funda?

—Nunca.

Se echa a reír.

—Creo que decoró la habitación de invitados especialmente para ti.

—No.

—Es un pálpito.

—Mis padres no son como los tuyos. A lo mejor no se alegran tanto. —El hermano de Bridget, la relación a distancia…—. Tendrán dudas.

—Me repeinaré cuando los conozca.

—Ja.

—¿Te molestaría que tuvieran dudas?

—¿Es horrible que diga que sí? Quiero que vean lo maravilloso que eres, pero no es que sean las personas más alentadoras del mundo. Son muy prudentes y creo que lo nuestro les parecerá arriesgado.

—No quieren que te hagan daño. —Clava los ojos en los míos.

—No, jamás, pero se pasan.

—Porque eres la pequeña.

Pasaron años hasta que mis padres me tuvieron después de que naciera Lyle. Fue mi tía quien me contó que pasaron por más de un aborto y que, cuando mi hermano empezó a patinar con tres añitos, mis padres vertieron toda la pena y el amor en el hockey que él practicaba. Para ellos, yo fui una sorpresa mayúscula, una que trataban como si fuera de cristal.

—Y lo seré por siempre jamás. Me siguen llamando Patita. —Cuando era pequeña, siempre me caía, me metía en líos y rompía cosas. Así me convertí en Lucy Patita—. A mí no me gusta mi apodo, no como a ti el tuyo.

Me pasa los dedos por el hombro y luego vuelve a mi muñeca.

—¿Alguna vez has pensado en decírselo?

—Mi tía decía que debería. Es que no quiero ofenderlos, ¿sabes? Mi madre es muy sensible y, cuando se molesta, se cierra en banda. A veces es un poco fría.

Felix considera mis palabras.

—¿Cómo es tu hermano? Es mayor que tú, ¿no? ¿Se llamaba Lyle?

—Sí. Estoy convencida de que, cuando éramos pequeños, no sabía ni que yo existía, pero ahora nos llevamos bien, hasta me encargué de las flores de su boda. —Nathan y él se casaron hace un par de años—. Vive en St. Catharines, pero cuando viene a

Toronto quedamos para cenar. Creo que te caerían bien, no dejaría de hablarte de hockey, y Nathan es un encanto.

—Me alegro de haber conocido a tu tía —añade al poco—. Aunque solo fuera durante unos minutos.

—Yo también.

—¿Era la hermana de tu madre?

—Sí.

—¿Se parecen?

—Uy, en nada. Yo pensaba que se odiaban hasta que mi tía enfermó.

Felix guarda silencio y sus dedos, que me estaban recorriendo el brazo arriba y abajo, se detienen en mi codo. Está esperando a que siga hablando.

—Stacy y mi madre nunca fueron amigas, como a veces pasa con las hermanas, y jamás entendí por qué. Pero cuando mi tía enfermó, las oí hablar y... —Respiro hondo al recordar lo que me dijo Stacy en el hospital ese día, después de que mi madre se marchara—. A mi tía no le hizo ninguna gracia mi padre cuando mi madre empezó a salir con él. No pensaba que tuvieran química y no dejó de esperar que mi madre se diera cuenta de que no hacían muy buena pareja. Pensaba que mi padre era más soso que el pan sin sal, que no la hacía reír. Aunque no dijo nada y, entonces, el día antes de la boda, se lo soltó todo a mi madre.

—Mal momento —dedujo Felix.

—Exacto. Siempre me pregunté por qué su relación era tan tensa, pero ahora tiene sentido. Y mi padre sabía que Stacy había puesto en tela de juicio la relación, así que eso se sumaba a la tensión.

Por el cielo pasa una nube que oculta el sol. Me pierdo en el rostro de Felix, en las líneas que se han profundizado, en la ceja que está arqueando, en el puntito marrón de su ojo.

—Mi madre hizo muchas visitas a mi tía cuando enfermó. Se rieron más de lo que las he oído reír en toda mi vida.

—¿Crees que tu madre la perdonó? —me pregunta Felix.

—Sí —digo—. Al final sí. Pero permitieron que eso las separara y perdieron muchísimo tiempo. Tardaron demasiado en hacer las paces.

31

En la actualidad

Felix y yo vamos hasta Bloomfield con el Mustang, con las ventanillas bajadas, para que yo me compre una manta de lana rosa. El trayecto dura más de dos horas en total, pero me encanta estar cerca de él. Ver su mano en la palanca de cambios, ver cómo el viento le revuelve el pelo. Me gusta Felix. Y yo le gusto a él. Es algo tan reciente como una flor de azafrán en primavera, pero no me canso.

Para cuando regresamos a casa, es última hora de la tarde. Felix me asigna el rol de su ayudante de cocina, así que quito las hojas de las mazorcas mientras él pela patatas. No hablamos demasiado, pero el modo en el que nos movemos por la cocina a modo tándem hace las veces de conversación, de baile, de canción. «Estamos bien juntos», dice la letra.

Bridget debería llegar en cualquier momento. Espero que Miles esté con ella.

Cuando Felix me pasa un tomate y un cuchillo gigantesco, frunzo el ceño. Sabe que prefiero que se ocupe él de cortar.

—Necesitas practicar —dice. Como los ojos le brillan con cariño, cojo el cuchillo y corto los tomates. ¡Qué no haría por esos ojos!

Sin que Felix me lo pida, los preparo como a él le gustan: coloco las rodajas en un plato, vierto aceite de oliva y los aderezo con sal marina. Corto unas hojas de albahaca del jardín de Christine y las troceo para espolvorearlas por encima. Le muestro el plato a Felix con una sonrisa petulante. Sin embargo, veo que pone cara rara.

—¿Qué pasa?

—Que estás tremenda, joder. —Parpadea—. Ese es el plato de tomates más sexy que he visto nunca. —Me sujeta la cara con las manos y acerca los labios a los míos a toda prisa.

—La de cosas que salen por esa boquita tuya —le digo entre risas.

Corto eneldo para la ensalada de patata mientras Felix bate a mi lado el marinado para la carne.

He terminado de poner la mesa justo cuando se abre la puerta de casa.

—Por fin llegas —le digo a Bridget al verla entrar en la cocina. Estoy sonriendo porque Miles está a su lado cogido de la mano.

Es un tío muy alto y guapo con el pelo oscuro, que siempre lleva bien peinado. Es elegante y educado, pero no tan tímido como da a entender su aspecto. Siempre sonríe de oreja a oreja. Tiene la cintura estrecha y parece capaz de nadar sin parar, pero no se siente muy seguro en el agua, aunque Bridget le está poniendo remedio a eso.

—El futuro marido de Bridget Clark —le digo a Miles, aunque entonces me fijo en que muestra una expresión un tanto extraña.

—Hola, Lucy. —También suena algo raro.

Bridget ha ido hasta la cocina y está observando las flores de la mesa. La he decorado con las preciosas servilletas de tela de Christine y he sacado los platos especiales del cobertizo, los de la filigrana dorada.

—Has puesto la vajilla buena.

—Sí, hemos preparado una cena de celebración —le digo—. Felix y yo.

De reojo, veo asomar el hoyuelo de él, pero me concentro en Bridget. No reacciona al verme llamar a su hermano por el nombre de pila, como pensé que haría. Acaricia el pétalo de una margarita y rompe a llorar.

Corro a su lado a la vez que le dirijo una mirada de preocupación a Felix. Sin embargo, él no parece sorprendido por lo que le pasa a mi mejor amiga.

—¿Qué has hecho? —le pregunto a Miles.
—No es lo que crees. —Levanta las manos.
—Te voy a matar, Miles Lam. No creas que no te voy a matar, tengo un cuchillo enorme y sé usarlo.
Bridget se ríe, pero enseguida empieza a sollozar más fuerte. Le doy un abrazo con todas mis fuerzas.
—¿Qué está pasando? ¿Me lo puedes contar, por favor? —La guío hasta el sofá mientras fulmino a Miles con la mirada—. Bridget, cuéntamelo.
Mi amiga asiente entre las lágrimas. Se las enjuga con un movimiento de la mano.
—Vale. —Pero no habla. Se aparta un rizo de la cara, que vuelve a caer en el mismo sitio.
Cuando compartíamos piso y el pelo de Bridget la molestaba, yo le hacía una trenza. Mantuvimos muchas conversaciones mientras le recogía el pelo.
—Date la vuelta —le digo—. Yo me encargo.
Miles se va a la cocina con Felix. Este le susurra algo al oído y Miles asiente con la cabeza. Tengo la impresión de que soy la última en enterarme de algo. Observan cómo separo el pelo de Bridget en varias secciones, los dos con cara de preocupación. Bridget solo toma la palabra en cuanto he terminado la trenza.
—¿Podemos ir a dar una vuelta?

Nos dirigimos a la playa.
—No sé por dónde empezar —reconoce Bridget.
—¿Hay un principio?
—Creo que sí. —Respira hondo—. También es el nudo y el desenlace.
—Vale, pues empieza por ahí.
Bridget se detiene y me mira a los ojos. Le tiembla la barbilla.
—No quiero decirlo. Si lo digo, será real.
—¿Habéis cancelado la boda? —Me da un vuelco el corazón—. Porque si es así...
—No —me interrumpe. Traga saliva dos veces y añade—: A Miles le han ofrecido un trabajo en Australia.

Todo se queda en blanco. Mi mente está desconectada; mi cuerpo, paralizado.

—¿Bee?

Me concentro en Bridget, en sus ojos castaños —que empiezan a anegarse de nuevo—, y todo cobra sentido. Bridget se ha pasado los últimos días sopesando la decisión más importante de su vida. Y conozco a mi amiga: sé que ya la ha tomado.

Tardo diez segundos en hablar.

—Te vas a mudar a Australia.

Asiente, con dos lágrimas idénticas cayendo sobre sus mejillas pecosas.

—Lo siento, Bee. —Me rodea la cintura con los brazos y hunde su cara en mi hombro. Está llorando, pero yo me quedo ahí, con los brazos inertes a los lados. Creo que mi cerebro está roto—. No quiero ir. —Llora.

Su cuerpo comienza a sacudirse. Los sollozos son más fuertes, como si se los arrancaran del alma, y me devuelven al presente. Soy la mejor amiga de Bridget y debo actuar como tal. Le paso los brazos por los hombros y la sujeto.

—No quiero que te vayas.

—Ya lo sé —dice—. Ya lo sé. No me odies, por favor.

—Nunca podría odiarte —le aseguro estrechándola contra mí—. Nunca jamás.

Lloramos la una sobre el cuello de la otra. Cuando el llanto se vuelve resoplidos, nos sentamos en la arena, con las rodillas sobre el pecho, para que Bridget me cuente toda la historia. Con una voz que parece que la hubieran creado en un mezclador de hormigón, Bridget me explica que el jefe de Miles va a abrir una sucursal en Sídney y le han encargado la tarea de gestionarla. Es un ascenso muy importante.

—¿Cuánto hace que lo sabes?

—Unos cuantos días. Le hicieron la oferta la semana pasada y entré en pánico.

—Por eso viniste hasta aquí.

—Sí, quería abrazar a mis padres y a mi hermano. Y a ti. Necesitaba espacio para saber qué hacer. Le he dado vueltas cien veces, pero en realidad no hay otra opción.

—Te tienes que ir.

—Me tengo que ir. —Suspira—. Siempre he querido volver a Australia y quedarme más tiempo que la última vez, pero nunca he pretendido mudarme allí. Está lejísimos, coño.

—Más lejos imposible.

Bridget me cuenta que se han comprometido a ir durante dos años y que, después, se lo replantearán.

—Nos vamos en octubre.

Me quedo boquiabierta. Solo faltan dos meses.

—Pero si te encanta tu trabajo —susurro. Es el único contraargumento del que dispongo.

—Me encanta, sí. —Le vuelve a temblar la barbilla.

—¿Entonces por qué te vas? ¿Por qué la carrera de Miles es más importante?

—No lo es, lo rechazaría si se lo pidiera, pero es que es una oportunidad increíble y no quiero retenerlo. Y en el fondo sé que para mí será una experiencia única en la vida. Solamente he vivido aquí y en Toronto. Me gustaría conocer el sitio donde creció Miles y solo serán dos años.

—Me da que intentas convencerte a ti misma.

—Quizá sí. —Se ríe.

—¿Crees que tu jefa te dejará que trabajes desde allí? —Quiero meterme en la cama e hibernar durante dos años hasta que Bridget vuelva, pero me he puesto en modo mejor amiga e intento apoyarla.

—No lo sé. —Respira hondo—. Todavía no he decidido esa parte. Me encanta ir al hospital, tener compañeros, sentir que formo parte de una comunidad. Me encantan mis compañeros y mi trabajo, pero no sé si tendría sentido con la diferencia horaria.

—¿Qué diferencia horaria hay?

—Son dieciséis horas más que aquí.

—¡Ahí va! Vas a vivir en el futuro. ¿Me dirás los números de la lotería?

—Pues claro, así es como funciona. Seremos ricas.

Una pareja que pasa por delante de nosotros por la playa señala con la cabeza en nuestra dirección.

—No me lo puedo creer —murmuro—. Creo que voy a vivir en negación hasta que te subas al avión. Y ni siquiera entonces sé si seré capaz de aceptarlo. —Me vuelvo hacia ella—. Bridge, lo eres todo para mí.

Me pasa el pelo detrás de la oreja y me sujeta las mejillas con las manos. Mis lágrimas amenazan de nuevo con derramarse.

—Te quiero —me dice—, pero no puedo serlo todo para ti. Nadie puede. Y podré seguir ayudándote con la tienda..., me encargaré de las cuentas. No tienes que preocuparte por eso.

Hay algo en su oferta que me inquieta, pero no sé muy bien qué.

Nos quedamos en silencio y observamos las olas mientras lo digerimos.

Bridget se va a mudar. A otro continente. A otro hemisferio.

—Creo que eres valiente —le digo al cabo de un rato—. Lo que estás haciendo es de valientes.

—Gracias.

—Ojalá me lo hubieras contado antes. Sé que no te gusta que te den consejos sin pedirlos, pero es un tema demasiado importante como para ocultármelo.

—Intentaba protegerte. El año pasado perdiste a tu tía y sé lo mucho que la echas de menos. Además, ya estás muy estresada..., no quería añadir leña al fuego. Pero también tenía la impresión de que, si te lo contaba, entonces sería real, ¿sabes? Y no quería que intentaras convencerme para que me quedase antes de que tomara la decisión.

—Bridget, no soy capaz ni de convencerte para que te compres unos leggings nuevos. Y guardar secretos sí que estresa. Siempre me ayudas, pero no me dejas que yo te ayude a ti. A veces me parece que nuestra relación es unilateral porque no me necesitas.

—¿En serio lo piensas? —Arquea una ceja—. Bee, claro que te necesito. ¿Por qué crees que me resulta tan complicado? Durante años, después de mudarme a Toronto, me sentí muy sola, pero entonces te conocí a ti y, luego, a Stacy. No habría sobrevivido sin ti ni sin toda la pasta que tu tía nos dio de comer, ni sin nuestras noches de cine de los miércoles, ni sin nuestros bailes en la cocina, ni sin la floristería, ni sin nuestras excursiones al teatro con tu tía. Me habría vuelto a la isla y no habría conocido a Miles, ni tampoco conseguido mi trabajo. Te lo debo todo. Te quiero mucho, cariño.

—Yo también te quiero a ti. —Empiezo a llorar de nuevo.

Me acaricia el hombro hasta que la miro a los ojos.

—Y ya sabes que mis padres te adoran —añade enjugándome las lágrimas—. Te acogerán cuando quieras, y yo me sentiré mejor si sé que los visitas.

—¿Ya se lo has contado?

—No —repone—. Me gustaría retrasarlo indefinidamente. Ya creen que Toronto está lejísimos.

Recuerdo la forma en la que Felix leyó la nota de Bridget de ayer.

—Tu hermano lo sabe, ¿verdad? ¿Por eso discutisteis la otra noche?

—Sí, no me dejó en paz hasta que se lo conté. Lobo puede ser muy cabezota. Y le cabreó que te lo hubiera ocultado.

Bridget se lo contó a Felix antes que a mí. Mi primera reacción es sentirme dolida, pero sé que es una hipocresía. Yo también le he ocultado cosas a ella, y durante años.

—Lo siento, Bee —me dice.

Sé que ha llegado el momento de confesárselo, aunque me aterra. Bridget se va a mudar a la otra punta del mundo y le resultaría de lo más sencillo echarme de su vida. La voy a perder por Australia, pero, si se siente traicionada, la perderé del todo.

—Oye... —Vacilo, porque hay algo en lo que no había pensado antes. ¿Y si Bridget no se molesta? ¿Y si cree que Felix y yo no tenemos futuro como pareja? A lo mejor a él le da igual su opinión, pero a mí no.

—¿Bee? —me pregunta Bridget después de varios segundos sin que le diga nada.

—Tengo que contarte una cosa. —Las cinco palabras salen apresuradas, como si fueran una.

—¿El qué?

Creo que voy a vomitar.

—Por favor, no me odies. —Repito su súplica.

—Para mí sería imposible odiarte.

—Es que... —He intentado contárselo en otras ocasiones, pero nunca he llegado tan lejos. Me da la impresión de que estoy corriendo hacia un acantilado. Le cojo las manos para no tener que saltar yo sola. Ha llegado la hora. Respiro hondo y me precipito por el aire—. Me gusta tu hermano. —Dejo que la frase flote entre ambas durante unos instantes—. Me gusta mucho.

Bridget frunce el ceño, confundida.

—Y yo le gusto a él. —Hablo como una cría. Lo intento de nuevo—. Bridget, siento algo por él. Algo de verdad. Estamos... —Abre mucho los ojos, pero prosigo—: Estamos más o menos... A ver, nos hemos besado.

—¿Mi hermano y tú?

—Sí.

—Os habéis besado. —Habla poco a poco, procesándolo.

—A ver, no solo nos hemos besado...

—Calla —me interrumpe, dejándome sin aliento—. No quiero oír lo que sea que me quieras decir. Es mi hermano, Bee.

—Ya lo sé. Lo siento. No me odies, por favor.

—¿Por qué iba a odiarte? —Alza las cejas.

—Me dijiste que no me liara con él.

—Te dije que no te enamoraras de él. Un momento... ¿Te has enamorado de Lobo?

—Me gusta muchísimo. Más que nadie. En cierto modo, me da miedo, si te digo la verdad.

—Vaya. —Una sonrisa empieza a asomar a sus labios mientras niega con la cabeza—. No me lo puedo creer. A ver, sabía que os habíais acostado, pero...

—Un momento. —Me quedo boquiabierta.

Bridget me mira con suficiencia.

—¿Lo sabías?

—Sí.

—¿Te lo contó Felix?

—¿Lo llamas así? Qué raro me suena —dice—. Y no, no me lo contó. Aunque, cuando el verano pasado volviste de la isla, él dejó de preguntarme por ti y fue un cambio enorme, porque estaba acostumbrada a que me intentara sonsacar información relacionada contigo. Además, siempre que hablaba de él, ponías una cara muy rara. Sabía que había ocurrido algo... Ya te lo dije.

Estoy sin palabras.

—Recuerdo sospechar algo la segunda vez que estuviste en la isla —añade—. Lobo y tú no dejabais de miraros. Pero fue en el viaje que hicimos en Acción de Gracias. Fui al cuarto de baño por la noche y la puerta de tu habitación estaba abierta...

—Madre del amor hermoso —murmuro. No me puedo creer que no la cerrara cuando bajé al salón a buscar a Felix.

—Y no estabas en la cama.

Me froto un ojo. No sé si sentirme avergonzada, abochornada o aliviada; supongo que las tres cosas.

—Y oí que el sofá cama no paraba de chirriar.

—No —digo.

—Sí. Me gustaría borrar ese ruido de mi cerebro.

—Lo siento. Lo siento muchísimo. —Respiro hondo.

—Te mandaré la factura de mi terapeuta.

—¿Miles también lo sabe?

—Sí, Miles también lo sabe, y supongo que Zach también, ya que Lobo y él se lo cuentan todo. Y mis abuelos, porque mi abuela fue la primera que les dijo a mis padres que creía que erais algo más que amigos. Y yo ayudé económicamente a mi madre a redecorar el antiguo cuarto de Lobo contigo en mente. A Christine Clark nunca le da por los tonos femeninos, por lo menos antes no. Toda la familia lleva años deseando en secreto que acabéis juntos.

Me estoy mareando.

—¿Por qué no me dijiste nada?

—¿Por qué no me dijiste nada tú? —me replica.

Qué indefensión.

—No sabía que era tu hermano. Al principio no. Lo conocí en el restaurante cuando aquel primer verano perdiste el avión. —Jamás le contaré a Bridget el resto de la historia—. Prometimos que no volvería a suceder. Siento habértelo ocultado, pero en teoría no significaba nada. Durante mucho tiempo estuve convencida. De verdad.

—Coño. —Hace una pausa, atando cabos mentalmente—. ¿Lleváis cinco años así?

—No de forma continuada. Siento no habértelo contado hasta ahora. Lo he intentado, pero con lo que te pasó con Joy, no podía.

—Bueno, te agradecería muchísimo que no le rompieras el corazón a mi hermano y que luego me ignorases a mí. —Lo dice sin más, pero veo una sonrisilla en su rostro.

—Pero ¿y si lo nuestro no funciona? Si la cago, os perderé a los dos. Y me odiarás.

Bridget suelta un resoplido.

—Si la cagas, te querré igual. Es Lobo el que debe andarse con cuidado.

Se queda contemplando el agua y se pasa un minuto entero mordiéndose el labio.

—Ya me lo imagino —exclama con determinación—. Él te hará sentar la cabeza y tú lo sacarás del caparazón. Cuando estás cerca, habla más. Los dos os cuidaréis. Creo que podría funcionar. —Bridget guarda silencio de nuevo y niega con la cabeza—. Madre mía. Conque mi hermano y tú, ¿eh?

—Sí. Tu hermano y yo.

32

En la actualidad

Bridget y yo nos quedamos un buen rato en la playa. No lo decimos, pero creo que las dos sabemos que la realidad nos aguarda en casa y ninguna de las dos quiere hacerle frente. Regresamos poco a poco, con paso lento. Me da la sensación de que mi cerebro es un montón de plátanos machacados sobre una tostada. Bridget se muda y, cuando lo asimile, sé que me voy a quedar hecha polvo. Lo estoy viendo venir como un tren: pánico, soledad, todos los motivos por los cuales echaré de menos tenerla cerca. Ya lo noto en los pulmones.

Entonces veo a Felix. Está en el porche con Miles y sé en qué momento repara en nosotras. Se queda rígido. Luego echa a correr. Viene a toda prisa en nuestra dirección y, al verlo aproximarse mirándome a los ojos, sé que tan solo me ve a mí. Me detengo en el acto.

—Vaya —exclama Bridget.

—Vaya —convengo.

Cuando Felix me alcanza, me levanta del suelo y me abraza con fuerza. Le rodeo la cintura con las piernas y apoyo la cara sobre su piel, en la curva bronceada donde se le unen el cuello y el hombro. Huele a sal, y a sol, y a viento, y a árboles.

—Siento no habértelo contado —le dice a su hermana. Su voz vibra por mi cuerpo, y lo estrecho más aún—. No era quién para hacerlo.

—Ya lo sé. No estoy enfadada.

Noto cómo el cuerpo de Felix se destensa.

—¿Estás bien? —me pregunta.

—No. —Me pego tanto a él como me resulta posible y apoyo sobre él la frente, la mejilla, los párpados, la nariz y los labios—. Es como si me hubieran arrancado el corazón del pecho, pero quedarme aquí, junto a tu cuello, me ayudaría.

Lo oigo reír.

—Creo que tarde o temprano voy a tener que bajarte. Soy fuerte, pero no tanto como para llevarte en brazos eternamente.

—Me alegro de que Bee me haya contado lo vuestro; si no, esto sería muy raro —interviene Bridget—. Bueno, raro sigue siéndolo.

—Creo que será mejor que me bajes —le digo. Bridget no está preparada para vernos haciéndonos arrumacos.

Bajo las piernas y, en cuanto me deja en el suelo, Bridget le da un empujón en el hombro.

—Lobo, ¿qué te he dicho de ligar con mis amigas?

—Espero que no pretendas que te pida disculpas. —Arquea una ceja.

—Ten cuidado —le advierte—. Sé dónde vives.

—¿Cómo estás realmente? —me pregunta Felix mientras caminamos hacia la casa. Me pasa un brazo por la cintura para mantenerme cerca.

—Devastada, pero no sé si puedo hablar de ello sin volver a desmoronarme. —Aun así se me quiebra la voz—. Tengo mucho miedo.

—No tengas miedo —me dice—. Del miedo no sale nada bueno.

—Ya lo sé.

Pero dentro de dos meses Bridget estará en Australia; Felix, aquí, y yo, en Toronto. El dolor que siento en los pulmones empieza a arder.

Felix me da un beso en la sien.

—Lo superaremos juntos, Lucy —me asegura.

«Juntos»: me gusta cómo suena eso.

33

En la actualidad
El día de la boda de Bridget

Me suena el despertador a las cinco: tengo que llegar pronto al Gardiner Museum, donde hoy he congregado a todo el equipo, aunque puedo remolonear unos cuantos minutos, así que le doy a retrasar la alarma. Felix me coge la muñeca con sus enormes manos y me tumba encima de él.
—No es justo —gruño.
—Me dijiste que no te dejara quedarte dormida. —Me da un beso—. Es mi forma de despertarte.
Tener a Felix en mi habitación es mágico, un nuevo comienzo. Le enseño a usar mi cafetera y él me prepara una buena cantidad mientras me doy una ducha. Verlo en mi cocina soplando sobre su taza de té me parece surrealista. Mi piso nunca volverá a ser el mismo. A partir de ahora, siempre voy a imaginar a Felix Clark bebiendo Earl Grey en esta cocina.

Me acompaña hasta el museo. Quiere verme trabajar y quiere conocer a Farah. Se la presento, igual que a Rory y a Gia, y luego me pongo con el arco, pero no dejo de lanzarle miraditas, distrayéndome.
—Se te van a salir los ojos de las cuencas —me suelta Farah desde el otro lado.
De ahí que eche a Felix. Es la boda de mi mejor amiga y necesito concentración absoluta.
Regresé a Toronto hace setenta y dos horas, pero ya he vuelto a un ritmo frenético: muchas horas en la tienda, un contrato

recién firmado con el grupo de restauración, puestos a jornada completa para Rory y Gia, un aumento para Farah y dos nuevas vacantes que vamos a publicar la semana que viene. Para superar la pérdida de mi tía, me volqué en el trabajo, y es lo que voy a hacer para superar la mudanza de Bridget. Va a dejar un agujero enorme en mi vida, así que necesito llenarlo de alguna manera. El estrés laboral sé gestionarlo, pero decirle adiós a Bridget dentro de dos meses…, eso no puedo ni pensarlo.

Todo desaparece cuando comienzo a colocar los tallos de las hojas de magnolia en la base de espuma del arco. Entro en un estado donde mi mente está en silencio y mis dedos toman las riendas de la situación. Hacia la mitad del proceso, se me ocurre que, si pudiera hacer esto todos los días —trabajar con las flores y cortar lo que sobra—, sería feliz. Es lo que me gusta más hacer. Nací para ello. Y la boda de Bridget será mi mejor trabajo hasta la fecha.

Al terminar me aparto para inspeccionar la composición y analizar el equilibrio. Hay ramas de zarzamora y esferas de hortensias frescas y secas, ranúnculos, rosas y hojas de magnolia beis, así como eucaliptos esparcidos por doquier. Por lo general, mis arcos miden entre dos metros y dos metros y medio, aunque este llega a los tres metros. En parte, porque Miles es un tío muy alto y el lugar es al aire libre y corre viento, al ser todo de cristal con formas angulosas, pero también porque quiero lucirme. Para cuando hemos terminado, el museo parece salido de un cuento de hadas, con el pasillo flanqueado por flores y los respaldos de las sillas decorados con guirnaldas de pétalos.

Recorro el pasillo para reunirme con Felix en la parte delantera, junto a Miles y al padrino de la boda. No apartamos la vista el uno del otro hasta que ocupo mi lugar como dama de honor, esperándola a ella. Cuando Bridget empieza a dirigirse hacia nosotros, no puedo quitarle los ojos de encima. Está resplandeciente, irradia luz desde el interior, que se refleja a su alrededor. El vestido es blanco y sencillo, de cuello redondo y sin mangas; es una columna de seda que le acaricia la piel y cae hasta el suelo. No lleva encaje, cuentas ni adornos de ningún tipo. Tampoco lleva ropa interior; Bridget se probó un tanga, pero hasta eso se transparentaba. Camina sobre unos delicados tacones brillantes, y no dudo de que se los habrá quitado antes de llegar a los postres. Lleva el pelo recogido en un moño bajo perfectamente despeinado y las flores del ramo llegan casi hasta el suelo. Luce los hoyuelos sin reparo alguno. Está elegante, es viento y aire y nubes, la personificación de la felicidad. ¡Qué guapa está mi mejor amiga!

La observo sin pestañear porque no quiero pasar por alto ni un solo detalle, pero noto que Felix me está mirando. Si aparto la vista, veré su hoyuelo. Se ha pasado el día entero sonriendo. Cuando Bridget se sitúa junto a Miles frente al altar, paso los ojos hasta Felix.

—Hola —me murmura.
—Hola —le respondo.
—Estás preciosa.
—Y tú. —Debería ser ilegal que se pusiera esmoquin.
Señala el arco con la cabeza.
—Es precioso también.
Ya lo sé, pero me encanta que Felix opine lo mismo.
Antes de la prueba de la cena de ayer por la noche, les contó a sus padres que estamos juntos. Yo me encontraba a su lado, aunque fue Felix quien habló. Christine le aferró el antebrazo a Ken como si estuviera a punto de desplomarse, pero al final soltó un aullido.

El primer beso de Bridget y Miles como marido y mujer dura tanto que algunos de los asistentes se ponen a gritar.
—¡Idos a un hotel! —exclama uno de los australianos.
Cuando los recién casados recorren el pasillo, Felix le susurra algo al oído al padrino y se cambia de sitio con él. Nos quedamos frente a frente. Me limpia una lágrima de la mejilla con el pulgar y me ofrece el brazo.
—Yo a ti te conozco —dice.
—Ya nos habíamos visto antes.
—Pero nunca así.
—Este traje tuyo es criminal —le digo cuando vamos por la mitad del pasillo.

Se echa a reír.

—Esta noche —susurra—. Tú, yo, tu vestido y la mesa del comedor. Te voy a tumbar encima de ella.

Me inclino hacia él con el corazón desbocado y le digo al oído:

—No si antes te tumbo yo a ti.

En algunas de las fotografías aparecemos uno junto al otro y, en la cena, nos sentamos al lado. Felix inventa maneras de seguir tocándome: cuando me muevo, me pone la mano en la parte baja de la espalda y, cuando me río, me acaricia el hombro con los dedos. En un momento dado, me recorre con la palma la abertura del vestido y se adueña de mi muslo. No he dejado tirada a Farah, sigue siendo mi acompañante en la boda, pero Felix la ha convencido para intercambiarse el asiento. Estoy entre la familia Clark y no puedo dejar de sonreír.

Cuando llega el momento de mi discurso, me levanto para dirigirme al micrófono. Me tiemblan las manos. Aunque noto que Felix me está mirando, solamente veo a Bridget. He querido hacer llorar a mi mejor amiga desde que Miles y ella se comprometieron, pero, ahora que la estoy observando, a esa persona a la que quiero tanto, es a mí a quien le escuecen los ojos.

—Cuando conocí a Bridget Clark, me llevó hasta casa subida al manillar de su bici. —Hablo con voz temblorosa, así que respiro hondo—. En muchos sentidos, sigue cuidando de mí desde esa noche de hace siete años. —Se me quiebra la voz en medio de la frase. Llevo días procurando no pensar en eso y ahora la verdad me cae como un jarro de agua fría: Bridget se va a mudar a Australia y no sé si sobreviviré sin ella. Contemplo la hoja, consciente de que nunca podré decir todo lo que he escrito sin ponerme a llorar como una magdalena. Pero lo digo de todas formas. Me paso el discurso sollozando—. Miles, cuida mucho de ella —termino—. No hay nadie a quien quiera más.

Me vuelvo hacia mi mejor amiga, que tiene las mejillas surcadas de lágrimas.

—Eres el amor de mi vida, Bridget.

La boda retrata el mundo de Bridget, dividido entre la ciudad y la costa. Estamos en el centro, cerca de la esquina entre Bloor Street y Avenue Road, y fuera de este lugar el ajetreo de Toronto sigue haciendo de las suyas. En el interior se sirven platos y más platos de comida, la más selecta que se le pueda pedir a cualquier empresa de cáterin: cochinillo asado, cangrejo frito, un pescado blanco con jengibre y cebolletas. El champán es de los buenos y el cuarteto de cuerda toca melodías de Vivaldi. Todo respeta el horario, detallado al milímetro. Pero también hay bailes, que inicia el abuelo de Bridget al ponerse a tocar el violín. Es entonces cuando ella se quita los zapatos y Zach se desabrocha la corbata. El regalo que ha traído este último tiene la sospechosa forma de juego de Trivial Pursuit. A las once aparca una gastroneta junto al museo con bocadillos de mantequilla y bogavante. La pista de baile no se vacía en ningún momento; creo que ningún grupo de cien personas se lo ha pasado mejor en una noche.

Poco antes de medianoche, la música se detiene y Miles le arrebata el micro al DJ.

—Esta es para mi mujer.

Y, entonces, a pleno pulmón y sin ningún tipo de oído musical, Miles Lam canta *Un-break my heart*.

Es una canción un poco rara para una boda, pero también perfecta para Bridget. Miles lo da absolutamente todo. Aprieta el puño, se da golpes en el pecho, cierra los ojos y alza la barbilla al techo.

Durante toda la velada, Felix está a mi lado, cogiéndome la mano, besándome en los labios. Bailamos, reímos y no podemos dejar de tocarnos.

—Cómo lo gozo contigo —le digo a Felix, achispada, cuando nos liamos en las escaleras. Me he vuelto adicta a su sabor, a sal y a caramelos Tic Tac.

—¿Que lo gozas? —Se ríe pegado a mis labios.

—Sí, y creo que nunca lo había gozado tanto con nadie, pero contigo sí, Felix Edgar Clark.

—Yo también lo gozo contigo. —Me sujeta la cabeza con las manos.

Después de besarnos, cuando regreso a la fiesta tras ir al baño, veo a Felix junto al arco de flores. Para mi sorpresa, con el esmoquin se lo ve relajado, como si pudiera pasear así vestido de noche por la ciudad sin desentonar lo más mínimo.

«Mío —dice mi corazón—. Felix».

Acaricia un pétalo con los dedos y luego otro con expresión de asombro. Gozo con su imagen desde la otra punta y, a continuación, me lo llevo hasta la pista de baile para disfrutar de él entre mis brazos.

El DJ ha puesto una canción lenta antigua, así que he apoyado la cabeza en el hombro de Felix, convencida de que esta curva de músculo y hueso está hecha para mí. Zach y Lana, su novia, están cerca, y él me mira con los pulgares levantados. Es maravilloso estar con Felix, rodeados de nuestros amigos y de su familia. Es perfecto. Tengo la impresión de que debería estar siempre con él. Durante unos segundos finjo que no se marchará el martes.

«Mío —sigue diciendo mi corazón—. Felix. Más».

34

En la actualidad

Entramos en mi piso tambaleándonos, borrachos. El champán solo tiene la mitad de la culpa.

—Creo que esta ha sido una de las cinco mejores noches de mi vida —digo entre besos.

Felix se ríe.

—Para mí también es de las mejores.

Suelto un gruñido y le doy un mordisquito en el labio inferior. Felix se aparta y me mira a los ojos con total seriedad.

—Deberías saber que estás compitiendo con la noche en la que Zach perdió una apuesta y se hizo un *piercing* en el pezón.

—Me parece justo. —Asiento.

No hemos salido del pasillo, no nos hemos quitado los zapatos. Seguimos besándonos. Me embarga la necesidad de conseguir que este momento dure para siempre. Quiero cogerlo con las manos como si fuera una masa y estirarlo lenta y cuidadosamente para alargarlo. La idea de volver a la implacable rutina me produce pánico. No quiero regresar a un piso vacío, no quiero estar sin Felix. Quiero estar de nuevo en la isla.

De repente me aparto de él y saco el móvil del bolso.

—¿He dicho algo? —Felix se sitúa detrás de mí.

Miro a mi espalda. Me está observando, divertido, con la corbata torcida y el pelo revuelto por mis dedos. Qué hombre más guapo y espléndido.

—Me estoy organizando —le digo abriendo mi aplicación del calendario—. Quiero planearlo todo.

—¿Todo?

—Lo nuestro. No creo que pueda esperar un mes entero para volver a verte.

Frunzo el ceño al ver la pantalla del móvil.

—Veo mucho rosa, naranja y verde —comenta Felix—. ¿Qué significa?

—Son reuniones, decoraciones de eventos, horarios del personal. —Suspiro.

—Vaya.

Al adelantar hasta septiembre, el panorama es aún peor.

—Todo el mundo cree que en verano es cuando tenemos más curro —le explico al verlo abrir los ojos como platos—, pero en el otoño de Toronto el negocio pega un repunte. —Y necesito empezar a hacer entrevistas para las vacantes y formar a esas personas—. No voy a poder irme nunca de la ciudad —murmuro abstraída.

Miramos octubre.

—Este año, Farah se ha cogido unos días para Acción de Gracias. Lo había olvidado. No voy a poder viajar a la isla. —Me da un vuelco el corazón; esto va a ser mucho más complicado de lo que pensaba. Firmé el contrato con Cena sin meditar el impacto que tendría sobre mi relación con Felix—. Me estreso nada más verlo —digo—. ¿Por qué me he hecho esto? ¿Cómo vamos a conseguir que funcione lo nuestro?

—Quizá lo de vernos todos los meses era demasiado optimista, pero no hace falta que esta noche compremos ningún billete de vuelo. No nos pasará nada, Lucy. Los dos estaremos ocupados. Le he prometido a Zach que en otoño buscaría nuevos terrenos. Además, el tiempo vuela.

No creo que sea cierto.

—Sé que dijimos que nos lo tomaríamos con calma, pero me da la impresión de que así no vamos a ninguna parte. —No se me había ocurrido antes, pero tener a Felix conmigo en Toronto ha recalcado lo horrible que va a ser la relación a distancia—. Que tú estés allí y yo aquí será duro.

Será peor todavía cuando Bridget se marche en octubre.

Recorro el piso con la mirada. La cocinilla que da al salón y al comedor, la mesita redonda blanca y las sillas de espoleta que le pedí a Bridget que trajera hasta casa desde Richmond y Bathurst, el sofá rosa que compré cuando se marchó de casa, la cristalería rosa colocada en el carrito de bar de latón. En todo eso estoy reflejada, pero llevo sin sentirme en un hogar desde que se fue Bridget. Ella es lo que les daba significado a estas paredes. Sin ella es un libro sin palabras, un jarrón sin flores. No quiero volver a casa y encontrarme con esto. Me vuelvo hacia Felix. Quizá no tenga por qué hacerlo.

La idea sale de mí disparada como un cohete.

—Debería mudarme a la isla del Príncipe Eduardo —suelto.

Felix se ríe, sorprendido, hasta que se da cuenta de que no estoy de coña.

—Quizá algún día...

—No —lo interrumpo—. Digo ahora. Debería irme a vivir contigo.

—Ah.

—Piénsalo, es una idea perfecta. Me encanta la isla y me encanta estar contigo. Ahora mismo, no puedo afrontar mi vida, Felix. Bridget se va, estoy quemada y la situación no hará más que empeorar. Mira el calendario. —Agito el móvil en el aire—. Creo que necesito mandarlo a la mierda. Quiero volver contigo.

—Lucy... —Me mira fijamente—. Siempre cuesta volver a la vida normal después de un viaje. A lo mejor estás sufriendo un caso agudo de depresión posvacacional.

—No, creo que estoy teniendo una revelación. Firmé el contrato con los restaurantes, pero ni siquiera sé si me apetecía. No sé lo que estoy haciendo. Necesito averiguar lo que quiero hacer con mi vida para vivirla al máximo.

Pronunciar esas palabras en voz alta hace que eche de menos a Stacy de nuevo. Quiero compartir con ella cenas de platos italianos para llevar, ir con ella al teatro, que me rodee con los brazos, bailar en la cocina con Bridget, quiero aferrarme a esos instantes y envolverme con ellos. Quiero un lugar mullido en el que caer y, sobre todo, no quiero pasar las noches aquí, sola.

—No puedes hacerlo, Lucy. No podemos hacerlo. —Felix parece afectado.

—¿Por qué no? —Las líneas de expresión sobre su nariz se están marcando cada vez más, pero yo insisto—. Farah puede encargarse de la tienda durante todo el tiempo que haga falta. Sería como... unas vacaciones prolongadas.

—Vivir en la isla no son unas vacaciones prolongadas. —Felix parpadea—. Y yo tampoco.

—No, ya lo sé. —Suelto una exhalación—. Claro que ya lo sé.

—Los dos dijimos que iríamos poco a poco. Es demasiado pronto para irnos a vivir juntos. Ni siquiera hemos hablado en serio sobre nuestro futuro.

—Ya, pero ya lo decidiremos, ¿no? Será más fácil si estoy allí, con el resto de mi vida para preocuparme por eso. —Tengo la cabeza hecha un lío, pero debería darme cuenta de cómo suena lo que digo. Sin embargo, me he quedado sin frenos y, por alguna razón inexplicable, sigo en mis trece—. Felix, necesito un tiempo para tomar decisiones. Tengo que encontrarme a mí misma, ¿sabes?

En cuanto lo digo, sé que he cometido un error, y no solo porque él ponga una mueca.

—Perdona —me apresuro a decir—. No debería haber dicho eso.

Durante unos cuantos segundos no puede hablar. Traga saliva.

—Lucy, es que... —Una sombra le atraviesa la mirada.

Le pongo una mano en el hombro.

—Yo no soy ella —digo en voz baja, pero creo que no me ha oído.

—Es que... —Felix cierra los ojos, expulsando todo el aire por la nariz—. Lucy, no creo que vaya a funcionar.

—¿Cómo? —Me quedo sin aliento en los pulmones.

—Ahora mismo no.

Separo los labios, pero no consigo articular palabra.

—Lucy, quiero estar contigo. —Me sujeta los codos y acerca su cara a la mía—. Pero necesito saber que quieres estar conmigo por las razones adecuadas, no porque necesites tomarte un respiro de tu vida.

—No es por eso, Felix. Es por ti. No quiero estar sola, no quiero estar sin ti.

—Yo tampoco. —Me pone una mano en la mejilla—. Quiero tenerte en mi casa, en mi cama. Quiero que los dos pasemos los días con mil cosas y que luego volvamos y nos lo contemos todo, pero no puedo empezar esto si no estás convencida.

—Sí que lo estoy —digo con rotundidad—. No sé qué quiero, pero sé que cuando estoy contigo soy feliz. El trabajo, vivir aquí, estar sola cuando Bridget se mude...; eso es lo que tengo que pensar.

—Y no pasa nada, no hace falta que sepas ya lo que quieres, y deberías parar un tiempo para tomar esas decisiones, pero no creo que pudiera gestionar que te mudaras a la isla por los motivos equivocados y que luego, cuando hubieras tenido tiempo para reflexionar, decidieras que en tu vida no hay sitio para mí. Si vamos a estar juntos, quiero hacerlo bien.

Me tomo unos instantes para asimilar lo que acaba de decir. Esta es la discusión más importante de mi vida y no quiero confundirme.

—Necesito pensar un minuto. —Lo miro a los ojos cada vez más desesperada, sintiendo cómo se me acumulan las lágrimas—. No te marches. Quédate, porfa.

—No me voy a ir. Sentémonos.

Voy al sofá y Felix trae dos vasos de agua. Me bebo el mío a sorbos hasta que aclaro mis pensamientos y repito mentalmente lo que me ha dicho para intentar comprenderlo.

—Nunca he querido estar con nadie como quiero estar contigo —le aseguro—. Nunca me ha gustado nadie como me gustas tú.

Él traga saliva con dificultad, acercando una mano a la mía.

—¿Puedo?

Asiento y entrelaza los dedos con los míos. Se los aprieto.

—No puedo ser tu vía de escape. —Hace una pausa para que yo lo digiera—. No quiero ser una parada a lo largo de tu viaje. Quiero ser el destino.

—Tienes miedo.

—Lucy, estoy acojonado. Lo que siento por ti... —Clava los ojos en los míos y me suplica que lo entienda—. Me podrías destrozar muy fácilmente.

El modo en el que lo dice me provoca dolor en el corazón. Felix merece una relación que empiece en un lugar estable, y eso no se lo voy a poder dar ni hoy ni mañana. Para él no es el momento apropiado, y quizá tampoco lo sea para mí. No es la primera vez que salgo huyendo de mis problemas en lugar de abordarlos, y mudarme a la isla del Príncipe Eduardo sería precisamente eso. ¿Es eso lo que quiero? No puedo decir que esté segura al cien por cien. Necesito tiempo para meditarlo.

—Yo también estoy acojonada —le digo—. No quiero perderte.

—Ni yo quiero perderte a ti.

—Ahora no podemos estar juntos —resumo. Sé que tiene razón: no puedo huir de mi vida... Me lo debo a mí misma, pero también se lo debo a él.

Cuando se me saltan las lágrimas, Felix me acurruca contra su pecho. Intento aspirar su olor, imprimirlo en mi alma.

—Lucy... —Habla con voz gutural—. Hay una razón por la cual no dejamos de reencontrarnos. Ya volveremos a hacerlo.

—¿Y si no? —Lo abrazo más, sintiendo su calidez.

—Yo creo que sí. —Felix me coge por los hombros y me aparta con suavidad para que lo mire a los ojos. Tiene las mejillas mojadas—. Pero, si no nos reencontramos, entonces sabremos que no estábamos destinados a estar juntos.

—Eso no me gusta —le digo—. Estoy enfadada contigo —añado sin rabia alguna.

—Ya lo sé.

Me quedo observando a este hombre tan atractivo, cariñoso y brillante, un hombre al que admiro más con cada momento que pasamos juntos. Incluso ahora. Quiero que lo sepa, necesito que lo sepa.

—¿Te puedo decir una cosa?

—Lo que quieras.

—Va a sonar cursi, pero me da la impresión de que debo decirlo por si no tengo otra oportunidad.

—A mí me encanta todo lo cursi —comenta con voz áspera.

—Siempre he pensado que lo que hiciste fue impresionante, esa forma de empezar de cero. La vida que tenías planeada se fue al garete, pero recogiste tus pedazos. Zach y tú teníais un sueño y trabajaste muchísimo para convertirlo en una realidad. Y las cabañas son una pasada; no sé si el año pasado te lo dije. Siempre me ha parecido inspirador.

—Qué curioso. —Felix intenta sonreír—. Yo siempre he pensado que lo que hiciste tú fue impresionante. Dejaste el trabajo, desafiaste a tus padres y te labraste tu propio camino. Cursi o no, creo que la inspiradora eres tú.

Me duele el pecho por las ganas infinitas que tengo de aferrarme a él, de no dejarlo marcharse nunca.

—Creo que hemos sido positivos el uno para el otro —susurro.

—Yo también lo creo.

—¿Te puedes quedar?, solo esta noche. Duermo mejor cuando me abrazas.

Niega con la cabeza con los ojos vidriosos.

—Me voy a ir. Si no, no sé si voy a poder.

—¿Ahora? —pregunto con la garganta atorada de nuevo.

—Sí —murmura—. Creo que es lo mejor.

Recoge las cosas de mi habitación mientras yo espero junto a la puerta.

—¿Dónde vas a ir?

—Voy a pedir un taxi y me iré al hotel donde se alojan todos. No te preocupes por mí.

—Claro que me preocupo —aseguro—. Pensaré en ti en todo momento y me preocuparé.

—No hace falta. —Me mira como si estuviera intentando memorizarme—. Preocúpate por ti.

—No quiero que pase otro año sin que hablemos —le digo—. Quiero algo más que un emoticono.

Se vuelve.

—Eso está hecho.

Asiento y él abre la puerta. Sé que esta es la parte en la que nos diremos adiós, pero no creo que sea capaz de pronunciar esa palabra, de ahí que levante un brazo para despedirme.

Felix me coge la mano y me da un beso en la palma.

—Lo gozo contigo, Lucy Beth Ashby.

Él tampoco me dice adiós.

35

En la actualidad

Hace diez minutos que se ha marchado Felix, pero es como si nada hubiera pasado, como si todo hubiera sido demasiado perfecto como para ser real.

Se me han secado las lágrimas y el mareo del champán se ha esfumado, así como mis pensamientos. Me lavo la cara, me trenzo el pelo y me pongo el camisón, ausente.

Pero mis sábanas huelen a él y, en cuanto apoyo la cabeza en la almohada, todo vuelve a mí. Los días que pasamos en la isla del Príncipe Eduardo disfrutando de la luz del otro; Felix tumbado aquí, a mi lado, anoche; Felix vertiendo el kétchup sobre mis patatas fritas; Felix y yo besándonos en la playa el verano pasado; Felix conociendo a mi tía; Felix en Acción de Gracias; Felix en el cuarto de baño; Felix la primera vez que lo vi. Un relámpago azul, un destello de un cuchillo desbullador, manos veloces y pelo revuelto.

Lo expulso de mi cabeza, pero entonces Bridget lo sustituye. Mi mejor amiga, que se marchará dentro de dos meses. Imagino Teacup Rock antes de que el huracán la hundiera en el océano, esa maravillosa formación de roca rojiza que el viento se llevó, y oigo a Bridget susurrar: «Me da la sensación de que las cosas están desapareciendo».

Y me echo a llorar.

Me despierto con el cuello agarrotado y ojos de papel de lija. Me dirijo directamente a la cafetera y, mientras preparo café, le mando un mensaje a Bridget. Hoy está haciendo las maletas para la luna de miel, pero necesito a mi mejor amiga.

> Te da tiempo a pasarte por aquí?
> Si no, a hablar por teléfono?

Bridget se presenta por la noche, con una bolsa del súper en las manos.

—He traído helado. —La levanta—. Ya he hablado con Lobo, pero quiero que me cuentes tú lo que ha pasado —me dice cuando nos sentamos en el sofá, con cuencos de Moose Tracks en el regazo.

—Me ha dejado. —Empiezo a notar un cosquilleo detrás de la nariz. Niego con la cabeza y respiro hondo. Bridget me da un apretón en el hombro—. Bueno, creo que lo hemos dejado los dos.

—Él lo describe diferente. Ha usado la palabra *pausa*.

—Quizá sea eso. Llevo todo el día pensando en eso y sí que creo que necesito un tiempo. No puedo seguir como hasta ahora, no quiero sentirme intimidada al ir al trabajo, ni quiero tumbarme en un charco formado por mis propias lágrimas cuando te vayas a Australia porque no tengo más amigas con las que pasar el tiempo. En parte sigo queriendo subirme a un avión rumbo a la isla y no volver jamás, pero sé que no haría más que empeorar las cosas, para mí y para Felix. Me gusta de verdad, Bridget.

—Ya lo sé. —Esboza una débil sonrisa.

—Quiero que lo nuestro funcione, pero sé que sería imposible si le preocupa que yo salga huyendo en cualquier momento. Y supongo que he de reconocer que, con todo lo que está pasando con la tienda, no es el mejor momento para comenzar una relación. Es probable que se sintiera ignorado, como le pasó a Carter.

—Eso no parece propio de Lobo. Ni tampoco de ti. —Me contempla—. Nunca te había visto tan alterada por un tío.

—No, yo tampoco.

—¿Has hablado con él hoy?

Niego con la cabeza.

—Me pone un poco nerviosa escribirle. Me da miedo que no me conteste o que me responda frío. ¿Y si estaba rompiendo conmigo de la manera más amable posible y nunca vuelvo a saber nada de él?

Bridget se echa a reír.

—Perdona, pero es que he visto a Lobo y sé que no es lo que pasó. Cuando estés preparada, deberías escribirle.

—No sé cuándo voy a estar preparada.

Bridget rumia.

—Tampoco es mal plan, ¿no? Tomarte un tiempo para pensar en ti, en lo que quieres y en lo que necesitas solo puede ser positivo. A mí me parece bien. Y, si te sirve de consuelo —añade—, mi madre le echó una buena bronca a Lobo cuando nos contó lo que había sucedido. Por lo visto, no cree en pausas. Y ya sabes cómo se pone Christine Clark cuando se cabrea.

Eso consigue que me sienta mejor.

—¿Le pareció una sarta de chorradas?

—Todas las habidas y por haber —contesta—. Creo que se quedó sin ellas.

Cuando Bridget se marcha, mi piso parece más silencioso que nunca. No se irá hasta dentro de dos meses, pero ya noto su ausencia. En cuanto me dispongo a prepararme otro cuenco de helado, recuerdo que se ofreció a seguir ayudándome con la tienda; pienso que me jode un poco mientras me hago una trenza antes de acostarme. He tenido suerte de que mi mejor amiga se haya comportado como mi red de seguridad profesional, pero llevo más de tres años dirigiendo In Bloom: mi red de seguridad profesional debería ser yo misma.

Estoy muy cansada. Me da la impresión de que llevo demasiado tiempo corriendo. Necesito espacio para formularme preguntas importantes y silencio para oír las respuestas. Necesito empezar de cero.

Pero no lo necesito ahora mismo. Ahora mismo necesito mi cama.

Al día siguiente, Farah se va con Sylvia a dar el paseo de la tarde y vuelve con un café. Nos sentamos a la mesa, con la perra apoyando la cabeza en mi pie, y Farah me cuenta por sexta o séptima vez lo bien que ha marchado el negocio mientras yo he estado ausente.

—Ha sido divertido —exclama cogiendo el vaso de papel; lleva sus largas uñas pintadas de verde neón—. Se me da bien mandar. Deberías irte de vacaciones más a menudo.

Profiero un murmullo que ni afirma ni desmiente. Soy incapaz de alejarme del trabajo, aunque sean unos cuantos días de vez en cuando. No me puedo creer que durante unos instantes me pareciese que era un buen momento para huir de mi vida.

Sé que Farah quiere insistir, pero, al ver mi aspecto, entorna los ojos y traza un círculo con un dedo delante de mi cara.

—Tienes cara de glándula anal.

—Muchas gracias.

—¿Estás bien?

—Ahora mismo no —repongo. No puedo decir otra cosa. Echo de menos a Felix como si me faltara un órgano—. Pero lo estaré.

—¿Quieres hablar? —me pregunta.

—No. —Pero al final hablamos. Farah saca la botella de *vinho verde* de emergencia de la nevera y yo le cuento todo lo que ha pasado desde aquel primer verano. Estoy harta de guardar secretos.

36

En la actualidad
Octubre

Bridget embarca en el vuelo AC119 con destino Australia el 29 de octubre. Miles ya está en Sídney, buscando casa en las afueras de la ciudad, así que la llevo hasta el aeropuerto. Es la única vez que he querido que hasta Pearson hubiera mucho tráfico y la única vez que las carreteras están vacías.

Mientras recorremos la autopista, le cojo la mano tan fuerte que se queja de que no siente los dedos, pero no la suelto. Ahora mismo sujetarle la mano a Bridget es lo único que me mantiene entera. Si se la suelto, me romperé en un millón de pedazos.

En cuanto llegamos, subo su equipaje a un carrito y cargo sus maletas en la balanza de equipaje porque Bridget está embarazada de seis semanas.

La acompaño hasta el control de seguridad y me quedo con ella hasta el último momento. Luego la abrazo hasta que las dos nos echamos a llorar en medio de la terminal y una anciana nos da un pañuelo a cada una.

Le digo a Bridget que es mi mejor amiga, le digo que la echaré de menos, le digo que la quiero más que a nadie.

Y dejo que se marche.

TERCERA PARTE

«No quiero rayos de sol ni pasillos de mármol. Solo quiero estar contigo».

Ana, la de la isla,
LUCY MAUD MONTGOMERY

37

En la actualidad
Octubre

—Teniendo en cuenta que Bridget se acaba de ir, te veo sorprendentemente estable —me dice Farah al día siguiente de llevar a mi mejor amiga al aeropuerto.

—Nunca estaré lo bastante estable como para que dejes el trabajo, si vas por ahí.

—No, pero sí quiero hablar contigo de una cosa. Han pasado dos meses desde que fuiste a la isla del Príncipe Eduardo, y eso significa que han pasado dos meses desde que te cogiste vacaciones.

—Ya lo sé. Hemos estado a tope.

—Sí, pero ahora tenemos más ayuda y las cosas van bien. Podrías tomarte un respiro; no nos pasaría nada. —Frunce el ceño, pero no como hace cuando ve a un perrito en el bolso de una clienta. Para mi sorpresa, la veo hasta vulnerable—. ¿Es que...? —Pone los ojos en blanco—. No sé... ¿No te fías de mí?

—¿Qué? Pues claro que sí. ¿Por qué dices eso?

—Esperaste un año entero para cogerte vacaciones y solo te fuiste porque Bridget estaba en crisis. Además te pasas el día aquí, vienes hasta en tus días libres.

—Ya... —Me tomo unos instantes para decir lo que quiero decir. Cuando felicitaba a Farah por su trabajo, subía los hombros hasta las orejas, como si estuviera sintiendo dolor. Con el tiempo dejé de felicitarla. Supuse que sabía lo mucho que la aprecio—. Me fío de ti —le aseguro—. Eres organizada, de confianza y tienes un talento increíble. Siento mucho no habértelo hecho saber.

Farah se remueve en el asiento, pero me da las gracias. Cuando creo que hemos terminado, se aclara la garganta.

—Sé que este es tu negocio y que no hay nada más importante para ti, pero a mí también me importa.

—Ya lo sé. —Hace mucho tiempo que aprendí a ver más allá de la fachada de apatía de Farah.

—Lucy, eres una jefa omnipresente.

Trago saliva; es algo difícil de oír.

—Te agradecería que dieras un pasito atrás y me dejaras ayudarte más. Me gustaría tener margen para crecer.

Respiro hondo.

—Entiendo. —«Margen para crecer»—. Creo que yo también lo necesito.

38

En la actualidad
Diciembre

Me paso las noches acurrucada con el libro de Floret Farm, leyendo que la granja de flores de la autora, que ahora es muy famosa, empezó con un par de hileras de guisantes de olor en su patio trasero. He leído que ese jardincillo se convirtió en un señor jardín y he leído sobre el invernadero que construyó su marido. He aprendido sobre las flores de cada época del año y sobre las variedades locales, sobre pruebas de tierra, sobre plantación en serie y sobre la importancia no solo de plantar flores, sino también otras plantas que proporcionan material para los arreglos, como las de hoja verde, las que tienen ramitas o vainas de semillas. En mis viajes en coche hacia la tienda y de vuelta a casa, he empezado a imaginarlo.

Poco a poco voy reduciendo las horas que paso en la floristería. Me he tomado tiempo durante el día para encargarme del papeleo, preparar presupuestos y repasar los pedidos, y he descubierto que no es una tarea tan ardua ahora que tengo más ayuda. También me cojo un día libre y voy a ver yo sola una función matinal de *Los miserables*. Al sentarme en el oscuro teatro, echo muchísimo de menos no estar allí con Bridget y con mi tía, y no sé si es la obra o la nostalgia lo que me hace llorar. Sin embargo, cuando salgo a la calle, a plena luz del día, me siento fortalecida. No creía que fuera una de esas personas capaces de ir al teatro sola. Resulta que me gusta sorprenderme.

Bridget y yo estamos en contacto mediante una sucesión constante de correos, llamadas y mensajes de texto. Me manda fotos de arreglos florales que cree que me gustarán. Son espantosos y me encantan. Recuerdo lo que me dijo un día —que nadie puede serlo todo para mí, ni ella ni una pareja— y comienzo a reconectar con viejas amigas. Quedamos en cafeterías y me disculpo por haber estado ausente el último año y medio.

Estoy volviendo a casa a pie desde la cafetería donde he quedado con una antigua compañera de cuando trabajaba como relaciones públicas cuando decido detenerme ante una tiendecilla que vende semillas. Al ver el paquete de nomeolvides, sé sin lugar a dudas lo que quiero hacer con él. Felix y yo hace más de tres meses que no hablamos, desde que decidimos poner en pausa nuestra relación. El primer paso que doy hacia él es prudente y, como en ocasiones anteriores, no escribo ninguna nota. Al día siguiente envío por correo las semillas a la isla del Príncipe Eduardo.

A la mañana siguiente me llega un paquete amarillo a la floristería. Pesa más que los que me mandaba Felix, pero veo su letra en la etiqueta. La reconozco gracias a las anotaciones de los márgenes de sus libros; además la he visto en otros diez sobres. Es un ejemplar de *El jardín secreto*, de Frances Hodgson Burnett. Él tampoco me ha escrito ninguna nota. Me quedo mirando el libro con una sonrisa y, acto seguido, saco el móvil.

Me encanta

No me pone nerviosa que Felix no me responda. Cada vez estoy más segura de mí misma y preparada para lo que venga, incluidos emoticonos de pulgares hacia arriba, pero no transcurre ni un minuto antes de que su mensaje ilumine mi pantalla.

El tuyo no tiene por qué ser secreto

Me echo a reír.

Le conté a Bridget lo de la granja antes
de que se fuera. Antes de que terminase de hablar,
empezó a buscar terrenos en venta por internet

Qué típico de ella

Dejo ahí la conversación, pero me ha reconfortado. Felix está ahí, como amigo o como algo más, no estoy segura, pero ahora forma parte de mi vida y no pienso renunciar a él.

Al terminar de trabajar vuelvo a la tienda de semillas. Está nevando, aunque los copos se derriten sobre mis mejillas y se convierten en agua en la acera, provisionales como el invierno. Compro dalias, parecidas a las primeras que me envió Felix, aunque se trata de una variedad distinta: Sweet Nathalies. Felix me manda un mensaje cuando las semillas llegan a la isla.

> En internet he leído que quedan preciosas en un jarrón

> Internet lo sabe todo

> Cómo estás?

Me quedo pensando unos instantes.

> Creo que bien. Echo muchísimo de menos a Bridget

No le digo que a él también lo echo de menos. Esta vez voy a ir poco a poco.

> Te puedes creer que vayas a ser tío?

> Te puedes creer que vayas a ser tía?

> Sí! Nací para ser tía

> Tuviste muy buena referencia

> La mejor

Solo pasan unos cuantos días antes de que me llegue otro libro: *El lenguaje de las flores*, de Vanessa Diffenbaugh.

«Qué sutil», le escribo. No vuelvo a saber nada de él hasta que estoy en casa por la noche.

Me gusta tenerte en ascuas

En la pantalla parpadean los tres puntos suspensivos, pero desaparecen, aunque al poco vuelven a aparecer.

Te puedo llamar?

Se me acelera el corazón como solo me ocurre por culpa de Felix.
—No soy muy fan de los mensajes —me dice cuando lo cojo.
—¿Lo eres de hablar por teléfono?
—Soy fan de tu voz.
Esbozo una sonrisa.
—¿Eres consciente de cuándo estás ligando conmigo o está tan arraigado en ti que ni te das cuenta?
Su carcajada, breve y suave, me invade los oídos, los pulmones, el corazón.
—Solo estoy diciendo la verdad.
—A mí también me gusta tu voz —repongo mientras rebusco en la nevera.
—¿Qué haces?
—Intento adivinar cómo convertir en una cena dos manzanas, una zanahoria y un tarro de mostaza.
—¿Tienes chuletas de cerdo?
—Va a ser que no.
—Pues no te puedo ayudar. —Hace una pausa—. Algún día deberíamos volver a cocinar juntos. Te puedo enseñar a preparar algo.
—Me vas a enseñar a quemar algo —digo, aunque me encanta la idea—. Pero, si tú quieres, yo también.

Lo próximo que le envío es un paquete de semillas de zanahoria y él me manda un libro de cocina con recetas de la isla del Príncipe Eduardo titulado *Comida de las islas de Canadá*.

—Me parece que es un nivel demasiado avanzado para mí —le digo esa noche al teléfono.

—Qué va. Empezaremos por algo fácil. Página treinta y tres.
—La ensalada de mejillones y chipotle no me parece fácil.
—El sábado por la noche —me anuncia.

El miércoles preparo los documentos para mi contable; antes de que se fuera Bridget, le pedí que lo revisara todo para así poder encargarme yo. El jueves, tras pasarme horas creando un muro de flores y candelabros colgantes para una fiesta, me fijo en que me duele más el cuerpo que antes, así que, por primera vez en mi vida, decido apuntarme al gimnasio. Me doy el capricho de comprar seis sesiones con una entrenadora personal. Le digo que no quiero perder peso, sino tener más fuerza. El viernes, después del trabajo, empiezo en la elíptica, donde me paso treinta minutos, soñando con mi granja de flores. Ahora ya ocupa tres acres de invernaderos y prados, con una hilera tras otra de flores y plantas. El sábado se lo cuento todo a Felix por la noche, mientras limpiamos juntos los mejillones.

—¿Y por qué no añades un huerto? —me pregunta. Hemos hecho una videollamada por FaceTime y lo tengo sobre la encimera.

—No se me había ocurrido.

—Podría ser chulo cultivar tu propia comida. Sé de dónde puedes sacar semillas de zanahoria.

Nada acaba quemándose y cenamos con una cerveza y nachos. Aunque no sea tal cosa, es la mejor cita de mi vida.

Viajo hasta St. Catharines para pasar el día de Navidad con mi familia. Cuando mis padres me sugieren que venda la floristería mientras el negocio vaya bien, les digo que no se metan. Les cuento lo que estoy haciendo, pero no comentan nada más sobre el tema. Lyle me da un golpe de cadera cuando nos ponemos a recoger la mesa.

—Has estado genial —me susurra.

El día de Año Nuevo visito la tumba de Stacy —era su festividad preferida— y luego voy a tomar algo con Lyle y Nathan, a quienes he convencido para que vengan a Toronto y se queden a dormir en mi casa. Nos tomamos unos chupitos verdes de aspecto tóxico y, como no encontramos ningún taxi, nos vamos caminando los tres cogidos del brazo hasta mi piso. Nunca me lo había pasado tan bien con mi hermano.

Una mañana, a principios de enero, Bridget me llama por videollamada para decirme que va a tener una niña. Lloro de la alegría. También porque está lejísimos. Quiero coger en brazos a la hija de mi mejor amiga.

—¿Qué fue lo último que te envió Lobo? —me pregunta Bridget cuando he recobrado la compostura.

—Otro libro de cocina —le contesto.

—¿Y tú a él?

—Semillas de rosa. —Una variedad amarilla que significa amistad.

Con cada sobre que mando a la isla del Príncipe Eduardo, mi granja de flores de fantasía se concreta más. Dibujo diseños de parterres y plantaciones. Siembro en una tierra imaginaria las semillas que Felix me envió hace años, que se convierten en filas de dalias, cinias y bocas de dragón. A veces arreglo las flores en pleno campo, pero, cuando hace mucho calor, las transporto a la sombra del establo y trabajo en una vieja mesa. En mi granja hay un perro, que corre entre las plantas y un estanquito profundo en el centro con juncos alrededor. Quiero estar cerca del agua, aunque no sea más que un charco.

—¿Cuánto tiempo crees que vais a poder seguir así? —me pregunta Bridget por enésima vez.

Le digo que no lo sé. Me está yendo bien sola, progresando más de lo que habría creído posible. Aunque a veces echo de menos a Felix con tanta intensidad que tengo que apoyar una mano en la pared para no perder el equilibrio. Me sobreviene en el pasillo de los lácteos del supermercado, cuando cojo la mantequilla, me golpea cuando preparo café, me aporrea cuando me trenzo el pelo antes de acostarme. Sin embargo, experimento un extraño consuelo en esas oleadas de pena; son como anotaciones de un libro, una nota en los márgenes que dice: «Es importante».

—Tengo noticias para ti —me dice Bridget—. Joy se va a casar.

Me da un vuelco el corazón. Mi reacción es un impulso irracional.

—¿Con Felix?

Bridget me mira como si le hubiera hablado en latín.

—No, mujer, con Colin Campbell. Creo que lo conociste en la fiesta de Zach de hace años. Un tío grandullón con el pelo y la barba rojizos muy sonriente.

Tardo unos instantes en recordar a Colin en la cocina de Zach.

—Vaya —exclamo—. Qué bien.

—Mmm. —Bridget sonríe—. Llevan juntos cerca de un año. Me alegro mucho por ella. Se rumorea que Colin Campbell come el coño como nadie.

—¡Bridget! —Escupo el café de golpe.

Pone los ojos en blanco sin que la sonrisa petulante le abandone el rostro.

—¿Qué?

—Tengo más noticias para ti.

—Espero que no tenga que ver con la vida sexual de los isleños.

—Mentirosa —me salta—. Pero no. Se ha puesto a la venta una parcela que creo que te gustaría, unos cuantos acres cerca de Point Prim —prosigue—. Zach me ha enviado el anuncio. No está lejos del faro. Es un sitio precioso, termina justo en el mar.

—¿Le has pedido a Zach que busque terrenos en venta para mí en la isla del Príncipe Eduardo?

—Pues sí, y esta es una ocasión estupenda.

Observo el anuncio que me envía Bridget. Cada pocos días, lo abro de nuevo para comprobar si sigue a la venta. Es una parcela de tierra verde con una arboleda en la linde más alejada y da al océano. No es más que un campo, pero podría ser una granja.

Los libros y las semillas no dejan de ir y venir.
Girasoles, salvia, cosmos.
Al faro, de Virginia Woolf; *Mañana, y mañana, y mañana*, de Gabrielle Zevin; una colección de poemas de Maya Angelou.

—No sabía que te gustara la poesía —le digo a Felix un sábado por la noche de finales de enero.

—Me gusta la poesía.

Estamos preparando pollo con cuscús del libro *Siete cucharas* que me envió. Quería aprender a cocinar un ave entera y Tara O'Brady promete que se trata de una cena en la que casi no hay que intervenir.

—Voy a tener que anunciarle el descubrimiento a Farah —le digo al tiempo que meto el pollo en el horno.

Bebemos vino mientras cocinamos, hablamos mientras esperamos y comemos juntos cuando el plato está terminado. Nos pasamos incontables noches así, no solo los sábados.

Me gusta el mundillo que hemos creado, pero fuera de ese entorno cómodo existo. Fuera del trabajo también existo. Voy a museos y al cine y a comer por ahí con amigas. En febrero, sin embargo, decido pasar mi trigésimo cumpleaños sola. Me compro una botella de champán, pido mis fideos picantes preferidos y veo una comedia romántica maravillosamente mediocre con una mascarilla de arcilla en la cara. Y, aunque Bridget no esté a mi lado en el sofá, es una noche genial. Estoy evolucionando.

Mi piso también. En mi despacho parece que haya cobrado vida un tablero con un montón de imágenes. Hay libros sobre plantas perennes, una regadera de latón y una mesita con guantes y macetas de terracota. Tengo todo lo que necesito para un jardín, pero ningún lugar donde plantarlo. Busco otro piso, quizá la planta baja de una casa victoriana reformada, una con terreno que el propietario me deje cuidar. Pero entonces me doy cuenta: quiero plantar en una tierra propia.

—Tienes treinta años —me dice Felix cuando volvemos a hablar. Esta noche toca pollo frito al estilo de Tara y ya lo tengo todo listo para prepararlo. Ayer dejé macerando los trozos de pollo con una mezcla de especias y hace una hora los he sacado de la nevera. Estoy decidida a conseguirlo.

—Pues sí.

—¿Qué tal te sientan?

—¿Te refieres al tercer día de mi trigésimo año?

—Sí —repone—. Cuéntame qué tal estás, Lucy.

Hago una pausa, con los dedos cubiertos de una pasta de harina y suero de mantequilla, y muestro las manos a la pantalla.

—Ahora mismo hecha unos zorros. Pero por lo demás estoy genial.

«Aunque te echo de menos. Te echo muchísimo de menos».

—Echo de menos la isla —le digo. Porque eso también es cierto.

—La isla te echa de menos a ti. —Me sonríe.

Felix y yo freímos los trozos de pollo al mismo tiempo. Nos hemos vuelto unos expertos en cocinar en tándem. La receta es una obra maestra: el pollo queda crujiente y jugoso y la salsa caliente de mantequilla con miel es una revelación.

—No me puedo creer que esté tan bueno —digo chupándome los dedos. Y, sin pensarlo, añado—: Ojalá estuvieras aquí para que disfrutáramos juntos del plato.

Levanto la vista hacia la pantalla, preocupada por si me acabo de cargar el nuevo tipo de relación que tenemos, pero veo que Felix está sonriendo.

—Pues sí, pero lo estamos disfrutando juntos ya.

—Es verdad —le digo.

Aunque no es suficiente.

A la semana siguiente quedo con mi madre para comer en una cafetería del centro comercial donde va a hacer las compras para sus vacaciones en México. Está cascarrabias y se queja de la muerte del servicio de atención al cliente, así que espero hasta que nos sirvan los capuchinos con los que terminamos de comer.

—¿Te puedo comentar una cosa? —le pregunto.

—Parece algo serio.

—Lo es. Creo que me estoy enamorando.

Hace años que mis sentimientos por Felix están creciendo y sé que no hay forma de impedirlo. Ya no puedo soñar con mi granja sin verlo a él conmigo.

Mi madre se recoloca el cuello de la blusa.

—¿Cómo se llama?

—Felix. Felix Clark.

—¿El hermano de Bridget? —Parpadea por lo menos diez veces.
—Sí.
—¿Cuánto hace que estáis juntos? —Suena dolida. Cree que se lo he estado ocultando.
—No estamos juntos. De eso precisamente quería hablarte.
Le cuento a mi madre una versión resumida de nuestra historia. En cuanto termino el relato, suelta un largo suspiro.
—Ay, Patita. No sé qué decirte. Siempre he querido que seas feliz y estés bien, y no me parece que estés consiguiendo ni lo primero ni lo segundo.
—Estoy en ello —le aseguro—. Me siento mejor ahora de lo que me he sentido en mucho tiempo. Sé lo que quiero. —Me cojo las manos por debajo de la mesa—. Una de esas cosas tiene que ver con vosotros.
—Vaya. —Pone cara de sorpresa—. ¿Qué es?
—Me gustaría que dejarais de llamarme Patita.

Después de comer hago una llamada.
—¿No quieres venir a verla? —me pregunta Zach.
—Me fío de ti —le contesto—. Voy a comprarla.

39

En la actualidad
Marzo

La vaca ha desaparecido, pero Felix está aquí, esperándome en la terminal. Lo localizo antes de que él me vea a mí. Está leyendo, cómo no. Cuando levanta la vista y por fin me ve, le brillan los ojos, pero se queda inmóvil mientras me dirijo hacia él.

He llegado con un libro en el bolso y el corazón en un puño, y no tengo ni idea de cómo va a reaccionar a todo lo que quiero contarle, pero le doy un fuerte abrazo y aspiro su aroma: a viento, a océano, a árboles.

—Tienes un problema —me dice. Lleva un abrigo grueso, pero noto su carcajada retumbar por todo su pecho. La he oído muy a menudo en los últimos cinco meses, en los que hemos cocinado y hablado, además de conocernos más, aunque no hay nada como sentirla en el cuerpo.

—Ya lo sé —replico—. Tenía mono.

—Hola —me saluda cuando lo suelto.

—Hola —lo saludo, perdiéndome en su rostro. Se ha vuelto a dejar barba y los ojos le resplandecen más que nunca.

—Estás aquí.

—Estoy aquí.

Le dije a Felix que quería hacerle una visita para cocinar con él en vivo y en directo; no es mentira, pero tampoco es toda la verdad. Me ha reservado una de las cabañas para esta semana. Espero que sea porque es un caballero y no porque no quiere que me quede en su casa, aunque así es mejor. Si las cosas no van como yo quiero, no podría soportar estar bajo el mismo techo que él.

—Quiero enseñarte una cosa —le digo cuando salimos del aparcamiento con el coche. En Toronto la nieve se ha derretido, pero en la isla sigue emblanqueciendo el paisaje.

—Ah, ¿sí? —Arquea una ceja.

—No es eso. —Pero también lo es, madre mía. Le recito la dirección de memoria.

—¿En la carretera de Point Prim? —me pregunta confundido.

—En la carretera de Point Prim. ¿Quieres que la introduzca en el móvil para que utilices el GPS?

Niega con la cabeza.

—Ya sé cómo llegar. —Me mira a los ojos—. ¿Quieres contarme de qué se trata?

—Todavía no.

Durante buena parte del trayecto estoy demasiado nerviosa como para hablar. Cuando Felix aparca delante de mi sueño, que no es más que una verja de metal delante de un camino nevado, respiro con dificultad y el sudor me perla la frente.

—¿Qué pasa, Lucy? —Me mira—. ¿Te has mareado? Tengo una barrita aquí. —Se inclina hacia la guantera, pero le pongo la mano en la muñeca.

—Salgamos a dar un paseo —digo, y saco el libro del bolso.

Bajamos de la camioneta. Al verme trepar la verja, Felix me imita.

—No sabía que te gustaba allanar terrenos ajenos —dice cuando empezamos a caminar por el campo. La nieve cruje bajo nuestras botas y las palabras que pronunciamos se convierten en vaho al salir de nuestros labios.

—Y no me gusta. —Respiro hondo—. Esta tierra es mía.

—¿Cómo dices? —Felix ha dejado de andar.

—La he comprado. —Me vuelvo para mirarlo a los ojos—. Para mi granja.

Parpadea extrañado, como si no me hubiera entendido.

—¿Para tu granja?

—Sí. —Asiento con la cabeza—. Es la primera vez que la veo —le digo—. Le pedí a Zach que le echara un ojo.

—¿Le pediste a Zach que le echara un ojo?

Asiento de nuevo.

—Me ha ayudado mucho.

—Zach —dice lentamente— te ha ayudado mucho. A ti. Mientras comprabas una granja. Aquí. En la isla del Príncipe Eduardo.

Observo la tierra blanca que me rodea, así como los pinos cubiertos de nieve que la circundan.

—Yo no diría que es una granja; en realidad es más bien un prado. Pero llega hasta el mar.

—Hasta el estrecho, quieres decir.

Sonrío porque los isleños son muy tiquismiquis con cómo llaman a las masas de agua.

—Sí, llega hasta el estrecho de Northumberland.

—¿Por qué? —Sigue confundido—. ¿Por qué la has comprado?

—Porque me gusta más esta isla que ningún otro lugar y algún día quiero que sea mi hogar. Quiero construir una vida aquí, quiero plantar flores aquí. —Aunque Felix no quiera hacerlo conmigo, aquí es donde quiero estar.

Felix me mira con los ojos azules bien abiertos, pero no responde. Antes de perder la valentía, le tiendo el libro.

—Te he traído una cosa. —Está envuelto en papel rosa porque el libro es tanto un libro como un mensaje—. Quería dártelo en persona.

Si no llevara guantes, Felix vería cómo me tiemblan los dedos al entregarle el paquete. Se quita los guantes, arranca el papel, le da vueltas a la novela con las manos y levanta la vista.

—¿*Ana, la de la isla*?

—Es el tercero de la saga —digo. En el avión la he anotado, he subrayado mis partes preferidas y he escrito en los márgenes para que Felix lo lea.

Ladea la cabeza, y me mira a los ojos en busca de algún significado.

—¿Lo has leído? —le pregunto.

—No. Solo *Ana, la de Tejas Verdes*.

—Con lo mucho que te gusta leer, a estas alturas ya deberías haberte leído toda la bibliografía de Lucy Maud Montgomery. —Le doy un golpecito a la cubierta con un dedo—. En este libro, Ana se marcha de la isla del Príncipe Eduardo para estudiar en

Nueva Escocia. Gilbert le propone matrimonio dos veces. La primera, Ana no está preparada y empieza a salir con un hombre que es del todo inadecuado para ella. Al final, sin embargo, se da cuenta de que la isla es su hogar, y Gilbert, el amor de su vida.

—Qué lista era Ana Shirley —musita mirándome fijamente.

Los nervios me recorren las extremidades y se me agolpan en el pecho. No van a detenerme. Tengo miedo, pero no pienso irme a ninguna parte.

—Felix, te he traído hasta aquí porque tú apareces en todos mis sueños. He venido hasta aquí para preguntarte si yo también aparezco en alguno tuyo.

Apenas tengo tiempo de respirar antes de que me plante un beso. Le rodeo el cuello con los brazos y me quito los guantes para pasarle las manos por el pelo, enredando los dedos entre los espesos mechones de su nuca como si ese siempre hubiera sido su lugar. Su boca es respetuosa, muestra una clase de veneración devota, suave y dulce como la mermelada. Separo los labios y se me escapa un sollozo, pero se disuelve en la lengua de Felix. Arde como la salsa de mantequilla y miel, aun estando en las últimas semanas de invierno. Cuando se aparta, apoya la frente en la mía.

—En todos mis sueños, Lucy. En todos y cada uno de ellos.

Lo beso porque he echado de menos su sabor y no he tenido suficiente. Con una mano, me ladea la cabeza y, con la otra, me coge la cintura para acercarme a él. Me fundo en su boca, en su pecho, en sus caderas, y oigo un gruñido familiar salir de su garganta que devoro. Lo devoro a él. Felix me recorre la mandíbula con los labios.

—No sabía si volvería a sentir tu piel —musita sobre mi carne—. Te he echado de menos. He echado de menos tu cuello.

Le cojo la cara con las manos y lo atraigo hacia mí.

—Mi cuello es todo tuyo.

Me acaricia la nariz con la suya, deslizando un pulgar por mi mejilla.

—Siempre he pensado que encajamos a la perfección —dice.

—No siempre lo has pensado —replico con una sonrisa. Creo que hasta este preciso instante no sabía lo que era la felicidad.

—Que sí. —Me aparta un mechón de pelo de la frente—. Y me encanta tu sonrisa; brilla tanto como el sol. Me encantan tus labios, y tus pechos, y tus caderas. Me encantan tus muslos. —Baja la boca por mi cuerpo, me desabrocha la chaqueta y me besa los tres lunares—. Me encantan estos tres puntitos. —Sube sin dejar de besarme y se sitúa de nuevo frente a mí—. ¿Sabes por dónde voy?

—Creo que sí.

—Vamos a hacer que no queden dudas, Lucy. —Le centellean los ojos, igual que el hoyuelo—. Me encanta tu nombre, Lucy Beth Ashby, me encanta cómo me llena la boca. Me encanta cómo te trenzas el pelo antes de acostarte. Me encantan tus camisones y tus vestidos, como el que llevabas cuando nos conocimos, el lila con un lazo en el medio. —Recorre mi pómulo con un dedo; luego, el labio inferior—. Tu piel es tan suave. Me encanta el sabor de tu lápiz de labios, a cera y a miel, tu sabor al correrte.

—Como sigas hablando así, a lo mejor te pido que lo goces conmigo aquí mismo, en este campo helado.

Felix lleva las manos a la parte baja de mi espalda y me estruja contra su cuerpo. Yo se lo permito encantada.

—Lo gozaría contigo en cualquier sitio, pero todavía no he terminado. Me encanta lo mucho que quieres a mi hermana, el cariño que le tienes a tu tienda y esa estatua en forma de vaca.

—Wowie —le digo.

Su sonrisa se acrecienta. Florece hasta los topes.

—Wowie. Me encanta que tengas una opinión tan clara sobre cuál es tu mantequilla preferida. Y me encantan las cosas que haces con las flores. Eres una artista, Lucy. Me encanta cómo coges un cuchillo y me encanta verte comer. Me encanta cómo te ruborizas. Joder, cómo te ruborizas. Me encanta que hagas preguntas y que luego escuches atentamente las respuestas. Me encantan todos los libros que me has enviado, todos los paquetes de semillas. Todas las miradas que me has lanzado. Todas las caricias, los besos. Podrías vomitar diez veces en mi camioneta y me daría lo mismo.

Me echo a reír, pero mi corazón está cantando: «Más. Felix».

—¿Cómo consigues que hasta eso suene romántico? Me encantan las cosas que salen por esa boquita tuya.

—La tuya sí que es una delicia. Más exuberante que cualquier jardín, más bonita que cualquier rosa.

—Tus palabras son preciosas —le digo.

Le recorro la mandíbula con la punta de los dedos y luego dejo la mano sobre su pecho. Él pone la suya justo encima.

—En algunos momentos, estar lejos de ti me ha resultado tan imposible como no respirar. Creo que estoy hecho para ti, Lucy —añade—. Desde el día en el que nos conocimos, creo que un trozo de mi corazón te pertenece, y ha ido creciendo año tras año. No sé cuándo pasó a ser todo tuyo. Quizá cuando me pusiste el paquete de mantequilla en la mano. O a lo mejor fue cuando nos miramos en el espejo del cuarto de baño. O cuando fuiste a buscarme en Acción de Gracias. O cuando fui a ver tu tienda. O cuando me mandaste el primer libro. O cuando fuimos al faro en el extremo de la península y me dio la impresión de que nunca habías sido tan feliz, en ningún lugar ni con nadie más. No sé cuándo sucedió, Lucy, pero es todo tuyo. Mi corazón entero es tuyo si lo quieres.

—Basta de hablar. —Le pongo una mano sobre los labios.

—Quiero decirte más cosas.

—Ya lo sé. —Lo rodeo con los dos brazos, mirándolo a los ojos, del color azul más refulgente de todos—. Pero he cruzado medio país para poder decírtelo y no me estás dejando. Te quiero, Felix.

Felix parpadea y echa la cabeza hacia atrás, soltando una gloriosa carcajada. Después me coge la cara.

—Lucy... —Me da un beso—. Estoy muy enamorado de ti. Loca, profunda y perdidamente enamorado de ti.

Felix vuelve a posar los labios en los míos, pero no se trata de un beso casto. Incluye tirones, mordisquitos y manoseo.

—A casa —exclama—. Quiero llevarte a casa.

Una bota en el felpudo de la puerta, un abrigo arrojado sobre el sofá, mi jersey en el suelo del pasillo. Estamos en las nubes e histéricos, igual que la primera vez. Nuestros besos son torpes, nuestras sonrisas también. Pero, cuando entramos en la habitación de Felix, afloja el ritmo. No tengo ni idea de a dónde ha ido a parar mi falda.

—Te quiero. Te quiero —le repito una y otra vez. Me sale con facilidad. Contener esa frase fue la parte complicada.

Nos besamos, nos tocamos y rodamos hasta que Felix comienza a recorrer mi cuerpo. Me pasa la lengua por las franjas rosadas que el sujetador me ha dejado en la piel, siguiendo la marca. Noto sus manos callosas sobre las costillas; me encantan esas manos. Admiro el moreno dorado de sus antebrazos. Me encanta su piel. Me desliza la palma por el torso, por el vientre y entre las piernas.

—Eres un sueño —me dice antes de pasar a usar la boca.

Después de correrme tan escandalosamente que doy gracias por que Felix no tenga vecinos, tiro de él hacia mí. Le beso los labios y le digo lo mucho que me gustan. Luego le pido que se tumbe para ponerme encima. Lo observo debajo de mí, con los labios húmedos y los ojos entornados. Cuando lo rodeo con las piernas, levanta la barbilla hasta el techo.

—A lo mejor no duro demasiado —dice con voz áspera—. Hace mucho desde la última vez.

—No pasa nada. Tenemos tiempo para una segunda ronda.

Felix coge aire mientras yo trazo un círculo con las caderas. Cierra los ojos, así que repito el movimiento. Qué divertido va a ser esto.

—¿Y esa cara? —masculla.

—Me preguntaba lo rápido que podría hacer que termináramos. —Echo el brazo atrás y le paso una mano por la cara interna del muslo, sobre su mancha de nacimiento. Felix gruñe, con el pecho subiendo y bajando a toda velocidad, y cierra los ojos. Cuando vuelve a abrirlos, advierto en ellos una determinación absoluta. Conozco esa mirada. Me he metido en un buen lío.

Felix me aferra la espalda mientras se incorpora para situarme sobre su regazo.

—Tú esmérate en lo tuyo, Lucy. —Mueve los labios hasta los lunares debajo de la clavícula y luego desciende más—. Y yo me esmeraré en lo mío.

Echamos un polvo, dos, tres. Hacemos una pausa para comer algo y beber agua, y para que Felix encienda el fuego en el salón. No puedo dejar de sonreír. Apoyo la cara en la almohada y me río a carcajadas cuando Felix me clava los dientes en la carne del costado.

En cuanto nos hemos agotado por completo, me atrae contra su pecho y me estrecha fuerte. Es aquí donde me siento segura. Es aquí donde me siento valorada. Aquí está todo mi mundo, justo aquí, entre los brazos de Felix.

Cuando me despierto, hace rato que ha salido el sol. Felix está durmiendo como un tronco, con una sonrisa infantil en los labios. Me pongo una de sus camisetas y me escabullo hasta la cocina. Me preparo una tostada y un té Earl Grey porque Felix no tiene cafetera. Ahora hay dos fotos en su nevera: la que vi la última vez que estuve aquí, en la que sale con Zach delante de Salt Cottages, y una mía. Es de la boda de Bridget y estoy en la pista de baile, la única persona enfocada, viendo cantar a Miles. Me estoy riendo, tapándome la boca con los dedos.

Mientras espero a que se haga la tostada y a que pite la tetera, inspecciono los libros de Felix. Los que le he mandado ocupan una estantería junto a las semillas. Cojo *Grandes esperanzas*.

—Buenos días —me dice.

Me doy la vuelta en la otra punta de la estancia. Lleva calzoncillos y una camiseta blanca de manga corta. Está desaliñado y guapísimo, y es mío. Pienso en todas las cosas que me encantan de Felix y esta vez no salgo huyendo. Atravieso la sala y lo rodeo con los brazos.

—Buenos días, amor.

40

En la actualidad
Primavera y verano

Sé dónde quiero terminar estando, pero todavía no estoy preparada. De ahí que Felix y yo estemos yendo y viniendo. Pasamos el mes de abril en Toronto y el de mayo en la isla del Príncipe Eduardo.

Felix descubre mi mundo. Nos acostamos en mi dormitorio rosa sobre mis sábanas blancas. Cuando nos acurrucamos en la cama justo después, me pide ver mi cuaderno de ideas de la granja de flores.

—¿Crees que soy demasiado ambiciosa? —le pregunto mientras hojea los diseños del jardín, los bocetos de arreglos y las listas de provisiones imaginarias.

—Creo que eres brillante. —Me da un beso en la sien—. Una soñadora con sueños preciosos.

En el armario junto a la nevera tengo un paquete del Earl Grey que le gusta y él aprende a usar mi cafetera. Le dejo que inspeccione mi botiquín y mi colección de revistas. Prepara sopa de pescado en mi cocina y se familiariza con el lugar en el que guardo el sacacorchos y el cuchillo bueno que me regaló su madre. También se empeña en conocer a mis padres. Vamos hasta St. Catharines y se lo presento a mi madre y a mi padre, así como a mi hermano y a su marido.

—Es muy guapo, eso lo tengo que reconocer —me dice mi madre cuando nos quedamos solas en la cocina—. Pero ¿estás segura de que es buena idea que te líes con el hermano de Bridget, Patita?

—Mamá. No me llames así, por favor. Y, sí, estoy segura. Nunca he estado más segura de nada.

—En ese caso, supongo que te doy mi bendición.

—Tengo treinta años, mamá. —Respiro hondo—. Soy adulta. No te he pedido que me des tu bendición.

Se encoge, sorprendida, mirándome como si me viera por primera vez.

—Entonces te deseo lo mejor —Pone un trozo de tarta de naranja en un plato—. Se os ve felices juntos.

—Lo somos. —Dudo unos instantes—. ¿Tú lo eres?

Mi madre se detiene y me mira fijamente.

—Un día en el hospital os oí hablar a Stacy y a ti.

—Ah. —Suspira—. Soy lo bastante feliz, Lucy. Tu tía pensaba que la vida debía estar llena de fuegos artificiales, pero estoy satisfecha, y eso me basta.

Mi tía no se conformaría con estar satisfecha, pero sé que no le voy a sonsacar nada más a mi madre.

—Stacy conoció a Felix —le digo—. Fueron solo unos minutos, pero creo que le cayó bien.

Mi madre sonríe, nostálgica, y corta otra porción de pastel. Me parece que la conversación se quedará ahí, pero, al poco, añade:

—Tu tía diría que está como un queso.

—Esa es justo la expresión que usó.

Se echa a reír y se lleva un dedo a la comisura de un ojo.

—Le habría caído bien, Lucy. Le habría caído muy bien.

Rodeo la cintura de mi madre con los brazos. Me escuecen los ojos.

—Gracias —susurro.

Hay un día de la visita de Felix que no me quito de la cabeza. Por la mañana me acompaña con el coche, me da un beso de despedida y regresa cuando la tienda ya está cerrada y todo el mundo se ha marchado a casa. Oigo que llama a la puerta; toc, toc, una pausa, toc. La abro, lo arrastro hasta el despacho y hago realidad una de mis fantasías, que lo incluye a él en esa estancia tan pequeña.

Resulta doloroso decirle adiós, como sabía que ocurriría, pero no pasa mucho tiempo hasta que vuelvo a adentrarme en el mundo de Felix. En junio paso una semana en la isla. Me recoge en el aeropuerto y nos dirigimos al este. Compra una cafetera para mí y me enseña a prepararle una taza de té perfecta. Luego, cocinamos juntos. Por la noche cojo un libro de poesía de su biblioteca y él me lee poemas, aunque no durante mucho rato, ya que oír versos pronunciados por sus labios me enciende de una forma nueva y, antes de que haya recitado unas cuantas estrofas, ya estoy de rodillas. A la noche siguiente opto por una novela de Jane Austen. El resultado es el mismo.

Cenamos con sus padres en Summer Wind y yo duermo en la habitación de invitados, esa que Christine decoró pensando en mí.

Caminamos por el prado en el que yo quiero que algún día construyamos una vida juntos mientras nos imaginamos cómo será nuestra casa y debatimos dónde deberían crecer las dalias. Felix tiene grandes planes para montar un huerto.

—Las zanahorias son muy buenas para la salud —dice.

—Tú sí que eres bueno para mi salud —repongo.

En agosto quedo con Felix en Toronto y volamos juntos hasta Sídney para coger en brazos a su sobrina. Bridget y yo nos abrazamos y lloramos durante cinco minutos en el aeropuerto y, cuando nos separamos, veo que Felix tiene un bebé sobre el pecho.

—Hola, Rowan —le dice—. Soy tu tío Felix, pero todo el mundo me llama Lobo.

Felix me acerca a la pequeñina y me la pone en los brazos con sumo cuidado. Rowan tiene los ojos cerrados. Es todo nariz y mejillas, con mechones de pelo negro que sobresalen del gorrito de punto. Le acaricio la nariz con el dedo. Es clavada a la de Felix.

—Rowan —dice Bridget—, te presento a tu tía Lucy, pero las chicas la llamamos Bee.

Bridget siguió en la misma empresa y trabajó a distancia hasta antes de que naciera Rowan, pero ahora se va a coger todo un año de baja, así que disponemos de días enteros para estar juntas. Vamos a dar muchos paseos con la pequeña. Cruzamos el puerto, dejando atrás la Opera House, y entramos en los jardines botánicos. Compramos en Paddy's Markets y comemos *fish and chips* mientras observamos la bahía de Watsons. En Australia es invierno, pero el fin de semana hace calor, así que Miles nos lleva en coche hasta Palm Beach.

Estoy en la orilla con Felix detrás de mí, rodeándome la cintura con los brazos. Observamos el Pacífico, con Bridget, Miles y Rowan sentados en una manta, quitando la arena que se ha pegado a las rodajas de sandía. Quiero que este instante dure eternamente, creo. Felix me estrecha contra su pecho mientras observa el mar.

Me vuelvo para mirarlo a los ojos.

—Se me ha ocurrido una idea.

—Ay, madre —exclama.

—Una idea que es una puta pasada.

—Dispara. —El hoyuelo hace acto de presencia.

—No quiero pasar otro otoño sola. Quiero pasar Acción de Gracias contigo. Quiero pasar la Navidad con tu familia. Quiero ver las cabañas de Salt Cottages con guirnaldas navideñas. Quiero ir a esquiar contigo. Quiero que me enciendas un fuego para que podamos acurrucarnos al lado. Quiero despertar contigo todos los días. Estoy preparada para vivir nuestros sueños en lugar de limitarnos a hablar de ellos. Quiero que construyamos nuestra casa.

—Nuestra casa. Me gusta cómo suena cuando lo dices tú.

—¿Eso es un sí?

Me sujeta las mejillas con las palmas.

—Yo también tengo algunas ideas.

—Ah, ¿sí?

—He hecho dibujos.

—¿Dibujos?

—Esbozos de casas. Les he comentado unas cuantas ideas a Zach y al arquitecto de su empresa, el que diseñó Salt Cottages.

—Serás pillo. No sabía nada.

—Es un diseño preliminar. Una casa, un establo y un invernadero. No quería ir más allá hasta que estuvieras lista para echarles un ojo.

—¿Has estado diseñando mi granja?

—Sí, le saqué unas cuantas fotos a tu cuaderno y se me han ocurrido algunas cosas. Todo está por debatir. Quiero que lo hagamos juntos.

—Juntos —repito.
—Tú y yo —dice.
—En la isla del Príncipe Eduardo.
—Si es lo que quieres, Lucy, sí.
—Es lo que quiero. —Felix y yo, en otra playa, una con arena y acantilados rojizos con vistas a un mar diferente. Quiero frías noches de febrero con él leyéndome libros. Quiero mañanas de julio en un jardín florido. Felix será mi hogar y yo seré un lugar al que él pueda regresar. Será mi oasis y yo seré el suyo. Se guardará las mejores palabras para mí y yo haré lo mismo para él—. Es precisamente lo que quiero.

EPÍLOGO

El verano siguiente

Hemos abierto todas las puertas y la gente va y viene por la casa, desde el comedor hasta la cocina y la terraza de piedra. Todavía no es una granja, pero no le falta mucho. La primavera pasada, Felix y su padre construyeron el invernadero y ya se han puesto los cimientos para el establo. Un estrecho arroyo fluye entre los abedules y las píceas blancas del fondo del terreno y hay hileras de tierra revuelta.

No hemos tenido tiempo de terminar de decorar, pero aun sin las cortinas nuestra casa es perfecta: una granja moderna, con exterior de carbón y tejado a dos aguas. La hemos bautizado como Primfield House.

Zach repasó todos los detalles del diseño y la construcción como un poseso y nos juró que estaría terminada hacia principios de agosto, y estaba en lo cierto. También fue muy buen momento. Felix vendió su casa, así que nos quedamos en Summer Wind, pero empezó a refunfuñar por tener que vivir bajo el mismo techo que sus padres.

Mi día a día es casi irreconocible desde el día en el que Felix y yo nos abrazamos en una playa de Australia y decidimos entretejer la vida de los dos. En diciembre me mudé a la isla y dejé mi piso de Toronto, aunque viajo allí una vez al mes y Farah se encarga de llevar In Bloom. Dice que está valorando mi oferta de comprar una parte y pasar a ser copropietaria del negocio. Creo que quiere hacerlo, pero sé que le gusta tenerme en vilo.

En la inauguración de nuestra casa hay muchísimos invitados y muchísimas preguntas. ¿Qué planes tengo para la granja de Primfield? ¿Qué me parece vivir en la isla? ¿Dónde encontré esa lámpara? Al cabo de una hora pierdo a Felix. Imagino que está en la cocina con el adolescente al que ha contratado para desbullar ostras para la velada, pero no lo veo por ninguna parte.

Estoy preparando una bandeja con minipasteles de pescado cuando Lana, la novia de Zach, me acorrala para decirme que cree que Zach le va a pedir que se case con él. Ella se mudó a la isla desde Montreal hace unos cuantos meses y sé de primera mano que Zach ha comprado un anillo. Su relación entraña una competición encantadora y ella quiere declararse primero, por lo que me pide ayuda para hacer una lluvia de ideas. No caigo en que es una distracción hasta que oigo un tintineo en la otra punta de la estancia. Hay tantísima gente que no sé de dónde sale ese ruido.

Entonces la veo en las escaleras, con una copa de champán y una cuchara en la mano. Nos miramos a los ojos. Ha pasado un año desde que Felix y yo fuimos a verla a Sídney, un año desde que vi por última vez a mi mejor amiga, y estoy conteniendo las lágrimas.

Bridget tiene el mismo aspecto de siempre, con las mejillas coloradas y el pelo alborotado. Lleva unos viejos pantaloncitos vaqueros y una camiseta sin mangas, pero en la cabeza luce una corona floral, parecida a la que yo llevaba la noche que nos hicimos amigas. Se la ha hecho ella misma: está mustia y torcida y muestra una combinación de naranjas y lilas que no pegan ni con cola. Es fea a rabiar a la par que espectacular.

No puedo apartar la vista de Bridget.

—¿Qué haces aquí? —le articulo con los labios.

Me lanza un beso y vuelve a golpetear la copa. Entre la cháchara y la música de Ken, solo unas cuantas personas giran el cuello en su dirección. Bridget deja la copa, se mete dos dedos en la boca y suelta un potente silbido.

Clava los ojos a su derecha: Miles sale de la biblioteca con Rowan en brazos. Deben de haber entrado a hurtadillas cuando Lana me ha enseñado el vídeo de una pedida en plan *flash mob*. Rowan intenta agarrar el libro de letras de *Ana, la de Tejas Verdes* que Felix le compró hace unas cuantas semanas. Me aseguró que lo había enviado por correo a Australia.

Alguien me rodea los hombros.

—Sorpresa —exclama Felix.

Giro la cabeza. Felix se ha afeitado y sonríe de oreja a oreja. Su barba va y viene con las estaciones. Se la deja en invierno y se la corta cuando nieva en primavera.

—Tú —le suelto—. Me has engañado.

—Ajá. —Me da un beso en la mejilla y luego sonríe a su sobrina.

—Ahora entiendo por qué hace un rato que no te encontraba.

—Le he pedido a mi padre que pusiera la música bien alta para que no oyeras a Rowan. —Me besa la sien.

Bridget saluda con la mano. Los presentes le devuelven el saludo.

—Vaya —exclama examinando nuestros rostros. Sus padres, mi hermano y su marido, sus abuelos y varios tíos y primos de la familia Clark. Han venido unos cuantos desbulladores de ostras con récord Guinness y la mitad de la clase de graduación del instituto de Felix, Joy y Colin entre ellos. Cuando Bridget advierte la presencia de mis padres, se le ensancha la sonrisa—. Me alegro mucho de veros y me alegro mucho de haber vuelto a casa. De hecho... —Nos mira a Felix y a mí—. Es todavía mejor estar aquí, en la casa de Lobo y de Bee. Y qué bonita que es.

—Yo los he ayudado —interviene Zach.

Bridget levanta la copa en su dirección.

—Pues claro que sí, Zach. —Coge aire—. Os diré la verdad: ver a mi mejor amiga y a mi hermano ahí —nos señala con la barbilla—, abrazados, me parece tan natural como raro.

Felix es muy rápido. Con una mano me gira la cabeza y con la otra me acaricia el pelo. Me besa como lo hace cuando estamos a solas. Suenan gritos y silbidos mientras noto cómo se me acelera el corazón, pero le rodeo la cintura con los brazos y lo arrimo a mí. No tenemos por qué esconderle nuestro amor a nadie, tampoco a nosotros mismos.

—Supongo que me lo he ganado —espeta Bridget, pero la sonrisa le cava sendos hoyuelos en las mejillas. Se saca una hoja de papel del bolsillo—. Cuando conocí a Bee, echaba muchísimo de menos mi casa. Como todos sabéis, soy isleña de corazón y me gustaba bastante Toronto, sobre todo de noche. Con veintipocos, recorría Cabbagetown con la bici y observaba a la gente en su casa. Me encantaba ver la ciudad iluminada de noche. Pero añoraba a mi familia, añoraba la isla, el viento y el agua y la cocina de mi madre. Estaba sola. Y entonces conocí a Bee.

»La noche que nos hicimos amigas, ella llevaba una corona de flores de verdad. —Se señala la cabeza—. Mucho más bonita que esta. Yo recelaba de las mujeres con su físico, tan femeninas y elegantes, con pómulos por los que mucha gente pagaría un dineral. En el trabajo, su maquillaje era siempre impecable. Pensé que sería banal y todo fachada, pero me equivoqué.

»Parece majísima con esos vestiditos y esa sonrisa, pero Bee es una tía muy fuerte, más de lo que ella cree. Odia discutir, pero cuando es importante no cede; es una de las cosas que más admiro de mi mejor amiga. Siempre he pensado que ojalá nos hubiéramos conocido antes, cuando éramos pequeñas o adolescentes, pero ahora creo que nos conocimos en el momento adecuado. Nos hicimos adultas juntas. Gracias a nuestra amistad, aprendí lo que es el compromiso. Gracias a nuestra amistad, aprendí que las familias que construimos son tan importantes como las familias en las que nacemos. Gracias a nuestra amistad, aprendí que los mayores amores no siempre son románticos.

El discurso de Bridget es mucho más largo que el que pronuncié yo en su boda. Para cuando casi ha terminado, he echado a perder una de mis servilletas buenas con el rímel. Felix está a mi lado, rodeándome el estómago con los brazos y apoyándome la barbilla en el hombro. Cada dos por tres noto su risotada en la espalda o su sonrisa contra mi mejilla. Al volverme para mirarlo cuando Bridget dice el hermano tan maravilloso que es, veo que le brillan los ojos.

—Es muy loco la de cosas que hacemos por amor —prosigue Bridget mirándonos, con temblores en la barbilla. Le pongo una mano a Felix en la mejilla. Está mojada, como las de su hermana. Gira la cabeza y me besa los dedos—. A veces, el lugar donde lo encontramos es aún más loco.

Bridget levanta la copa de champán y los demás asistentes hacen lo propio.

—Brindemos por Lucy, por Felix y por su nuevo hogar. —Nos guiña un ojo—. Ya era hora.

Todo el mundo se ha marchado menos nosotros seis. Mi familia se aloja en Salt Cottages y Christine y Ken están cuidando a Rowan en Summer Wind. Bridget y yo nos sentamos en los escalones de atrás. Está anocheciendo, pero vemos la silueta de Miles y de Felix, que están encendiendo una hoguera en el prado. Zach y Lana ya están sentados junto al fuego, con mantas de lana en el regazo. Esta noche se van a quedar a dormir, aunque una de las parejas tendrá que conformarse con un colchón inflable. En el tercer dormitorio no tenemos muebles.

—Este sitio es una preciosidad, Bee. No me puedo creer todo lo que habéis hecho vosotros —me dice Bridget—. Lobo y tú formáis un buen equipo.

—Pues sí. —Dirijo la vista a Felix.

A principios de mes puse un puesto en un mercado de granjeros. No tenía demasiado material, pero conseguí crear ramos con las plantas anuales. Si bien me pareció una buena idea, al final supuso muchísimo trabajo, con las obras y la floristería. Felix me pilló llorando en el prado en uno de mis numerosos momentos de «Qué estresada estoy».

Me abrazó y me susurró:

—Estamos juntos, Lucy. Lo superaremos. —Me concentré en el peso de sus brazos y en el olor de su piel, y supe que llevaba razón. Terminamos tumbados en la hierba, yo con el vestido arremangado sobre la cintura y él con los pantalones por los tobillos, riéndonos y cubiertos de pétalos. Al cabo de un rato, Felix me vio preparar unos cuantos ramos y me propuso hacer algunos él. Tiene mejor ojo que su hermana.

—No sabía que sería tan agradable —le digo a Bridget ahora.

—¿El qué?

—Tener pareja. —Siempre he pensado que hacer las cosas por mi cuenta era el mayor de los logros, y es satisfactorio, pero pedirle ayuda a Felix no hace que me sienta más pequeña. Cuando estoy con él, todo parece posible. Es casi embriagador lo fuerte, sagrada y adorada que me siento. Las noches en las que estamos tan agotados que no podemos hacer otra cosa que acurrucarnos en el sofá en silencio, Felix leyendo y yo viendo la tele, no me preocupa que nos dirijamos hacia una especie de monotonía. No me da la impresión de que sea un mueble. Me siento afortunada y punto—. Pero echo de menos a mi mejor amiga —añado—. Conque otros dos años casi en las antípodas, ¿eh? —Miles y ella han decidido alargar su estancia en Australia.

—Sí y luego volveremos a Toronto, aunque no sé si seré capaz de soportar los inviernos de nuevo.

—Preferiría que estuvieras en la puerta de al lado, o por lo menos en Charlottetown, pero menos da una piedra.

—Ese vuelo hasta aquí no es nada comparado con el de Australia —repone Bridget—. Vendremos tan a menudo que os vais a hartar de nosotros.

Felix está agachado, arrugando papel de periódico y formando una pirámide con las astillas. Una llama empieza a parpadear.

—Más te vale. El otro día pillé a tu hermano viendo un tutorial para construir un columpio. Piensa hacer un parque para Rowan y para los niños que visiten la granja.

—Y quizá para vuestros hijos algún día. —Bridget me dirige una sonrisa culpable.

—Quizá sí —digo—. O quizá no. En realidad no pensamos en eso todavía. —Felix y yo hemos aparcado el matrimonio y los hijos, por lo menos de momento. Miro a Bridget inexpresiva—. Qué curioso, pensaba que te lo había comentado, en numerosas ocasiones.

—Tomo nota. —Me dedica una sonrisilla tímida y se levanta—. Ahora vuelvo.

En su ausencia observo a Felix. Está esperando, paciente, a que la llama sea lo bastante estable como para echar leños al fuego. Veo lo satisfecho que está al ver el resplandor anaranjado. Se vuelve hacia mí y me da un vuelco el estómago. Aún me pilla por sorpresa lo franco que es su amor, lo abiertamente que me lo ofrece.

Bridget regresa con una bandeja de madera redonda. Lleva una botella de un whisky carísimo y seis vasos que parecen de cristalería antigua. Debajo del brazo sujeta una bolsita de cacahuetes.

—Nuestro regalo para la casa —anuncia—. Como en los viejos tiempos.

Me levanto y le doy un beso en la mejilla.

—Casi.

Cuando el fuego arde con fuerza y todo el mundo ha tomado una copa, me acurruco en el regazo de Felix. La conversación es la propia de amigos de hace años y de amigos de hace poco, anécdotas que coquetean con la nostalgia y coñas privadas que se explican para aquellos que todavía no las conocen.

Bridget obligando a Felix y a Zach a recogerles el pelo a sus Barbies.

La noche que mi tía intentó replicar la pasta con vodka de su restaurante preferido y terminamos emborrachándonos con la salsa.

Felix clavándose el cuchillo desbullador cuando nos conocimos.

—¿Así que no sabíais quiénes erais? —nos pregunta Lana a Felix y a mí.

—No —contestamos al unísono.

—¿En serio?

—En serio —decimos.

—Mi mejor amiga y mi hermano. Es un tanto inquietante, pero no me lo imagino de ninguna otra manera —asegura Bridget.

Le lanzo un cacahuete.

Es la clase de noche en la que siento que dos piezas acaban de encajar. «Es esto —pienso—. Todo lo que quiero».

En un momento dado, Zach va al coche a coger una caja envuelta en papel de regalo y me la da. Es un Trivial Pursuit.

—¿Es para mí o para ti? —lo interrogo.

—No hagas preguntas si no quieres saber la respuesta —repone mientras coge un taco de tarjetas—. Solo haré unas preguntillas al grupo.

Zach y Bridget están debatiendo la validez de una de las respuestas de ella cuando noto los dedos de Felix en el pelo: me lo está trenzando a la espalda. Al terminar rodea la punta con la mano y tira de mí suavemente, dirigiendo mi oreja a su boca.

—Llevo todo el día con ganas de tenerte a solas. —Me da un beso en la sien y me pone una mano en el muslo.

—Ve tú primero —le indico—. Yo los distraigo.

Me pongo de pie para que Felix pueda levantarse de la silla.

—Tengo que ir a hacer unas cosas en casa —anuncia.

—Enseguida vuelve —digo yo.

Felix me mira por encima del hombro al marcharse y, aun en la oscuridad, veo el brillo travieso de sus ojos. Al cabo de un minuto le digo a todo el mundo que voy a buscar un jersey. Zach se ríe resoplando por la nariz.

Utilizo nuestra combinación secreta. Toc, toc, una pausa... Pero no me da tiempo a llamar por tercera vez, ya que Felix abre la puerta riéndose.

—Todos saben lo que estamos haciendo, ¿verdad? —pregunto cuando tira de mí hacia dentro y cierra la puerta.

—Pues claro —contesta—. Pero nadie entrará en casa hasta dentro de por lo menos treinta minutos. Hasta entonces estamos solos, Lucy.

Felix me apoya en la pared y nos besamos. Sabe a whisky del bueno y a humo de madera, y al desenlace más dulce para el mejor día de mi vida. Cuando nos separamos, me coge una mano y tira de mí hacia las escaleras. Con los dedos entrelazados, subimos hasta nuestra habitación de la casa que hemos construido juntos, una casa llena de libros, un prado lleno de flores: nuestra isla especial.

Por fin estoy con Felix. Por fin es mío.

AGRADECIMIENTOS

Pasarlo bien: ese era mi objetivo particular con esta novela. Quería pasármelo bien creando esta historia. Quería que vosotras os lo pasarais bien leyéndola. Necesitaba que la experiencia de escribir *Esta vez será diferente* fuese mejor que con mi novela anterior, *Te veo en el lago*, que me pateó el culo, el ego y el cerebro. Debí de invocarlo hasta que fuera real, ya que escribir esta novela ha sido una pasada. Me han encantado todos y cada uno de los momentos que he pasado con Lucy, Felix y Bridget en la isla del Príncipe Eduardo, incluso en el tercer borrador, que empecé de nuevo con cero palabras escritas, e incluso en el sexto, el séptimo y el octavo borrador, donde no dejé de separar a Lucy y a Felix de mil maneras distintas. Me lo he pasado bien de principio a fin.

Pasarlo bien está infravalorado. Pasarlo bien queda en un segundo plano cuando crecemos. Pasarlo bien es una frivolidad. Pero ¿qué problema hay con las frivolidades? Yo creo que la mayoría de nosotros necesitamos pasarlo bien en más momentos. Deberíamos aspirar a pasarlo bien; es algo que no está al alcance de todo el mundo.

Según mi terapeuta, la diversión se vive en el cuerpo, con el movimiento. De ahí que, antes de empezar a escribir, pusiera música por toda la casa, bailara al fregar los platos, al vestirme y al recoger lo que mis hijos dejaban por ahí, y eso me ayudó a comenzar la jornada laboral con la cabeza más despejada. Empecé a buscar formas de pasármelo bien lejos de la escritura también: pintar con acuarelas, hacer alfarería, quedar más con mis amigas, ponerme lápiz de labios rojo, usar bolis lilas, comprar un jarrón en forma de culo, cortarme el flequillo, hojear revistas, hablar con lectoras por Instagram, escuchar muchísimo a Harry Styles.

A menudo, una se lo pasa mejor cuando lo hace con gente, y no pasa ni un solo día en el que no dé gracias por las personas que convierten mi trabajo en un verdadero placer. Por ejemplo...

Amanda Bergeron, que da su opinión editorial con las notas más incisivas y meditadas acerca del desarrollo de los personajes, los peligros y la estructura mientras defiende a los héroes buenorros y las escenas picantes en la ducha, y con quien he pasado mucho tiempo al teléfono debatiendo los entresijos de los arcos de las relaciones, los problemas intestinales de nuestros hijos y los peinados. (¡Me muero de ganas de ver tus nuevos rizos!).

Taylor Haggerty, que sin ninguna duda es la persona más espabilada del mundo editorial, tan lista como habladora, y quien sinceramente me hace sonreír nada más pensar en ella y hace que su trabajo sea divertido —a veces, incluso literalmente—. Cuando sucede algo bueno, Taylor dirá: «¡Qué divertido!». Y siempre lo es.

Deborah Sun de la Cruz, que consigue que mis novelas sean mucho más potentes gracias a sus comentarios tremendamente acertados y sus cuidadosas correcciones, que sigue haciéndome reír con las cosas que la ponen a tono y que sabe pronunciar excelentes discursos de lanzamientos literarios.

Emma Ingram, que organiza fiestas de primera, disfruta de los cócteles y las prendas de ropa con motivos literarios y que siempre me cuida genial, sobre todo cuando estamos de gira.

Heather Baror-Shapiro, que se da prisa para que mis libros se publiquen por todo el mundo y es la razón por la que me despierto con mensajes de mis lectoras de todas las puntas del planeta.

Carolina Beltran, que me hace pensar a lo grande, es tan encantadora como inteligente y a quien todos deberemos dar las gracias si alguna de mis novelas termina siendo adaptada en forma de película o de serie.

Kristin Cipolla, que es la culpable de que cada vez me entere menos de las cosas.

Chelsea Pascoe, que me llevó a la preciosa casa de su familia en New Jersey.

Jasmine Brown, que me mandó la nota más bonita y efusiva al terminar de leer este libro.

Bridget O'Toole y Anika Bates, quienes pacientemente me explican los memes de TikTok.

Daniel French, que me rescató cuando me quedé atrapada en un aparcamiento de Mississauga.

Elizabeth Lennie, que nos ha regalado otra maravillosa ilustración para la cubierta que captura a la perfección el espíritu del libro.

AJ Bridel, que consigue que mis audiolibros cobren vida y que claramente podría interpretar a una Ana Shirley adulta.

Mis compañeros de Root Literary, Berkley, Penguin Canadá, Penguin Michael Joseph, Penguin Verlag y más allá, quienes trabajan con ahínco para que este libro pueda estar en vuestras manos y han convertido este viaje en uno extraordinario.

Los libreros, bibliotecarios, periodistas, locutores de pódcast, *bookstagrammers* y *booktokers* que conectan a la gente con libros y se esfuerzan para que nuestras historias sigan pasando por vuestras manos y cuya pasión y dedicación sigue dándome una lección de humildad.

Me preocupaba ambientar una novela en la isla del Príncipe Eduardo. Dudé en comentarle mi idea a Amanda, mi editora —que en realidad no era más que «un viaje de dos mejores amigas a la isla»—, porque sabía que querría que la escribiera. La ambientación es importantísima para mí. Ha sido el punto de partida de mis tres novelas, y no quería retratar mal la isla. He viajado tres veces hasta allí —el primer viaje fue hace años con Meredith, mi mejor amiga, y he regresado otras dos veces para investigar los escenarios del argumento—. Me encanta la isla del Príncipe Eduardo (voy a volver este verano) y espero haberle hecho justicia a ese lugar tan mágico y a su maravillosa gente.

Quiero darle las gracias a la isleña Jessica Doria-Brown, que amablemente leyó la novela para ayudarme a estar segura de que retrataba la isla de la manera más exacta posible. Incluso hizo una encuesta entre los isleños para saber si encontraban atractiva a Ana Shirley. Muchísimas gracias, Jessica. Jeff Noye es el alcalde de Tyne Valley, el propietario de Valley Pearl Oysters y el director del festival de ostras de Tyne Valley (donde se organiza el campeonato canadiense de desbulladores), por no decir que es también un desbullador con un récord Guinness. Gracias, Jeff, por permitirme hacerte un montón de preguntas tan raras como concretas sobre las ostras, el proceso de desbullar y el campeonato. Cualquier error sobre la isla y las ostras es culpa mía.

A ese respecto, quiero dar las gracias a todos los lectores de la isla del Príncipe Eduardo que me han escrito por Instagram y, especialmente, por la emoción con la que habéis recibido la novela antes incluso de su publicación.

Gracias a Amy Kain, propietaria de la floristería *boutique* Pink Twig de Toronto, por contarme los pormenores de la vida de una florista. No tenía ni idea de lo físico y extenuante que es ese trabajo, lo competitivo que era el negocio ni lo organizado que hay que ser para tener éxito. Cualquier error que haya cometido en este campo es tan solo mío.

Este libro está dedicado a Meredith Marino, mi mejor amiga. Meredith me manda correos que dicen así: «¡No me puedo creer que mi escritora preferida sea también mi mejor amiga!». Os aseguro que Meredith está llorando al leer estas palabras. Es bastante probable que el día de la publicación vaya a una librería para comprar un porrón de copias, aunque ya ha hecho una preventa. Cuando Meredith estaba leyendo el primer borrador de *Esta vez será diferente*, me envió mensajes de este estilo: «Voy por la página quince y estoy sonriendo de oreja a oreja», «Sesenta y siete páginas y es un triunfo rotundo», «¿Quién habría dicho, cuando nos topamos con aquella competición de ostras, que años más tarde aparecería en TU TERCERA NOVELA?». Después de terminar el borrador, Meredith declaró que era su libro preferido del año y «perfecto», que era tan incorrecto como justamente la clase de energía de mejor amiga que tanto valoro. Espero que todo el mundo tenga a una Meredith en su vida.

Pero, como dice Bridget, nadie puede serlo todo. Gracias a mis fabulosas amigas, que han estado conmigo desde el principio, y a mis compañeras escritoras, que me han ofrecido su valioso tiempo, sus consejos y su generosidad. Ya sabéis quiénes sois. Gracias a mi madre, a mi padre y a mi hermano por apoyarme de tantas maneras, entre otras cosas cuidando a mis hijos, preparando comidas calientes y reparando escaleras. Gracias a los maestros que educan a mis hijos, que los mantienen a salvo y les enseñan a ser unas personas curiosas y amables. Gracias a Micaela, nuestra canguro, por ayudarnos a tener vida. Gracias a Bob, siempre, por el lago.

Quiero darles las gracias a mis hijos. Max, que es dulce o salado, y Finn, que es dulce o agrio. Tenéis (casi) siete y dos años y medio mientras escribo estas palabras y nos provocáis a vuestro padre y a mí tantísima alegría que a veces nos miramos a los ojos y decimos en silencio: «No me puedo creer lo estupendos que son estos niños». Creo que Max, cuando sea mayor, recordará nuestro vuelo épico a la isla del Príncipe Eduardo, pero creo que tú no, Finn. Tardamos trece horas de puerta a puerta, en lugar de cinco, y los dos lo sobrellevasteis como unos campeones. Gracias. (En el trayecto de vuelta fuisteis unos monstruos, pero vamos a olvidarlo).

Quiero darle las gracias a mi marido. Marco, sin ti no podría hacerlo. Eres un auténtico compañero en todos los sentidos de la palabra. No hay nadie más con quien me gustaría criar a nuestros hijos, envejecer o quedarme hasta tarde escuchando música. Eres mi arma secreta, mi pilar, mi amor. Eres estable cuando yo no lo soy. Me preparas desayunos, comidas y cenas, y me los traes con un beso. Eres el cierre perfecto para cada uno de mis días. Y, sobre todo, estás guapísimo con un delantal.

Y a vosotras, mis lectoras, si seguís ahí conmigo, gracias por comprar mis libros, pedirlos prestados y escucharlos; significa que puedo seguir haciendo esto, lo que más me gusta hacer en el mundo. Escribo para mí, pero os agradezco tener el privilegio de escribir también para vosotras.